Emmy Curtis est éditrice et auteure de romans d'amour. Ressortissante britannique, elle soigne son mal du pays à coups de Cadbury Flake et de tourte à la viande Fray Bentos. Après avoir vécu à Londres, Paris et New York, elle s'est installée en Caroline du Nord. Lorsqu'elle n'écrit pas, Emmy adore voyager en compagnie de son mari militaire ou faire de longues promenades avec leur labrador.

Du même auteur, chez Milady :

Alpha Ops :
1. *Sous l'uniforme*
2. *Fouille au corps*

Ce livre est également disponible
au format numérique

www.milady.fr

Emmy Curtis

Fouille au corps

Alpha Ops – 2

Traduit de l'anglais (États-Unis) par Marianne Richard

Milady Romance

Milady est un label des éditions Bragelonne

Titre original : *Pushing the Limit*

ISBN : 978-2-8112-1618-4

Bragelonne – Milady
60-62, rue d'Hauteville – 75010 Paris

E-mail : info@milady.fr
Site Internet : www.milady.fr

Au Chef de mon cœur.

Remerciements

Je tiens à remercier tous ceux qui m'ont aidée à vérifier les informations concernant les missions de l'EOD (*Explosive Ordnance Disposal*/Élément organique de déminage) et du JPAC (*Defense POW/MIA Accounting Agency*). J'assume l'entière responsabilité des modifications effectuées au bénéfice de l'intrigue.

Merci également à toute l'équipe de Forever, Leah Hultenschmidt, Julie Paulauski, Fareeda Bullert, Elizabeth Turner, Megha Parekh, et Jamie Snider, pour leur patience et leur sens de l'humour inépuisables – heureusement !

À mon époux, qui m'a inspiré toute la série Alpha Ops, à qui j'exprime ici toute ma gratitude et tout mon amour pour le soutien infaillible et la patience infinie dont il fait preuve.

J'adresse toute ma reconnaissance à Rachel Brune et Kristin Grimes, mes partenaires d'écriture, soutien local à toute épreuve : merci pour les rendez-vous d'écriture et merci de m'avoir accompagnée à la base… sans oublier les gâteaux et tout le reste.

Si les aventures du sergent-chef Matt Stanning vous ont plu et si vous voulez soutenir les Forces aériennes de l'armée américaine et les sections de déminage (EOD), vous trouverez à l'adresse ci-dessous des informations sur les actions remarquables menées par la Fondation des combattants démineurs en faveur des familles des héros disparus : eodwarriorfoundation.org (site en anglais.)

Pour des informations sur les missions passées et présentes de la *Defense POW/MIA Accounting Agency*, chargée de retrouver les corps des militaires américains prisonniers de guerre ou disparus au combat : www.jpac.pacom.mil (site en anglais.)

« Jusqu'à leur retour. »

Devise de la *Defense POW/MIA Accounting Agency* (DPAA)

Chapitre premier

Dîner de répétition du mariage infernal,
trois mois plus tôt

Merci, mon Dieu !

Un inconnu aussi grand que beau s'était approché d'elle à l'arrière du restaurant. Ce dîner de répétition devenait un enfer. Trop de gens, trop de sécurité, trop peu d'endroits discrets pour boire un verre. *Faites qu'il s'asseye ici. Faites qu'il s'asseye ici.* Harriet regarda le nom indiqué à côté du sien sur la table : « Matt Stanning ».

Elle promit à Dieu d'aller à la messe le dimanche suivant si cet homme délicieux s'installait près d'elle. Tout l'alcool du monde n'aurait pas suffi pour qu'elle tienne sans faire de gaffe à la table de l'ex-petit ami de la mariée, des collègues de travail de celle-ci et, bien qu'elle soit tout à fait charmante, de la nouvelle petite amie de son propre ex.

Elle s'efforça de remettre en place une épingle à cheveux qui s'enfonçait dans son cuir chevelu. Mais pourquoi, oh pourquoi n'avait-elle pas prétendu être à l'étranger sur un chantier de fouilles ? Bon sang, ç'aurait pu être tellement facile d'être loin de là. Mais Sadie l'avait toujours soutenue, que ce soit pendant ses études ou après que son univers se fut écroulé. Elle tripota l'alliance de Danny qu'elle portait en pendentif depuis sa mort. Il se serait bien moqué d'elle en la voyant ainsi engoncée dans cette robe glamour au sein de ce restaurant chic. Cela lui ressemblait tellement peu.

— Je m'appelle Matt, dit l'homme incroyablement beau en tirant la chaise à côté de Harriet.

— Harriet, répondit-elle.

Il lui serra la main, mais la garda dans la sienne en s'installant, signe manifeste de son intérêt pour elle. Mon Dieu, ce type devait être un sacré séducteur. Elle essaya de retirer ses doigts, mais il les garda emprisonnés jusqu'à ce que le serveur arrive pour prendre sa commande.

— Un bourbon pour moi et une autre tournée pour les demoiselles, demanda Matt en glissant un billet de 100 dollars dans la main du garçon. Et revenez souvent.

Harriet se pencha à son oreille.

— Je crois que les boissons sont offertes.

— Peut-être, mais maintenant, on a notre propre serveur, murmura Matt en retour.

Levant les bras en l'air, Harriet s'écria :

— Excellent !

Beth, la nouvelle fiancée de James, semblait trouver son excitation amusante. Après tout, c'était un mariage, et elle ne connaissait personne, en dehors de la mariée et du frère de celle-ci – qui se trouvait être son ex ainsi que le fils du directeur de la CIA.

— Alors que fais-tu dans la vie, Matt ? demanda Beth tandis que Harriet prenait une petite gorgée de son mojito.

Il s'adossa, mit les mains derrière la tête et sourit aux jeunes femmes.

— Je peux tout faire.

Beth pouffa de rire dans son verre.

— Incroyable.

— Quoi ? fit Matt en inclinant la tête sur le côté. Tu ne me crois pas ? Pourtant, je t'assure qu'il est pratique de m'avoir sous la main.

Prétentieux, avec ça. Rien de tel pour que Harriet ait envie de le faire redescendre de son piédestal. Elle lui toucha le bras de manière, espérait-elle, qu'il comprenne qu'elle n'était pas dupe de son petit numéro.

— Oh, bien sûr, c'est évident, tu es sans doute très utile. Mais tu sais, il existe des femmes qui n'ont pas besoin de l'aide des hommes.

Sa réplique, au lieu de le démonter, sembla piquer son intérêt. Il se pencha vers l'avant, les bras posés sur ses jambes.

— Vraiment ? J'ai beaucoup de mal à le croire.

Harriet fit semblant de réfléchir à ce qu'un homme pouvait éventuellement lui apporter.

— Il y a bien une chose… Une seule petite activité délicate pour laquelle, personnellement, j'ai régulièrement besoin d'un coup de pouce.

Les yeux de Matt balayèrent son visage avant de descendre jusqu'à ses jambes. Beth avait raison. *Incroyable.* Si ses yeux noirs n'avaient pas été aussi envoûtants, elle aurait laissé sa nouvelle amie se débrouiller avec lui. Mais, en dépit de son incroyable arrogance, quelque chose la poussait à rester. Quelque chose dans son regard. Comme s'il jouait un rôle. *Ben voyons ! Tu prends tes désirs pour la réalité.*

Elle se mit à parler à voix basse, comme si elle s'apprêtait à révéler un immense secret.

— Souvent, au milieu de la nuit…, commença-t-elle en jetant un regard furtif autour de la table. Je ressens cette envie… (elle posa sa main sur son ventre et le frotta lentement) et je regrette qu'il n'y ait personne avec moi pour…

Elle fit une pause comme si elle venait de recevoir l'Oscar de la meilleure actrice.

— … ouvrir mon bocal de cornichons au vinaigre.

Matt éclata de rire en rejetant la tête en arrière.

— Je dois avouer que tu m'as bien eu ! dit-il en secouant la tête. Bon sang, je te dois un verre, c'est clair.

— Et sinon, qu'est-ce qui t'amène au mariage de l'année ? demanda Harriet.

— Je suis un ami du marié. Je n'étais pas censé être en ville, mais mes projets ont été annulés, alors me voilà. Et toi ?

Il tira légèrement sa chaise et posa sa serviette sur ses genoux.

Elle afficha une mine un peu triste.

— Demoiselle d'honneur. Je suis amie avec la mariée depuis l'université. Je n'aurais pas dû être là moi non plus. (En tout cas, c'est ce qu'elle aurait vraiment voulu.) Et voilà où ça nous a menés.

— Absolument.

Il prit le verre de bourbon apporté par le serveur et en avala presque la moitié d'un trait.

— C'est de la bonne came.

— Je doute que les parents de Sadie possèdent autre chose que « de la bonne came ». Cette noce mériterait qu'on l'inscrive dans le livre des records.

— À la vérité, dit-il, c'est la première fois que j'assiste à un mariage. Je ne saurais me prononcer.

— Vraiment ? Moi qui pensais être la seule à réussir à échapper aux mariages. Pour ma part, c'est mon deuxième en tout et pour tout.

— Et alors, celui-ci est-il à la hauteur ? interrogea-t-il.

— Eh bien, le premier était le mien, et je me suis mariée sur une plage... Aucune comparaison possible en ce qui me concerne.

— Tu es mariée ?

Elle vit son regard se poser brièvement sur sa main dépourvue d'alliance. Au moins, il prenait la peine de vérifier. Contrairement à la plupart des hommes.

— Je ne le suis plus.

Elle se dit qu'il valait mieux garder pour elle les détails sordides. Inutile de gâcher la fête en accablant tout le monde avec son histoire.

— Et toi ?

— Non. (Il se mit à rire.) Loin de là. Je suis bien trop remuant.

Son petit sourire séducteur avait reparu. Elle l'aurait volontiers fait disparaître de son visage avec une bonne gifle. Cet homme jouait un rôle, elle en était sûre. D'autant qu'elle-même était experte en la matière.

— Comment ça ?

Il parut surpris qu'elle insiste.

— Je voyage trop souvent pour avoir des attaches.

Harriet aurait bien aimé savoir ce qu'il faisait, mais elle sentait qu'en le poussant à se dévoiler, elle allait devoir se découvrir à son tour. La vie était trop courte.

— Et tu es là pour tout le week-end ?

Elle avait dû crier pour se faire entendre au milieu des bavardages qui avaient atteint un volume sonore critique. Elle regarda autour d'elle. Il semblait y avoir plus de gens que ne pouvaient en contenir les tables. Elle fut bousculée par quelqu'un qui se déplaçait derrière eux.

Matt concentra toute son attention sur Harriet.

— Je vais sortir pour fumer. Tu m'accompagnes ?

— Tu fumes ?

— Pas du tout.

Il se leva et s'arrangea pour tirer la chaise de Harriet.

Ça alors ! Elle le regarda, perplexe. Elle sentit alors un pied sur sa cheville. Beth lui adressa un regard entendu, avant de hocher la tête en direction de la porte avec un large sourire aux lèvres.

— OK ? répondit Harriet, hésitante.

Posant une main sous son coude, il l'aida à se lever et la guida à travers la foule des invités jusqu'au patio du restaurant. Il ouvrit la porte-fenêtre et la fit passer devant lui.

Dès que la porte se fut refermée, il inspira profondément.

— Tu es certain que ça va ? demanda-t-elle, toujours aussi déroutée par son comportement.

— Oui. (Il prit une autre inspiration profonde et regarda les jardins.) Waouh ! Difficile d'imaginer qu'une telle oasis puisse exister en plein cœur de Washington.

Une fois son attention distraite par le jardin pittoresque, Matt prit plusieurs inspirations silencieuses, longues et profondes. *Allez, Matt. Reprends-toi.* Il essaya de se concentrer sur Harriet. Elle était éblouissante. Blonde et menue, elle dégageait une vitalité incroyable. Son idéal féminin incarné. La distraction parfaite dont il avait besoin.

Normalement, il s'arrangeait pour emballer ses conquêtes avant que la foule ne débarque. Que ce soit dans un bar, une boîte de nuit ou à une fête… il arrivait tôt et concluait l'affaire avant que sa claustrophobie ne prenne le dessus. Il ne supportait pas le brouhaha des conversations. Cela le rendait nerveux. Comme si chaque vague de son et d'énergie venait ronger son équilibre mental. Cela dit, vu ce qu'il avait traversé, c'était tout à fait normal. Il n'y avait pas de quoi s'inquiéter.

Dans le parc, des lampes solaires de faible intensité projetaient des ombres dans l'obscurité. L'air, plus frais qu'à son arrivée, annonçait l'orage prévu par la météo. Mais il se retrouvait enfin loin du sentiment d'oppression qu'il avait ressenti à table.

— Tu as raison, dit-elle. C'est magnifique, ici. J'ai entendu dire que le chef cultivait ses propres aromates et légumes dans ce lieu.

Elle avait pris l'un des nombreux sentiers qui serpentaient à travers le jardin depuis le patio.

Il la suivit afin de ne pas la perdre de vue dans la pénombre. Les échos des rires et de la musique à l'intérieur du restaurant diminuaient à chacun de leurs pas. L'air humide et l'obscurité l'engloutissaient au fur et à mesure qu'ils s'enfonçaient tous deux dans le jardin. Elle disparut un instant à l'intérieur d'un minuscule verger d'arbres fruitiers à maturité.

Soudain, sur sa gauche, sa voix retentit.

— Si tu ne fumes pas, pourquoi vouloir sortir ?

Il la vit du coin de l'œil s'asseoir sous un arbre, sur ce qui ressemblait à un banc de pierre. Le programme SERE lui avait appris que la vision périphérique était plus détaillée dans l'obscurité. Cela lui avait été utile à plusieurs reprises lors de cet entraînement aux techniques de survie et d'évasion qu'il avait suivi plusieurs années auparavant.

— Ta vision nocturne doit être excellente, répliqua-t-il pour essayer de détourner la conversation.

Il se fraya un chemin dans sa direction à travers la végétation.

— C'est une nécessité dans mon métier, répondit-elle doucement, comme pour ne pas briser la quiétude de l'instant.

— Que fais-tu qui exige ainsi une bonne vision nocturne ? demanda-t-il en s'asseyant au milieu du banc.

Inutile de faire preuve de politesse et de garder ses distances.

— Je suis archéologue. Je passe mon temps dans les tunnels, les cryptes, et les tentes sombres et froides au milieu de nulle part.

— Très intéressant, j'imagine. Salissant et froid, aussi.

— Tout ça à la fois, répondit-elle en riant.

Il connaissait très bien les conditions de travail des archéologues. Il avait bossé avec un grand nombre d'entre eux.

— Qu'est-ce qui t'a fait choisir cette voie ? s'enquit-il.

Elle hésita et, pour la première fois, il sentit qu'il avait dû toucher un point sensible.

— J'ai reçu une certaine somme d'argent lorsque j'étais jeune, et j'ai décidé de m'en servir pour faire des études. J'ai décidé…

Elle s'interrompit de nouveau.

Il ne combla pas le silence. Ce n'était pas dans son habitude.

— Au départ, c'est simplement que je suis passionnée par le passé. Je me suis aperçue que je pouvais y consacrer ma vie en choisissant de l'étudier. Et très vite, je suis tombée amoureuse de ce travail. Les découvertes, les frustrations, les recherches... C'est comme une drogue pour moi.

— Je comprends. Tout à fait.

Elle venait de décrire exactement ce qu'il ressentait pour son propre emploi. Il protégeait des équipes qui procédaient de la même manière qu'elle. Autant que les recherches et les fouilles, il aimait les instants d'euphorie et de chagrin intense que leur procuraient leurs découvertes.

— Ça ne me dit toujours pas pourquoi tu voulais sortir pour fumer.

Dans la pénombre, son ton semblait déterminé. Elle n'avait pas l'intention d'abandonner le sujet.

— J'aime être dehors. Loin des gens, répondit-il, en s'éloignant un peu d'elle sur le banc sans s'en rendre compte.

Merde. Pourquoi a-t-il dit ça ?

— Enfin, ce genre de personnes, en tout cas, se reprit-il. Trop riches à mon goût.

— Et je ne fais pas partie de ces gens trop riches ? demanda-t-elle d'une voix douce.

Il sourit dans l'obscurité.

— Je sais que tu n'en fais pas partie. Tu ne cesses de remettre en place tes épingles à cheveux depuis que je t'ai vue. Et en marchant tout à l'heure, tu lissais les pans de ta robe, comme si porter une telle toilette n'avait rien de naturel pour toi. Je dirais que c'est une tenue d'occasion, qui n'a rien à voir avec ton style de vie. (Il posa ses coudes sur ses genoux et la regarda dans l'obscurité.) Je me trompe ?

Elle resta silencieuse un instant.

— Non. Tu as tout à fait raison. C'est la première fois en trois ans que je porte un soutien-gorge et une robe.

Quoi ? Est-ce qu'il avait bien entendu ?

— Pardon ? s'exclama-t-il, en s'étouffant presque de rire.

— Tu m'as bien comprise. Normalement, je suis en short et en débardeur. Et en général, dans cette tenue, on ne porte pas de soutien-gorge, c'est bien connu.

Elle avait prononcé ces mots comme à regret. Lui l'avait trouvée parfaite dès qu'il l'avait vue, féline et gracile en même temps. Les femmes se trompaient souvent sur les goûts des hommes. Mais peut-être n'était-il déjà plus du tout objectif.

— Pour moi, tu es parfaite. Je regrette que l'obscurité m'empêche de bien te voir.

— Rien de plus simple. Voyons si tes doigts sont aussi perspicaces que tes yeux.

Elle prit ses mains dans les siennes et se leva pour changer de position.

— À toi de jouer.

Sans voix, il se leva en même temps qu'elle, avant de se rasseoir, comme elle, à califourchon sur le banc, genoux contre les siens.

— Au lycée, ma meilleure amie était aveugle. Elle m'a appris à voir avec mes mains, dit-elle en lui plaçant les doigts sur son front. Ferme les yeux et touche-moi.

Le cerveau de Matt était sur le point d'exploser. Comment était-il passé du désir de ramener Harriet chez lui à cette situation où elle lui demandait de la toucher ? Il hésita, luttant avec la pensée que tout cela n'était peut-être qu'une hallucination sophistiquée. Sinon, comment expliquer qu'une simple conversation lors d'un mariage avait viré à cette séance d'attouchements ?

Bon sang. Décoince-toi !

Harriet posa les mains sur ses genoux et souleva légèrement le menton. Les doigts de Matt suivirent son front, la naissance de ses cheveux, ses oreilles et ses cils. Sa peau était chaude et soyeuse.

— Tu es merveilleuse, dit-il, en maudissant sa voix qui s'éraillait.

Son sexe se dressait comme jamais. *Incroyable!* Il n'était plus un adolescent, bon sang. Il fallait qu'il assume sans culpabiliser.

— Je peux? demanda-t-elle dans l'obscurité.

Elle leva les mains et les posa sur son visage avant qu'il n'ait le temps de répondre. Ses doigts étaient chauds sur sa peau. Il ferma les yeux de nouveau et se concentra sur ce contact.

— Tu m'as l'air tendu. Comme si tu passais trop de temps à froncer les sourcils. C'est ton travail qui te stresse?

À une époque, il aurait dit « oui » sans hésiter. Il avait été membre de l'Élément organique de déminage. L'unité des forces aériennes que l'on appelle lorsque l'on découvre des explosifs. Ces soldats qui font exploser les bombes en toute sécurité dans les zones de combat. Ceux qui ont deux chances sur trois de s'en sortir. Il était jeune et se pensait invulnérable. Comme tous les autres. Jusqu'au jour où l'on apprend qu'on ne l'est pas. Jusqu'au jour où il avait perdu son meilleur ami parce qu'ils avaient déconné.

Après deux années supplémentaires au sein de cette unité, on l'avait transféré au JPAC, le *Joint POW/MIA Accounting Command*. Un nom un peu austère pour ces équipes d'hommes qui gravissent des montagnes, arpentent des déserts, et sont parachutés dans des lieux inhospitaliers

pour retrouver les soldats disparus, depuis un an ou quatre-vingts ans, qu'importe. Leur mission était de les retrouver. C'était sa manière de se racheter d'avoir laissé Danny en Irak. *Enfin, une bonne part de lui.*

Son cœur se serra à la pensée de cette blessure qui refusait de cicatriser. Cela faisait sept ans à présent, et cette disparition hantait chacune de ses journées. Cela n'en finirait-il donc jamais ?

— Ça ne va pas ?

Les mains de Harriet s'immobilisèrent sur ses lèvres closes, avant de retomber sur ses poignets. Elle enroula ses doigts autour des siens, complètement rigides.

— Raconte-moi.

Bon sang, non ! Pas question !

— Je préférerais que nous parlions de toi.

Il mentait, bien sûr. Tout ce qu'il voulait, c'était se perdre. Oublier. Mais avant de pouvoir vraiment cerner ce qui l'agitait, il se pencha vers l'avant, glissa sa main dans les cheveux de Harriet et l'attira vers lui.

Elle hésita un millième de seconde, puis il sentit ses mèches se dénouer et couvrir sa main. Ses épingles se détachaient décidément très facilement. Sa chevelure épaisse et fraîche vint lui caresser la main et le bras, et un parfum de vanille imprégna l'espace entre eux.

Il n'avait qu'une envie, goûter ses lèvres. Il écarta les jambes et l'attira brusquement plus près de lui. Lorsque sa bouche ne fut qu'à quelques centimètres de la sienne, il sentit son souffle trembler. Lorsqu'elle expira, il approcha sa tête de la sienne. Sa langue vint caresser la lèvre inférieure de la jeune femme, et sa bouche se pressa contre la sienne. À son tour, la langue de Harriet toucha ses lèvres, et il faillit exploser. Il lui inclina légèrement la tête pour être plus à l'aise, et leurs langues se trouvèrent.

Les doigts de la jeune femme s'agrippèrent à ses genoux, comme si elle avait peur de tomber, avant de remonter lentement jusqu'à sa cuisse. Elle l'excitait comme un fou. L'air était devenu lourd et oppressant, et leurs respirations se faisaient de plus en plus laborieuses. À travers l'étoffe de son pantalon, la jeune femme posa la main sur son sexe en érection.

Il gémit contre sa bouche. Dans sa tête, les mots « C'est parti ! » se mirent à clignoter comme une enseigne lumineuse. Ses mains descendirent le long du dos de Harriet pour atteindre la fermeture Éclair de sa robe et la firent glisser jusqu'à ses fesses. Puis elles s'insinuèrent à l'intérieur de sa robe, et il sentit le contact de sa peau.

Gémissante, sa compagne se cambra et détacha sa bouche de la sienne. Alors, il fit descendre sa robe sur ses épaules puis jusqu'à sa taille. Au même instant, comme un signe du destin, la lune surgit derrière les nuages et vint illuminer la jeune femme dans toute sa splendeur. Le cœur de Matt faillit s'arrêter net. Elle était magnifique. Son soutien-gorge en dentelle couvrait à peine sa jolie poitrine rebondie, et il émanait d'elle une sensualité hallucinante, tandis qu'elle était assise ainsi à moitié nue devant lui. Elle ouvrit les yeux et soutint son regard, sans la moindre gêne.

Instinctivement, ses mains se mirent en mouvement pour la protéger d'éventuels regards indiscrets, mais ils étaient seuls, à l'écart de tout. Ses yeux clairs l'emportaient ailleurs, loin de toute angoisse ou de toute agitation.

Au-dessus d'eux, le tonnerre grondait. Mais rien n'aurait pu détourner leurs regards. Elle desserra le nœud de la cravate de Matt, juste assez pour la passer au-dessus de sa tête. Puis elle déboutonna sa chemise. Il la laissait faire. Il savait qu'il aurait dû l'arrêter. Quelqu'un pouvait surgir à tout instant. Soudain, une goutte de pluie tomba sur elle, glissa le long de sa clavicule jusqu'à l'arrondi de son sein, et disparut à l'intérieur de son soutien-gorge. D'autres suivirent. Et d'autres encore.

Finalement, peut-être que personne ne viendrait.

Ils restèrent immobiles. Elle n'esquissa pas même un mouvement lorsque la pluie se fit plus régulière.

— Enlève ta chemise, ordonna-t-elle. Je veux te voir.

Ses mains vinrent se poser automatiquement sur les pans du vêtement. Il hésitait.

— Enlève ton soutien-gorge. Moi aussi, je veux te voir.

Harriet se débarrassa de la fine étoffe d'un seul geste. Bon sang, il n'avait jamais rencontré une telle femme. *Aussi audacieuse.* Il se débarrassa de sa chemise, et ils se contemplèrent un instant. La pluie tombait drue à présent. Au contact de l'eau fraîche, les tétons de la jeune femme s'étaient redressés. Il salivait déjà à l'idée de les recouvrir de sa bouche.

Du bout des ongles, elle dessina des motifs sur le torse de Matt en jouant avec les gouttes de pluie.

Il saisit ses hanches et l'attira brusquement sur ses genoux. Ses jambes s'enroulèrent autour de sa taille tandis qu'il posait ses lèvres sur les siennes. Il aurait voulu demeurer ainsi pour l'éternité. C'était comme un rêve. À la limite d'une expérience extracorporelle, avec l'averse, les éclairs au loin, et cette femme incroyable à moitié nue devant lui. *Une véritable apparition.*

Il déposa des baisers le long de son cou et descendit jusqu'à sa poitrine. Lorsque, du bout de la langue, il toucha son téton déjà dur, elle suffoqua et s'arqua contre lui. Son sexe devint encore plus dur, avide de la chaleur derrière l'étoffe fine de sa culotte. Le peu de sang-froid qui lui restait encore disparut lorsqu'il se mit à sucer ses mamelons, savourant ses soupirs et ses gémissements qui se propageaient dans le jardin.

Il peinait à se retenir de la pénétrer d'un coup de reins puissant. Il lui suffisait de défaire sa braguette, de déchirer l'étoffe fragile qui les séparait aussi facilement qu'il l'aurait fait d'une feuille d'aluminium, et il pourrait s'enfoncer dans le velouté de son intimité. Tandis qu'il taquinait de la main le sein laissé libre par sa bouche, elle frottait son sexe contre son pantalon.

Merde, qu'est-ce qui l'arrêtait ? Quelque chose clochait. Son cerveau voulait-il l'allonger sur des draps de soie, l'inviter au restaurant, apprendre à connaître cette femme incroyable ?

Vraiment ? Patienter pour mieux la combler ? Avec nuit de noces à la clé ? Des conneries, tout ça. Ce qu'il voulait, c'était la faire hurler de plaisir. Il se détacha d'elle légèrement, juste assez pour pouvoir glisser une main entre eux. Elle tressaillit lorsqu'il toucha sa culotte, et ses talons vinrent s'enfoncer dans ses fesses. Il dessina les contours de ce petit fragment d'étoffe, ultime frontière à l'extase. Elle se contracta, puis s'immobilisa complètement. Alors que ses doigts se faufilaient sous la soie, elle soupira et se liquéfia. Il caressa délicatement les replis de sa chair intime. Cette impression de nudité totale l'enflamma d'un désir irrépressible et insoupçonné. Il fallait qu'il la voie. Qu'il la contemple tout entière.

Comme en harmonie avec la nature, un coup de tonnerre éclata au moment où sa main se mit à naviguer entre son clitoris et ses fesses. Il se décala d'un côté et glissa deux doigts en elle. Elle gémit et mêla sa bouche à la sienne. Tandis que ses doigts allaient et venaient, son pouce trouva son clitoris, le pressa, puisant à cette source l'ardeur de ses va-et-vient, jusqu'à ce qu'elle se tende autour de ses doigts, et se contracte, tandis que s'échappaient de sa bouche de doux râles.

— Incroyable, soupira Harriet. C'est incroyable, ce que tu m'as fait ressentir. Tu me fais vibrer tout entière.

— Je n'y suis pour rien, c'est sans doute la pluie.

Il rit alors qu'elle tendait les bras au-dessus de sa tête, s'étirant lascivement de tout son long, féline en diable. Il aurait pu la contempler pour l'éternité. Elle était à lui.

Non !

Pas à lui. Bon sang, il ne savait même pas à qui elle pouvait bien appartenir. Elle se leva, ramena une jambe devant elle et s'assit à côté de lui, le dos droit, comme une institutrice qui aurait oublié sa pudeur.

— Et maintenant, je veux que tu vibres pour moi, souffla-t-elle en posant la main sur sa braguette.

Il voulait l'arrêter, se montrer le plus raisonnable des deux, mais l'instant le consumait. Et, si sa raison ne l'avait pas abandonné, le besoin de l'ignorer était encore plus impérieux.

Harriet défit sa braguette et prit son sexe dans sa main humide de pluie. Sous la fermeté de son étreinte, il faillit perdre toute maîtrise. Normalement, il s'en fichait. Les femmes qui accédaient à son bas-ventre avaient peu de chances de le revoir. C'étaient des histoires de cul basiques, une manière comme une autre d'évacuer la tension. De s'évader. Point barre.

Il serra les dents, luttant pour se contenir. Mais le seul fait de la regarder ainsi amplifiait la torture. Elle se pencha et frotta ses seins nus contre son sexe, le taquinant de ses mamelons. Il déglutit avec peine.

Il ferma les yeux, et sentit immédiatement la pointe de ses dents et la douceur de sa langue sur son membre. Elle fit glisser sa bouche le long de son sexe et l'engloutit complètement. Il gémit, en proie à un désir primaire. Un désir sur le point d'être rassasié.

Lorsqu'elle fit remonter sa bouche, elle le lécha langoureusement tout en pressant ses testicules. Tout son être s'embrasa. Déjà, les lèvres de Harriet redescendaient, s'immobilisant un instant avant de l'engloutir de nouveau. Il mourait d'envie de saisir sa tête et de baiser cette bouche à l'infini. Il fallait qu'il se contienne. Tout était une question de maîtrise.

Une porte claqua, et l'étincelle d'un briquet qu'on allume jaillit dans le patio du restaurant. Elle s'arrêta. Sous l'auvent, deux hommes entamèrent une discussion. Elle se redressa et regarda vers eux, avant de poser sa main sur le sexe de Matt et de le caresser doucement.

Tout le corps de Matt se figea, en alerte. Ses muscles se tendirent. Le risque d'être surpris l'excitait comme un dingue. Elle se releva entièrement et sa robe glissa sur le sol, dévoilant son corps nu. Elle s'immobilisa un instant, comme pour lui laisser le temps d'enregistrer à jamais cette image incroyable. *Harriet, en culotte et talons hauts. Et rien d'autre.*

Elle le repoussa, l'obligeant à s'allonger sur le banc en pierre. Puis elle se pencha et le reprit aussitôt dans sa bouche. D'une main, elle immobilisa son sexe à la base, et de l'autre, elle caressa ses testicules. Derrière les nuages, des étoiles surgirent, et la pluie s'arrêta net. Comme si le paradis se dévoilait devant lui.

— Je vais jouir, prévint-il d'une voix rauque.

Elle augmenta légèrement la pression de ses doigts sur ses testicules et l'enserra dans l'étroite cavité de sa bouche. Elle reprit ses allées et venues langoureuses, une fois, puis deux, et il jouit violemment tandis que dans sa tête, un feu d'artifice explosait. Un reste de raison lui fit se demander s'il n'était pas en train de faire une rupture d'anévrisme, mais l'extase qui l'étreignait était tellement intense qu'il se laissa succomber.

Il mourait d'envie de l'enlacer, de sentir son corps nu allongé sur le sien et le couvrir de caresses. Il se sentait privé du plaisir ultime de son entière nudité. Il soupira lorsqu'elle déposa une pluie de baisers sur son ventre. Elle le laissait complètement pantelant.

— Harry ! Tu es là ? s'écria la voix d'une femme en provenance du patio.

— J'arrive ! cria-t-elle d'un ton dont la force contrastait avec la délicatesse de sa silhouette.

Il s'appuya sur ses coudes et la regarda rajuster sa robe. *Bon sang !* Il vit une minuscule trace d'encre sur son dos. Si seulement il n'avait pas fait si sombre.

— Harry ? s'étonna-t-il.

— Mes amis m'appellent Harry.

— Comment dois-je t'appeler ?

Déjà engagée dans le sentier, elle sourit par-dessus son épaule.

— Harriet.

Chapitre 2

Irak – Présent

Harriet tripotait délicatement l'artefact qu'elle avait glissé dans sa poche tout en regardant les deux étudiants de troisième cycle qui l'assistaient sur ce chantier. OK, cet objet n'avait peut-être pas vraiment de valeur, du moins historique, mais cette découverte était plus qu'insolite.

C'était un morceau de métal d'environ sept centimètres carrés, sur lequel apparaissaient des numéros en relief. Le labo, auquel elle avait envoyé une photo, avait conclu que c'était le code d'une pièce d'avion.

Cela signifiait certainement qu'un appareil était tombé du ciel ou s'était écrasé dans le coin. Mais peut-être n'était-ce qu'un débris sans importance. En tant qu'archéologue, elle savait très bien que la découverte d'un artefact ne signifiait pas forcément que les autres morceaux se trouvaient à proximité. On pouvait l'avoir laissé tomber. Ou vendu à quelqu'un qui l'aurait laissé tomber.

Pour s'en assurer, elle avait envoyé un e-mail à Sadie, son amie qui travaillait pour le département de la Défense, et fait mention de sa découverte. Et même si cette affaire ne la concernait plus, elle ne pouvait s'empêcher de toucher le bout de métal. C'était devenu un signe. Une sorte de talisman.

Elle pressa une touche de son talkie-walkie.

— C'est l'extrémité nord de notre site, veuillez le marquer.

Molly et Jason sortirent de petits drapeaux rouges d'un sac à dos et les placèrent à intervalles réguliers le long d'une ligne.

Harriet jeta un coup d'œil à son ordinateur portable et les arrêta.

— Ici, c'est l'extrémité ouest.

Elle répéta ses instructions pour les deux dernières limites du site, puis les rappela. Ils revinrent sur leur petit quad, et Harriet sourit lorsqu'elle vit Molly enlacer fermement la taille de Jason. Molly avait conduit le quad des dizaines de fois et n'avait nul besoin de s'accrocher ainsi. Apparemment, Jason savait se rendre indispensable.

Elle prit des bouteilles d'eau fraîche dans la glacière et les leur donna lorsqu'ils rejoignirent la caravane pliante qui faisait office de labo au sud de leur site. Elle en lança une autre à Mueen, assis sur le toit de la caravane. Mueen était leur garde armé. Calme et humble, il avait un léger accent américain, témoin de son passage à l'université de Pennsylvanie, et savait faire preuve d'une vigilance extrême face aux problèmes, aux pillards, ou toute autre menace.

Harriet avait déjà travaillé avec lui la première fois qu'elle était venue en Irak. Sa femme et lui l'avaient soutenue lors de cette première visite dans le pays où son mari était mort. Grâce à eux, elle s'était sentie presque chez elle. Aussi, lorsqu'on l'avait choisie pour ce chantier, elle avait été aussi ravie qu'excitée, à l'idée surtout de retrouver ses amis.

— Ce site ne paraît pas très grand, remarqua Jason.

Harriet sourit à sa nouvelle recrue.

— Il est assez grand pour nous trois, tu peux me croire.

— Si je comprends bien, on ne va pas creuser, c'est bien ça ? demanda-t-il en s'asseyant sur la glacière bleu et blanc, et en avalant une grande gorgée d'eau.

Harriet fit apparaître une image sur l'ordinateur portable et tourna l'écran vers les deux étudiants.

— Nous allons quadriller le terrain. Dans chaque carré, nous allons prélever des échantillons, détecter les anomalies éventuelles et repérer sommairement les artefacts de surface. Quant aux endroits que j'ai marqués, ici et ici, nous y effectuerons des forages pour tester la composition du sol. Ensuite, à la toute fin, il ne restera plus qu'à réaliser une prospection géophysique sur l'ensemble du site. Ce sera tout pour cette fois. Si on trouve quelque chose d'intéressant, il y a des chances qu'on soit invités à revenir approfondir nos recherches avant de passer la main à l'équipe d'archéologues de l'université. Quoi qu'il arrive, on sera payés.

Son Blackberry se mit à sonner, et elle décida d'aller consulter ses e-mails dans la fraîcheur de la caravane. Elle laissa les étudiants discuter de la meilleure façon de quadriller le terrain et se réfugia à l'intérieur. Elle avait du mal à dormir depuis qu'elle avait découvert cette pièce d'avion à l'endroit même où ils avaient installé leur caravane. Elle rêvait d'une longue nuit de sommeil.

Dans le message qu'elle venait de recevoir, Sadie la prévenait que le Pentagone allait envoyer quelqu'un pour étudier les lieux. Un éclaireur de l'équipe du JPAC basée à Hawaii. Sadie expliquait ensuite que le personnel du JPAC était chargé de retrouver les corps des militaires américains et de les ramener à leur famille.

Harriet referma l'e-mail et frissonna. C'était la dernière chose dont elle avait besoin. Mais en tant que veuve de guerre, elle ne pouvait en vouloir à cet homme de souhaiter accéder au site. Elle espérait que l'objet qu'ils avaient trouvé n'était qu'une anomalie. Qu'un avion écrasé ne se cachait pas quelque part dans ces dunes. Elle sentit aussitôt une vague de honte l'envahir. Pourtant, sa priorité était son client, une fondation qui finançait des fouilles archéologiques d'importance pour des universités du monde entier. Le gouvernement américain n'avait aucune autorité sur le travail qu'elle effectuait ici, et elle n'avait absolument pas envie d'avoir à choisir entre son boulot et une famille endeuillée.

Connaissant la lenteur administrative de l'armée, elle espérait que l'homme en question arriverait seulement en fin de chantier. Lorsque sa vue commença à se brouiller, elle referma son ordinateur. *Dormir.* Elle avait vraiment besoin de dormir. Il était temps de mettre un terme à cette journée.

On frappa à la porte. *Mueen, certainement. Jason et Molly seraient entrés sans prévenir.* Elle attrapa son sac à dos et le cadenas pour fermer la porte, avant d'aller ouvrir. C'était bien Mueen, et comme toujours, il avait anticipé ses besoins.

— Vous êtes prête à partir, madame ? demanda-t-il.

— Oui. (Elle se tourna vers les autres.) On charge le camion et on retourne à l'hôtel. Je ne sais pas pour vous, mais moi, j'ai besoin de me coucher tôt.

Visiblement, cette nouvelle les enchantait. Peut-être avaient-ils prévu de passer leur temps libre ensemble. Son esprit la ramena au mariage de Sadie, trois mois auparavant. Et à Matt. L'homme avec qui elle avait failli faire l'amour dans le jardin d'un restaurant. *Un homme exceptionnel. Beau et charmant. Un véritable séducteur.* Ce qui ne gâchait rien. Pourtant, contre toute attente, il n'avait pas tenté de la posséder. Cette soirée hantait tous ses songes. Elle soupira. Peut-être allait-elle rêver de lui cette nuit, histoire de faire d'une pierre deux coups : assouvir à la fois son besoin de sommeil et de sexe.

Cependant, lorsqu'ils furent rentrés, qu'ils eurent mangé et qu'ils eurent rejoint leurs chambres respectives, le sommeil avait encore une fois décidé de la fuir. Si elle avait été superstitieuse, elle aurait pu penser que le bout de métal sur sa table de nuit agissait comme un sortilège pour l'empêcher de dormir. L'unique période où elle avait souffert de troubles du sommeil remontait à la mort de Danny. Des semaines durant, chaque fois qu'elle fermait les yeux, tout ce qu'elle voyait, c'était son visage souriant, qui explosait. Se désintégrait. *Dans une si jolie brume rose.*

L'horreur ! Elle s'assit dans l'obscurité, et enfila un tee-shirt à manches longues et un jean, avant de tresser rapidement ses cheveux. Il lui fallait un brandy.

Le sergent-chef Matt Stanning s'étira en sortant du véhicule militaire. Lorsque l'humidité de la nuit le saisit et que l'odeur familière de l'air poussiéreux du pays l'assaillit, tout son corps se tendit. Il n'avait pas remis les pieds en Irak depuis sa dernière mission au sein de l'équipe de déminage de l'armée américaine. Mission qui s'était terminée une semaine après que ses compagnons et lui eurent rassemblé les restes de son meilleur ami Danny McCantry et rapatrié ce qui restait de lui aux États-Unis.

Il revenait d'une conférence lorsqu'on lui avait demandé de faire escale en Irak pour vérifier la découverte d'une archéologue, qui pouvait laisser supposer qu'un avion militaire se serait écrasé dans le coin. Il en doutait fortement puisque aucun des rapports qu'il avait compulsés dans l'avion ne faisait état d'une perte quelconque d'appareil dans un crash. *Bon sang, venir en Irak pour remplir de la paperasse !* Pour ce genre d'exercice inutile, on ne pouvait pas trouver pire comme destination. Il hissa son sac sur son dos et essaya d'ignorer la pression de la foule dans la zone des arrivées, le malaise de cette clameur incessante qui, telle une vipère des sables, s'insinuait le long de sa colonne vertébrale.

— Boomer ! Boomer !

Une voix transperça son cerveau embrumé. S'il lui fallut quelques secondes pour réagir à cet ancien nom de code, sa main trouva immédiatement son arme. En un éclair, il laissa tomber son sac, saisit le bras de l'homme en pivotant sur lui-même, et le lui immobilisa dans le dos en passant derrière lui.

— Bon sang, Boomer ! Lâche-moi, siffla son prisonnier qui tentait de tourner la tête.

Immédiatement, Matt reconnut David Church et le libéra.

— Bon Dieu, Nitro. Faut pas se jeter comme ça sur les gens.

— Ouais, désolé, répondit David en se frottant l'épaule. Apparemment, ça fait trop longtemps que je ne porte plus l'uniforme.

— Bon sang, dit Matt en se passant une main sur le visage.

Il avait du mal à admettre que son instinct de combat prenne encore le dessus sur ses réactions.

— Qu'est-ce que tu fais là ? demanda Matt.

Il attrapa son sac et entraîna David à travers la cohue des passagers et des personnes venues les accueillir, qui regardaient à présent les deux hommes avec un intérêt non dissimulé.

Lorsqu'ils atteignirent le calme relatif d'une borne de taxis, David le renseigna sur sa présence.

— Je bosse pour le privé, maintenant. Pour MGL Security. On est payés pour vous protéger quand vous débarquez ici.

— Eh ben, ça fait plaisir de te voir, mon pote, mais je n'ai pas besoin de garde du corps. Je me débrouille très bien tout seul.

— Sans blague, répliqua Nitro, en se frottant l'épaule une nouvelle fois. Je te jure que si tu m'as déplacé un nerf, t'es un homme mort.

Après un bref silence, les deux amis éclatèrent de rire avant de se donner une accolade.

— Je suis content de te revoir moi aussi, dit Nitro. Ça fait un bail. Ça remonte à quand la dernière fois ? 2005 ? (Il secoua la tête.) Une vraie merde, putain. Ce qui est arrivé à Danny. L'horreur, nom de Dieu.

Il soupira.

S'il y avait une chose dont Matt était sûr à cent pour cent de ne pas vouloir discuter ici et maintenant, c'était bien de Danny.

— De toute façon, c'était l'horreur généralisée. Mais le temps a passé. Les choses évoluent.

David lui montra un SUV noir.

— Voilà ma monture. Blindée, bien sûr, déclara ce dernier en s'installant derrière le volant.

Merde, alors. Bonjour la discrétion. Lui qui pensait prendre un vieux taxi défoncé tout ce qu'il y a d'ordinaire pour se rendre à l'hôtel. La subtilité n'était pas de mise.

— Tu parles si c'est blindé, putain. C'est une vraie cible mouvante, ton truc. Autant écrire dessus en gros « Envahisseur américain ». Bon sang, Nitro. Qu'est-ce qui t'est arrivé ?

David enfila une paire de Ray Ban Aviator, prit un cure-dent coincé derrière son oreille et le glissa entre ses lèvres, tout en souriant du malaise de Matt.

— Je vais te dire ce qui m'est arrivé. Je me suis vendu pour la thune. Ce n'est pas en s'engageant dans l'armée qu'on devient riche.

Matt observa la rue lorsqu'ils quittèrent l'aéroport. Dès que le bâtiment fut derrière eux, le paysage céda la place à de longues étendues désertiques à perte de vue. Il serra les poings. C'était sur de telles routes que les rebelles faisaient exploser des bombes, dissimulées dans des voitures, de vieux ballons de foot dégonflés, des jouets d'enfant… ou à peine camouflées dans le sable. Celle qui avait eu Danny était logée dans un ballon.

— J'ai du matos pour toi à l'arrière, lança David.

Matt se retourna et regarda le sac de sport posé à l'arrière.

— De quoi picoler ?

— Deux Glock, quinze chargeurs, une carabine et ses munitions, une carte d'identité canadienne, juste au cas où tu te ferais arrêter, une bouteille du meilleur Jack Daniel's, et un téléphone satellite avec accès direct à ma ligne en appuyant sur la touche « dièse ».

— T'as l'intention de jouer les nounous avec moi ?

— Que nenni. On m'a demandé de rester en retrait. D'intervenir seulement en cas de besoin. Mes supérieurs ont dû se dire que tu étais capable de te débrouiller seul.

— Que Dieu te bénisse, Nitro.

— Pour le téléphone ?

— Non, pour la bouteille de Jack.

David afficha un large sourire et tendit le poing, attendant que Matt vienne le frapper du sien. Après une hésitation, Matt se plia à ce rituel. Ils rirent une nouvelle fois. Bon sang, si seulement il pouvait reconstituer leur équipe ! Après la mort de Danny, ils s'étaient à peine croisés. Ç'aurait été trop bizarre.

— J'ai déjà récupéré ta clé à l'hôtel, et on a vérifié ta chambre. Tout paraît normal.

— Merci, mais ma mission ici n'est pas secrète, ni même très importante. Je suis juste là pour vérifier une rumeur. Tu sais que je bosse pour le JPAC, maintenant, non ?

— J'ai appris ça, ouais. Quand est-ce que tu as quitté l'EOD ?

— Il y a quelques années. Tu sais comment c'est. À mon âge, ce n'est pas facile de vivre pour l'adrénaline.

— Je te reçois cinq sur cinq, mon pote. Et tu vis pour quoi, à présent ?

— Les femmes. Le Jack Daniel's. Plutôt cool comme job, non ?

Sa repartie lui parut à peine crédible. Mais tandis qu'il songeait brièvement aux femmes, l'image de Harriet lui revint à l'esprit, sous l'orage, à califourchon sur lui, penchée en arrière, goûtant la pluie sur son corps. Au fait, elle était archéologue. Peut-être qu'il pourrait utiliser cette excuse pour l'appeler. Obtenir son numéro par Simon et Sadie en prétextant avoir besoin d'un avis professionnel.

Ça vaut la peine d'y penser.

David lui tendit la clé de sa chambre.

— Numéro 13. Je me suis dit qu'elle était moins souvent réservée.

Matt prit la clé en riant. Il n'y avait pas plus superstitieux qu'un technicien démineur. Il tenait la portière du 4 × 4 et hésitait à la refermer.

— On se boit un verre avant mon départ, j'espère.

— Presse la touche « dièse », *baby*! répondit David en faisant vrombir le moteur.

Matt claqua la portière et le regarda démarrer, lunettes de soleil toujours sur le nez malgré la nuit tombante.

Il laissa dans son sillage une bourrasque de vent dont la force obligea Matt à plisser des paupières et à détourner le visage pour éviter le flot de poussière. Lorsque cet assaut s'arrêta, il leva les yeux vers le ciel et vit de lourds nuages filer en travers de la lune.

Une tempête s'annonçait.

Chapitre 3

Harriet était assise dans un coin du bar, face au mur, et sirotait un verre de vin rouge. La plupart des clients de l'hôtel étaient des travailleurs étrangers, et elle n'avait aucune envie d'attirer leur attention. Elle retourna le dossier noir de la Fondation Megellin et examina une nouvelle fois les instructions requises par le projet qui les concernait, elle et son équipe. À présent que la zone était bornée, elle songea au plan qu'elle avait remis à Jason et Molly. Finalement, et contrairement à ce qu'elle avait prévu au départ, leur première journée de travail complète du lendemain serait consacrée à la prospection géophysique. *Autant ne pas perdre de temps.* Elle espérait que les résultats du radar géologique, qui pouvait sonder le sol à une profondeur d'un mètre, suffiraient à éloigner les militaires et lui permettrait de poursuivre son travail.

Elle se concentra sur son dossier. C'était une mission un peu particulière. On ne leur demandait pas de dater des artefacts, mais simplement de balayer la zone et de dresser un compte-rendu de leur analyse. C'était un peu étrange, mais très bien payé. Travailler moins pour gagner plus, en quelque sorte... ça n'arrivait pas si souvent. Si sa mémoire était bonne, c'était seulement la deuxième fois.

Elle croisa les jambes sous la table et vida son verre. Il était bientôt minuit. Dieu seul savait pourquoi elle n'arrivait pas à dormir. Sûrement pas à cause du décalage horaire, elle passait son temps entre deux avions. Et bien qu'elle soit épuisée, elle ne parvenait pas à trouver le sommeil.

— Je t'offre un cocktail... Harriet ?

Elle sursauta et se retourna, avant de cligner des yeux, interloquée.

— Matt ?

— C'est un véritable plaisir de te voir, ma chère.

Il se glissa sur la banquette à côté d'elle, l'obligeant à se tourner pour lui faire face. Ses yeux étaient tellement rouges qu'on aurait dit qu'il se les était frottés à la toile émeri.

— Qu'est-ce que tu fais ici ?

Elle se demanda un instant si elle ne nageait pas en pleine hallucination ou en plein rêve. *Mais non.* Lorsqu'il se pencha pour l'embrasser sur la joue, elle sentit l'odeur de sa peau, toute de savon et de musc. *Rien à voir avec une apparition.* L'accélération de son pouls le confirmait.

— Je pourrais te retourner la question. J'étais justement en train de penser à toi en arrivant ici, et une heure après, je tombe sur toi. On dirait qu'un bon génie veille sur mes déplacements.

— Je ne comprends pas…, répondit Harriet en secouant la tête.

Il avala une gorgée de bière.

— De tous les bars de la planète, il fallait que je tombe sur le tien. C'est donc là que tu te caches !

Harriet retint un sourire.

— Tu n'avais pas besoin de venir ici, tu sais. Si tu voulais m'inviter à boire un verre, il te suffisait de me le proposer.

— C'est tellement plus marrant que de demander ton numéro de téléphone à Simon, tu ne trouves pas ?

Dément. Un hasard incroyable.

— Sérieusement, qu'est-ce qui t'amène ici ? s'enquit-elle.

Elle se demandait toujours si elle n'était pas en train de dormir et de rêver, ou d'halluciner à cause du manque de sommeil.

Recouvrant son sérieux une seconde, il la regarda.

— Je n'ai pas vraiment le droit de te le dire.

Il l'observait comme s'il essayait de voir comment elle réagissait au fait qu'il n'ait pas répondu à sa question.

— Tu travailles pour le gouvernement ? (Elle fronça les sourcils pour tenter de comprendre la situation.) Une minute, c'est bien ça. Je m'en souviens, maintenant. Tu es intervenu lors de l'attaque pendant le mariage avorté de Sadie et Simon. Je suis restée coincée dans la salle de bains les trois quarts du temps, mais il me semble avoir entendu… C'était bien toi, n'est-ce pas ?

Les noces de Sadie et Simon, le lendemain du dîner de répétition au cours duquel ils s'étaient rencontrés, ne s'étaient pas vraiment déroulées en douceur. Elles n'avaient même pas eu lieu. Des hommes armés avaient pris d'assaut la maison et avaient quelque peu mis fin à toute velléité d'union romantique. Sans parler du frère de la mariée sur qui on avait tiré.

— C'est drôle. (Il hocha la tête lentement et resta délibérément silencieux.) J'étais là, c'est vrai. Juste le temps de te voir t'enfuir avec le frère de la mariée.

Mince ! Elle grimaça.

— Oui. Je n'en suis pas très fière. Mais il ne faut pas se fier aux apparences.

— Ce qui veut dire que tu n'étais pas complètement dévastée à l'idée de le perdre ?

Elle réfléchit.

— Je n'étais pas dévastée. Le fait qu'on tire sur James… m'a choquée. Mais je me suis rendu compte qu'il ne s'agissait que de ça, un simple choc. Je pensais que c'était autre chose, mais non.

Bon sang! Elle regarda son verre. *In vino veritas.* Elle avait du mal à reconnaître qu'elle n'avait rien ressenti après le choc initial. Il allait la prendre pour quelqu'un d'insensible. Mieux valait changer de sujet.

— Et donc, tu travailles pour le gouvernement ?

— Oui. Tu me fais confiance, maintenant ?

Il la gratifia de ce sourire de séducteur qui l'avait tellement intriguée lors du dîner de répétition.

Elle se détendit dans un coin de la banquette entre le coussin en vinyle et le mur.

— Pas le moins du monde, répondit-elle. Et tu peux aller me chercher un autre verre de rouge, si ça te va.

Elle le regarda. Il n'avait pas bougé.

Il lui fallut un quart de seconde pour comprendre ce qu'elle disait, et il se leva tout d'un coup.

— J'y vais, j'y vais.

Harriet sentit un frisson de plaisir la traverser lorsqu'elle le regarda se diriger vers le comptoir. De tous les bars du monde, il fallait qu'il… Peut-être que ça signifiait que cette fois, ils allaient pouvoir conclure. En plus, elle était en Irak pour deux semaines seulement. L'idéal quand on voulait ne pas s'attacher à vie ni se répandre en promesses sordides. Cela lui épargnerait le malaise d'avoir à expliquer qu'elle avait déjà rencontré, et perdu, son âme sœur, qu'elle ne recherchait ni l'amour ni aucune forme d'engagement, synonyme d'enfermement, et encore moins de famille heureuse. Pendant un instant, elle se souvint de ses mains et de ses yeux posés sur elle, dans le jardin, à moitié nue sous la pluie.

Il revint avec un verre de vin, et cette fois, s'assit en face d'elle. Il alla droit au but.

— Tu m'as bien dit que tu étais archéologue, non ? Quel genre de fouilles fais-tu ici ?

— Aucune. On se contente de préparer le terrain pour une fondation qui finance des fouilles archéologiques pour des étudiants. Les étudiants ont des périodes définies pour valider des UV sur le terrain. Du coup, à l'occasion, mon entreprise se charge d'étudier et de préparer certains chantiers avec eux.

Lentement, elle fit tourner le vin dans son verre, songeant au bout de métal qu'ils avaient trouvé en installant la caravane sur le site.

Il toussota.

— Et vous avez découvert quelque chose d'intéressant ? Un truc à signaler ?

Il avait posé la question d'un ton enjoué, presque naturel, mais elle comprit immédiatement qui il était et pourquoi il était là.

Tiens donc !

— Tu peux être plus précis ? demanda-t-elle.

Il s'appuya contre le dossier de sa chaise en souriant.

— C'est toi, mon contact ? insista-t-elle.

Bingo ! Bon sang, il était plus que partant pour un brin de contact avec elle.

— Je suppose que oui. Tu n'as parlé à personne de votre découverte, rassure-moi ?

Instinctivement, ses yeux se posèrent sur les différents clients du bar pour vérifier que leur attention ne s'était pas portée sur eux.

— Mon Dieu, non. Mes assistants et notre garde sont au courant, mais ils sont suffisamment intelligents pour tenir leur langue. Tout ce que nous trouvons, que ce soit ancien ou moderne, reste confidentiel tant que nous ne l'avons pas mis à l'abri des pillards ou de toute personne… susceptible d'être intéressée. C'est la règle des archéologues.

Elle fronça les sourcils.

— C'est bien. C'est exactement la procédure que nous appliquons. Personne ne parle de quoi que ce soit avant que tout soit en sécurité.

Il but une gorgée de bière.

— Je pensais avoir une ou deux semaines avant de voir débarquer quelqu'un, dit-elle.

— C'est le temps que ça prend normalement, et c'est même parfois plus long. D'habitude, il y a tout un protocole à respecter avant d'arriver sur le terrain. Mais j'ai un visa irakien, et comme j'étais à une conférence à Kuala Lumpur, on m'a détourné à mon retour.

— Tu es déjà venu en Irak ?

Les doigts de Harriet glissèrent sur le verre, l'effleurant à peine, et il eut l'impression que c'était sur sa peau qu'ils dessinaient ces motifs. Rien de tel pour que son sexe se mette à tressaillir. *Hallucinant !* Merde, ça faisait trente heures qu'il n'avait pas dormi, et sa libido était intacte ?

— Évidemment. Je te rappelle qu'on a fait la guerre dans le coin il n'y a pas si longtemps. Et toi ?

— Une fois. Je faisais partie d'une équipe chargée de fouilles près d'Ur, au sud-est d'ici.

— Je sais où se trouve Ur. La ziggourat, c'est ça ?

Il se souvenait de l'énorme édifice en terrasse qui ressemblait à une pyramide, à la sortie de la ville de Nasyriyah.

Elle eut un large sourire.

— Impressionnant ! Un soldat qui connaît les ziggourats. C'est magnifique, n'est-ce pas ?

— Je suis dans l'armée de l'air, répliqua-t-il. Et oui, c'était magnifique. Agatha Christie a écrit certains de ses romans là-bas, je me trompe ? Pendant que son mari faisait des fouilles, je crois.

Il jura que le visage de Harriet s'était légèrement assombri lorsqu'il avait dit qu'il appartenait à l'armée de l'air. *Étrange.* Quand elles l'apprenaient, la plupart des femmes pensaient aux pilotes de chasse. Il avait emballé pas mal de filles grâce à *Top Gun*.

— Oui, c'est vrai, répondit-elle distraitement.

Sa main s'était mise à tapoter nerveusement sur la table, et il la recouvrit de la sienne pour la calmer.

— Ça va ?

Sous ses doigts, sa peau était comme du velours. Il avait envie de revivre cette nuit dans le jardin, de sentir son corps moite qui le rendait fou. Il remerciait Dieu de lui avoir donné une seconde chance de la posséder, de conclure l'affaire une fois pour toutes. C'était l'occasion de se la sortir de la tête définitivement. Parce que bon sang, depuis qu'il l'avait rencontrée, il l'avait dans la peau.

— Oui. Je suis juste fatiguée. (Elle leva les yeux et sourit.) Je suis heureuse de te voir, en tout cas. Combien de temps as-tu prévu de rester ?

— Ça dépend. Juste une nuit peut-être. Il faut que j'envoie les détails de… (il regarda autour de lui) la pomme au QG.

— La pomme ?

— C'est la première chose qui m'a traversé l'esprit. Peut-être parce que je te trouve à croquer.

Est-ce qu'il venait vraiment de dire ça ? En même temps, c'était vrai. Elle était délicieuse. On aurait dit qu'elle sortait du lit, avec ses cheveux blonds tressés négligemment et son sweat au col juste assez relâché pour dévoiler la bretelle de son soutien-gorge blanc immaculé. *Il lui arrive donc de porter un soutien-gorge.* Elle avait l'air innocente, et il était bien placé pour savoir que ce n'était qu'une apparence. Pourtant, il n'avait qu'une envie, lui faire subir les pires outrages. Ses airs angéliques exacerbaient son désir.

Ses paupières se refermèrent imperceptiblement tandis qu'elle soutenait son regard. Il aimait le fait qu'elle assume son désir et ne cherche pas à nier celui qu'il éprouvait pour elle. Qu'elle ne tente pas, comme la plupart des femmes, de faire mine d'ignorer le compliment.

— Est-ce que tu veux… monter avec moi pour voir ma pomme ? demanda-t-elle en clignant légèrement des yeux.

— Oui. Bien sûr. J'en salive d'avance.

— Je suis dans la chambre 23. Laisse-moi quelques minutes, tu veux bien ?

— À vos ordres, madame.

Il vérifia l'heure tout en la regardant quitter le bar. Dès qu'elle eut disparu de son champ de vision, il repoussa sa bière et étira les bras au-dessus de sa tête. Il se leva et se dirigea près des portes pour lire le panneau d'affichage. Ces hôtels paumés qui accueillaient essentiellement des clients étrangers ressemblaient à n'importe quel autre hôtel de la planète. Les gens mettaient des annonces pour trouver un compagnon, recommander un restaurant, ou informer les autres clients. C'était agréable de se sentir appartenir à une communauté si loin de chez soi. Il trouvait hallucinant qu'il y ait tant de visiteurs alors que la guerre venait à peine de se terminer.

Il se rendit compte que son pied tapotait nerveusement le sol, et il vérifia l'heure une nouvelle fois. *Trois minutes.* Il décida d'attendre encore deux minutes pour que personne ne puisse penser qu'ils étaient partis ensemble. Dans un établissement comme celui-ci, il valait mieux éviter les rumeurs.

Dès que les deux minutes se furent écoulées, il rejoignit l'escalier à grandes enjambées. L'hôtel n'avait que deux étages : celui de la réception, où se trouvaient le bar et le restaurant, et celui des chambres. Il passa devant la sienne, et, sans s'arrêter, vérifia la poignée pour s'assurer que la porte était toujours verrouillée.

La chambre de Harriet était tout près de la sienne. La porte était entrouverte. Un filet de lumière éclairait le couloir plongé dans l'obscurité. Il pianota sur la porte du bout des doigts, à la fois pour signaler sa présence et l'ouvrir. Tout en entrant, il essaya de respirer calmement, histoire de ralentir les battements de son cœur.

— Salut, dit-elle de son bureau.

Lunettes sur le nez, elle souleva le morceau de métal.

— J'ai beau chercher, je ne vois pas ce que ce bout de métal peut bien avoir de particulier.

Les yeux de Matt étaient posés sur sa silhouette menue, encore plus petite dans le grand fauteuil pivotant en cuir, qui semblait déplacé dans cette chambre à l'ameublement spartiate. Elle avait ramené ses jambes sous elle, et son sweat avait encore glissé, dévoilant à présent son épaule. *Rien de sexy en soi.* Pourtant, comme jamais auparavant, il mourait d'envie de sentir sa peau nue sous ses lèvres. *Vas-y mollo, mon petit Matt.*

Il se rapprocha d'elle, et elle lui lança le bout de métal. Il l'attrapa au vol et détourna le regard. Dès qu'il vit l'objet, son attention fut retenue. Totalement. Comme si Harriet n'était plus dans la pièce. Il s'agissait en fait de deux fragments métalliques, qui avaient fusionné sous l'effet de la chaleur. Il avait vu ce phénomène se produire des centaines de fois. Et c'était une explosion qui le provoquait. Grâce aux numéros encore visibles sur l'un des côtés, il sut immédiatement que cette pièce provenait d'un C-130.

La seule question à se poser désormais était de déterminer si cet appareil avait explosé à la suite d'un accident, d'une attaque ou de tout autre chose. Il s'assit sur le lit en caressant l'objet du pouce, plongé dans ses pensées.

— Alors, ça te dit quelque chose ? demanda Harriet.

Il n'avait pas vu qu'elle avait refermé la porte et approché son fauteuil du lit pour s'asseoir confortablement, les pieds posés près de lui.

— Rien de bon. Il va falloir que je vous accompagne sur le site demain. Quelque chose est arrivé à cet avion, et je dois découvrir quoi.

— Je croyais que les membres du JPAC s'occupaient de localiser et de rapatrier les corps des soldats disparus, dit-elle lentement.

— C'est vrai. C'est ce que je fais. (Il secoua la tête, l'air préoccupé.) C'est pour ça que je suis là. Tu as raison. Ce n'est pas à moi de découvrir ce qui s'est passé.

Il fallait qu'il cesse de vouloir résoudre tous les problèmes qu'il rencontrait. Son commandant le lui avait répété à maintes reprises lorsqu'il avait intégré l'équipe du JPAC. Les soldats de l'Élément organique de déminage étaient des experts en résolution de problèmes. C'était une seconde nature pour lui. Mais ce n'était plus son boulot, désormais.

Une petite sonnerie retentit sur le bureau de Harriet, et elle se leva pour aller regarder son téléphone. Autour de ses cheveux, la lumière formait un halo. Lorsqu'elle s'assit pour consulter ses e-mails, ses textos, ou autre, il ferma les yeux un instant pour se donner le temps de réfléchir à un plan. Un plan qui ne mette pas son commandant en rogne et qui lui épargne de se sentir coupable de ne pas intervenir.

Chapitre 4

Lorsque Harriet se réveilla, il lui fallut un moment pour se souvenir de ce qui s'était passé la veille. À ses côtés, une protubérance singulière déformait le matelas, certes peu épais. *Matt.* Le temps qu'elle vérifie l'e-mail reçu de la fondation, il s'était endormi comme une masse, et elle avait dû le bousculer légèrement pour l'allonger sur le lit. Visiblement, cet homme manquait de sommeil.

Elle avait enlevé son sweat et gardé son débardeur, avant d'enfiler un short de nuit et de se pelotonner dans le lit.

Elle se tourna vers lui en clignant des paupières, le regard encore flou de sommeil. Il avait l'air si différent. Comme apaisé. Le masque du séducteur était tombé. Ses cheveux noirs, et ras au niveau des oreilles, étaient un peu plus longs sur le dessus. Plus que la rigueur militaire ne l'autorisait. Son menton ferme et ses pommettes saillantes évoquaient la statue d'Apollon qu'elle avait aidé à exhumer en mer Égée, quelques années auparavant. Elle avait envie de caresser sa peau tout autant qu'elle avait eu envie de caresser le marbre de la statue. *Enfin, pas tout à fait de la même manière.* Une barbe de quelques jours assombrissait sa mâchoire. Il ouvrit les yeux, et elle vit se tendre les muscles de son cou, alors que son regard s'animait en une fraction de seconde.

— Harriet, dit-il d'une voix rauque.

— Puisque nous avons passé la nuit ensemble, tu pourrais peut-être m'appeler « Harry », répliqua-t-elle, pince-sans-rire.

— Nous, quoi… ? bredouilla-t-il, avant de sourire en s'apercevant qu'il était encore habillé. Bon sang, j'ai cru un instant qu'on avait fait l'amour et que je ne me souvenais de rien. Ç'aurait été un crime.

— Je ne te le fais pas dire, répondit-elle en lui souriant à son tour.

Ils restèrent silencieux un instant. C'était un peu bizarre de se retrouver dans le même lit, à tête reposée, sans qu'il n'en profite pour lui sauter dessus. Lorsqu'elle décida de se lever, il la retint par le bras. Elle s'immobilisa.

— Où vas-tu comme ça, ma chérie ?

— Euh… Tu n'as pas envie de sortir du lit ?

— Pas spécialement. Le jour n'a même pas fini de se lever, et tu es exactement à l'endroit où je rêvais que tu sois.

Il lui adressa un clin d'œil, et elle s'installa sur le côté, face à lui.

— Je pense beaucoup à toi depuis le mariage, avoua-t-il.

Il roula sur le dos, s'étira, et se remit en face d'elle.

— Et toi, tu as pensé à moi ? insista-t-il.

Tous les jours.

— Un petit peu peut-être.

Sa respiration, tout s'était ralenti. Depuis qu'elle l'avait rencontré, elle avait fantasmé à l'idée de faire l'amour avec lui dans ce jardin, s'était imaginée comblée par cet homme, sous la pluie. L'occasion rêvée se présentait. Elle allait faire l'amour avec lui, quoi qu'il arrive. On lui offrait une seconde chance. Impossible de la laisser passer. D'autant qu'il n'était là que pour quelques jours.

— J'ai envie de toi. De te voir nue. Tu m'obsèdes. Mais je te préviens, ne t'attends pas à un conte de fées. Dans deux jours au plus, je serai loin, et il y a peu de chances que l'on se recroise. Je ne veux surtout pas te faire souffrir, que ce soit maintenant ou plus tard.

Toujours aussi prétentieux, l'enfoiré.

— Eh ben, Matt, tu ne doutes de rien, on dirait. Tu penses qu'une nuit… (elle regarda la lumière encore faible qui s'infiltrait dans les coins des rideaux) ou plutôt qu'un matin, peut suffire à bouleverser ma vie au point de vouloir la passer auprès de toi ?

Elle éclata de rire.

— Je suis sûre que tu ne manques pas d'entraînement, mais quand même..., ajouta-t-elle avec un clin d'œil.

Il plissa les yeux.

— Tu vas voir.

Il l'enlaça par la taille et l'attira contre lui. Elle sentit aussitôt sur sa cuisse la proéminence de son sexe, déjà très dur.

— Vraiment ? chuchota-t-elle, à quelques millimètres de sa bouche.

Il répliqua d'un baiser torride qui la fit frissonner jusqu'au bout des orteils. Déjà, sa langue s'immisçait dans sa bouche, et elle gémit. Son désir pour lui, tel un flot de sable et d'argile qui s'écoule entre les doigts, la submergea.

— Matt, murmura-t-elle lorsque ses lèvres quittèrent les siennes avant de déposer des baisers humides dans son cou et en faire vibrer les points les plus sensibles.

Il s'écarta d'elle en fronçant les sourcils.

— Oui ?

— Déshabille-toi.

Il portait les mêmes vêtements que la veille.

Il se leva d'un bond, et, sans la quitter des yeux, passa sa chemise au-dessus de la tête et défit son jean. Il s'immobilisa un instant.

— Toi aussi. Je veux te voir.

Il fit tomber son pantalon et apparut dans toute sa virilité, le corps tatoué et musclé. À cette vue, un flot de désir s'insinua entre les cuisses de Harriett. Cet homme allait lui appartenir. Et il était magnifique.

Debout sur le lit, elle se contorsionna pour faire descendre son short. Elle vit le membre de Matt bondir littéralement lorsqu'il découvrit qu'elle ne portait pas de sous-vêtement. Elle se débarrassa de son short d'un mouvement brusque du pied et, sans plus de cérémonie, ôta son débardeur.

— Tu es incroyable, bon Dieu, susurra-t-il en s'approchant du lit.

Sous son regard intense, ses tétons s'étaient redressés. Elle se sentit soudain vulnérable, comme si tous ses os se délitaient. Elle avait besoin de lui. De sa puissance.

Matt posa sa main sur l'épaule de la jeune femme et la fit glisser entre ses seins jusqu'à son nombril, sur lequel il déposa un baiser.

Elle passa ses doigts dans les cheveux de son partenaire et voulut l'attirer plus près. Mais il recula et la souleva délicatement du lit pour la prendre dans ses bras. Elle se sentait minuscule à côté de lui. Délicate et fragile. Elle voulait qu'il l'épuise. Qu'il la comble. *Toujours plus.* Elle n'était pas une poupée de porcelaine.

Comme s'il lisait dans ses pensées, il la laissa retomber sur le matelas et lui écarta les jambes. Sa langue et sa bouche tracèrent des sillons de feu de ses chevilles à ses cuisses et elle s'embrasa, gémissante de désir.

— Qu'est-ce que tu veux, Harry ? Dis-moi.

— Fais-moi vibrer.

Merde. Où est-ce qu'elle était allée chercher ça ?

Il lui mordit l'intérieur de la cuisse, et ce fut comme une décharge de plaisir et de douleur confondus qui la transperça. Son sexe était au comble de l'excitation. Elle n'avait jamais ressenti un tel désir.

— Mon Dieu, oui, haleta-t-elle.

Les doigts de Matt s'enfoncèrent violemment dans les globes de ses fesses, et il la souleva pour la rapprocher de sa bouche. Déjà, sa langue s'activait sur son clitoris, sauvage et implacable.

Au bord de l'abîme, elle s'accrochait encore, avide de vertige. Mais lorsqu'il enfonça un doigt pressant et impérieux, puis deux, au plus profond de sa chair, et, tandis que sa langue la rendait folle, elle crut défaillir. La torture devenait insupportable. Il fallait l'abréger. Les yeux clos, elle jouit dans un éclat de lumière, savourant les délices de la vague qui l'emportait.

Le doux son enivrant de sa jouissance retentit dans la chambre dépouillée. Son sexe étroit vibrait encore lorsqu'il retira ses doigts. Il n'avait jamais désiré une femme aussi violemment. Il voulait la posséder totalement. Sans attendre.

— Tu as un préservatif? demanda-t-elle.

— Bien sûr.

— Mon Dieu, merci, soupira-t-elle. Tu me veux comment ?

— Vite.

Et fort. C'était presque une question de survie. Elle le suivit du regard lorsqu'il prit un préservatif dans son portefeuille.

Elle se retourna, sans le quitter des yeux, et se mit tranquillement à quatre pattes. *Bon sang.* Elle était parfaite.

En une seconde, il était derrière elle. Ses cheveux blonds vinrent balayer son dos. Il saisit son membre frémissant et le guida au plus près de sa féminité. Elle recula aussitôt, brûlant de le sentir en elle. Il passa un bras autour de sa taille si menue et, lentement, s'insinua dans la chaleur de son intimité. Tout son corps s'enflamma lorsqu'elle resserra ses muscles autour de lui.

Lorsqu'elle gémit son nom, il crut perdre la raison. Son désir le consumait.

Il voulut se retirer lentement, mais elle l'en empêcha. Elle se souleva légèrement et s'agrippa à la tête de lit. Il aurait tellement voulu la voir. Contempler son visage, ses seins. Il comprenait soudain pourquoi certains éprouvaient le besoin de se filmer en faisant l'amour. Cela ne lui avait jamais traversé l'esprit. Mais là, il trouvait l'idée plus que séduisante. C'était peut-être la seule fois qu'il ferait l'amour avec elle. Il lui fallait un miroir.

Il se retira malgré ses protestations.

— Viens, dit-il en lui tendant les mains. J'ai besoin de te voir. C'est plus fort que moi.

Il la guida jusqu'à la coiffeuse un peu démodée, seul miroir de la chambre.

— Vilain garçon !

Un large sourire aux lèvres, elle inclina le buste vers l'avant et s'accrocha au sommet du meuble, offrant le parfait spectacle de son visage et de ses seins. Il glissa sa main entre ses jambes et dut fermer les paupières au contact de sa chaleur. Elle écarta aussitôt les jambes et gémit, tandis qu'il taquinait tendrement son intimité.

Il ouvrit brusquement les yeux pour observer sur les traits de la jeune femme l'effet de ses caresses intimes. *Clitoris, vagin, fesses. Une jouissance en soi.*

Il reprit son membre une nouvelle fois et l'inséra lentement, avec bien plus de douceur que sur le lit quelques instants plus tôt. Il déglutit à grand-peine lorsqu'il se vit disparaître en elle. Elle était tellement sexy, tellement étroite. À chacun de ses coups de reins, ses cheveux venaient balayer son dos.

— Plus fort. Baise-moi plus fort, dit-elle, en le transperçant du regard dans le miroir.

Il saisit ses hanches à pleines mains et la pénétra puissamment. Elle répondit à chacun de ses coups de reins. Elle se pencha à l'avant et vint lui caresser les testicules. Lorsqu'elle accentua la pression, Matt crut que sa tête allait exploser. Un flot de lave en fusion remonta le long de sa colonne vertébrale avant de redescendre jusqu'à son sexe. Et il jouit.

Accroché à ses hanches, il obligea Harriet à se cambrer, et ses cheveux tombèrent sur l'une de ses épaules, dévoilant un tatouage sur le haut de son dos. *Le blason de l'EOD.* Son ancienne unité.

Bon sang! C'était quoi, ce délire ?

Chapitre 5

Harriet se redressa, s'étira et retint un éclat de rire lorsque Matt gémit en se retirant. Il avait assuré. Vive les fantasmes qui se réalisaient ! Elle lui sourit dans le miroir, mais il avait détourné les yeux et observait son dos.

Il dégagea les cheveux des épaules de la jeune femme. Ah, il devait avoir vu son tatouage.

— C'était la section de mon mari. L'EOD, ajouta-t-elle, en espérant qu'il ne poserait pas de questions.

Mais non.

— Je sais ce que c'est, et la plupart des gars sont divorcés. EOD ne veut pas seulement dire Élément organique de déminage. Ça signifie aussi…

— Élément organique de divorce. (Elle se retourna vers lui.) Je suis au courant. Mais sache que je ne suis pas divorcée.

Il la regarda fixement, en proie à un flot d'émotions contradictoires.

— Désolé. (Il recula et attrapa son pantalon.) J'ai connu tellement de types bien qui ne sont plus là aujourd'hui.

— Je n'en ai connu qu'un.

Bon sang. Comment cette conversation avait-elle pu prendre ce tour en moins d'une minute ? Elle aurait bien aimé pouvoir l'effacer. Visiblement, le sujet ne l'enchantait pas non plus. Depuis qu'il s'était excusé, il ne l'avait pas regardée en face une seule fois.

— Ce n'est rien. Cela fait sept ans maintenant qu'il est mort. Je vais bien. Ne t'en fais pas pour moi.

— Sept ans ? Peut-être que je le connaissais. Il était dans quel département militaire ?

Il avait presque fini de se rhabiller, un peu comme on enfile une armure. Elle aurait ri s'il n'avait pas semblé si… bouleversé ?

— Force aérienne des États-Unis. Danny McCantry.

Bouche bée, Matt secoua la tête

— La femme de Danny s'appelait Marko.

Comment pouvait-il se souvenir de ça ? *Bon sang, merde !* L'histoire se compliquait carrément. Il serrait si fort les dents qu'elles grinçaient. Harriet attrapa son short et son débardeur, et s'assit près de lui sur le lit.

— Mon nom de jeune fille est bien Markowitz. On avait à peine douze ans quand on s'est rencontrés, Danny et moi. Il m'appelait toujours Marko.

— Danny était mon meilleur ami. Je viens de baiser avec la femme de mon meilleur ami.

Il avait dit cela d'une voix cassante, et le cœur de Harriet flancha en même temps que son estomac. Nauséeuse, elle dut respirer longuement à plusieurs reprises avant de recouvrer son calme. Tout resurgissait. Les histoires, les photos. Elle revoyait Danny en train de lui parler de ses potes de section. Elle les avait presque tous rencontrés au moment des funérailles, mais, hormis les quelques visages de ceux venus lui rendre visite par la suite, elle avait presque tout oublié de cette journée.

Elle posa sa main sur son bras, et il se leva d'un bond, comme sous l'effet d'une brûlure.

— Pourquoi tu ne m'as rien dit ? demanda-t-il, en se passant une main dans les cheveux.

Il s'était exprimé à voix basse, mais avec l'intensité d'un cri. Il prit le reste de ses vêtements et les enfila avant qu'elle n'ait pu trouver la réponse digne de ce véritable cauchemar.

— Je suis désolée que cela t'affecte autant. C'est… regrettable. Mais tu sais, Danny est mort il y a longtemps, maintenant. Je suis passée à autre chose.

Elle n'en revenait pas. Elle avait prononcé ces paroles si souvent qu'elle réussissait presque à s'en convaincre. Oui, elle était passée à autre chose. Sexuellement et professionnellement, autant que physiquement. Mais pas émotionnellement. C'était impossible.

— Pas moi. (Il avait parlé en détachant ses mots.) Comment tu as pu coucher avec moi comme ça ? Le souvenir de Danny ne signifie-t-il donc rien pour toi ?

En proie à une fureur soudaine, elle sentit le sang monter à ses tempes.

— Comment oses-tu ? Comment oses-tu ? Sors d'ici. Tout de suite.

Il fit claquer la porte derrière lui.

Harriet se recroquevilla sur le lit. Elle pleurait déjà à chaudes larmes. Comment osait-il la juger ? Comment avait-il osé lancer ce qu'elle seule avait le droit de se dire ? *Qu'il aille au diable !* Elle renifla et releva le menton en signe de rébellion, avant d'essuyer les larmes qui coulaient sur son visage. Elle ne pleurait pas pour Danny. Elle se sentait humiliée. Comme si on venait de lui rappeler brutalement tous les doutes qu'elle avait sur le mythe de la veuve censée « passer à autre chose ».

Qu'il aille en enfer ! Elle n'avait rien à se reprocher. Pourquoi l'avait-il agressée ainsi ? Elle avait décidé de profiter de l'existence à chaque

instant. Elle savait qu'elle finirait de toute façon par retrouver Danny un jour. Sa manière de vivre ne regardait qu'elle. Personne d'autre. Elle adorait la vie, et elle avait bien l'intention de se faire plaisir autant que possible. Les aventures, la liberté, et, lorsqu'elle en ressentait le désir, s'éclater au lit sans se prendre la tête.

Elle n'avait pas l'intention de s'excuser sur sa façon de vivre, sur ses choix. Matt n'avait aucun droit sur elle. *Pas question.* Elle se leva et alla se doucher. *Pas question, bon sang!*

Il n'en revenait pas. Quelle merde lui était tombée dessus ? Comment était-ce possible de passer en une seconde de l'extase à l'horreur absolue ?

Il faisait les cent pas dans sa chambre, en essayant de comprendre ce qui venait de se produire. Il avait baisé la femme de Danny. Elle s'était offerte comme une… comme quoi ? Sa raison le rappelait à l'ordre.

Nom de Dieu! Il venait de la traiter de femme adultère. De traînée, même. Il s'immobilisa et s'écroula sur le lit, abattu. Il l'avait caressée comme Danny l'avait caressée. Il avait l'impression d'avoir commis un sacrilège, brisé un serment implicite.

Dans le livre de sa vie, la mort de Danny était gravée à jamais. Il y avait un avant et un après.

Avant, il était insouciant, léger et heureux de vivre. Mais après avoir vu son meilleur ami se désintégrer dans une brume rose, il était devenu quelqu'un de stressé, et de grave, constamment sur ses gardes. Les ténèbres avaient succédé à la lumière. Quant au sexe, il remplissait uniquement deux fonctions. L'éloigner de la foule, et, le temps d'un instant, lui faire oublier ce drame.

Il se prenait tout à coup la réalité en pleine figure. Elle avait raison, cela faisait sept ans. Il aurait dû réussir à surmonter cette épreuve. Mais comment faisait-on pour surmonter une telle épreuve ?

En suivant une thérapie, peut-être, lui suggéra une petite voix.

Qu'il s'empressa de chasser aussitôt d'un mouvement de tête. Comment pouvait-il arranger les choses ? Il ne pouvait pas faire comme s'il n'avait pas baisé avec elle. Il ne voyait qu'une solution. *Finir son boulot, retourner à Hawaii, et oublier cet épisode.*

Il était devenu maître en la matière.

Mais d'abord, il faudrait peut-être qu'il lui présente des excuses. Ce n'était pas gagné. Comment ça avait pu si mal tourner ? Le destin avait décidé de jouer avec ses nerfs. Sa rencontre avec Harriet au cours d'un mariage était tellement improbable. Sans parler de cette incroyable…

comment appeler cela ? dans les jardins du restaurant. Et que dire de ces trois derniers mois passés à fantasmer sur elle, à l'imaginer nue, lui se perdant en elle ? Tout ça pour tomber sur elle à l'autre bout du monde, aussi excitante et envoûtante que dans son souvenir. Voilà qu'à cause de cette femme, il se mettait à parler envoûtement. Il était vraiment atteint, nom de Dieu. *Et pas qu'un peu.*

Chapitre 6

Harriet était descendue déjeuner avant tout le monde. Le morceau de métal avait repris sa place dans sa poche et ses dossiers étaient étalés sur la grande table à laquelle elle avait pris place.

— Harriet ? Harriet Markowitz ?

Une voix inconnue à l'accent britannique lui fit lever la tête.

C'était celle d'un vieux monsieur en costume trois-pièces, qui lui disait vaguement quelque chose. *Oui, voilà.* Un archéologue rencontré lors d'une conférence, peut-être trois ans auparavant.

— Malcolm, c'est bien ça ? Je suis désolée, je ne me souviens pas de…

Elle se leva et lui tendit la main. Il la lui serra, après avoir fait glisser ses dossiers sous son bras gauche.

— Rapson. Malcolm Rapson.

— Évidemment. Vous avez donné une conférence sur les antiquités du Moyen-Orient. J'ai été subjuguée par les pièces que vous nous avez montrées. J'ai adoré votre intervention.

Elle jeta un coup d'œil aux chemises qu'il avait sous le bras. La première venait comme la sienne de la Fondation Megellin.

— Vous êtes trop aimable. Oui. Vraiment très aimable, dit-il, en examinant déjà le buffet.

— Vous êtes missionné par la Fondation Megellin, vous aussi ?

Étonnant que ses employeurs aient envoyé au même endroit deux équipes d'étude. Normalement, une seule était chargée de la même zone. Elle retourna son dossier pour qu'il voie à quel point leurs sites étaient proches.

Il eut l'air aussi surpris qu'elle.

— En effet, cela est très étrange, ma chère. Où travaillez-vous ?

Il posa ses dossiers sur la table, ouvrit celui à la couverture noir brillant, et en tira la carte de son site. Elle était identique à la sienne, sauf que la zone colorée se trouvait à l'ouest. La limite est de son propre site jouxtait la limite ouest de celui de son confrère. Elle lui montra sa carte.

— Étrange, mais pas anormal, très chère. Ils paient bien. J'en déduis donc que leurs coffres ne sont pas aussi vides que ceux de certains autres de mes clients. Peut-être n'ont-ils pas le temps de faire deux études consécutives.

— Oui, vous avez certainement raison. Pourquoi ne pas en profiter pour échanger sur nos recherches ? Je serais ravie d'entendre ce que vous pensez des dernières découvertes près d'Erbil, dit-elle en évitant d'en faire des tonnes.

C'était l'occasion rêvée de passer plus de temps avec un archéologue de réputation internationale. Mince, s'ils découvraient quelque chose, peut-être qu'ils pourraient cosigner un article tous les deux.

— Avec le plus grand plaisir. Nous organiserons une petite rencontre un peu plus tard dans la semaine, lorsque nous aurons davantage défriché le terrain.

— Parfait. Eh bien, bon appétit ! lança-t-elle en s'asseyant.

Quelle chance. Être là en même temps qu'un archéologue de renom qui, en plus, se souvenait de son nom. Ces deux semaines s'annonçaient passionnantes. *En dehors de Matt, bien sûr*, se rappela-t-elle en soupirant. Passionnantes, certes, mais il fallait d'abord qu'elle se débarrasse de lui.

Molly et Jason arrivèrent en même temps, et, encore une fois, elle ne put s'empêcher d'y voir le signe d'une possible liaison entre eux. Si elle voyait juste, Molly n'avait vraiment pas perdu de temps. Ça ne lui ressemblait pas. Normalement, elle était plutôt du genre à observer. Avant de séduire un homme, elle prenait le temps de le regarder sous toutes les coutures. Selon elle, les petits détails étaient les plus révélateurs. La manière de s'adresser à un serveur ou de se comporter quand on ignore que l'on est observé. Rien ne lui échappait.

— Salut, les jeunes. Allez vous servir, et ensuite, je vous explique le programme de la journée, dit-elle après que Molly l'eut embrassée sur la joue.

Elle avait l'impression un peu désagréable d'avoir à la materner.

Un serveur sympathique remplit leurs trois tasses de ce café aux arômes puissants et revigorants incomparables à nul autre. Rien de tel pour commencer la journée. Quand elle n'était pas au Moyen-Orient, cela lui manquait énormément. Impossible de trouver aux États-Unis quelqu'un qui sache préparer le même. Elle regarda autour d'elle un instant en songeant qu'elle pourrait sans doute en demander la recette avant son départ. Elle huma le breuvage avant d'en avaler une première gorgée.

Molly revenait à la table en riant.

— À te voir, on croirait presque que tu es en pleine extase sexuelle !

— Tu ne crois pas si bien dire. Tu devrais essayer.

Elle but une deuxième gorgée de café.

Molly sentit le café et le goûta. Au bout d'une seconde, son visage se mit à rougir. Elle regarda autour d'elle et le recracha dans la tasse.

— Oh, mon Dieu, c'est une blague ? s'exclama Harriet, faussement sévère. Je ne vais plus pouvoir remettre les pieds ici.

Elle secoua la tête comme si Molly était une gosse exaspérante.

Jason s'assit à côté de la jeune femme.

— J'ai vu la scène de là-bas, dit-il en montrant le buffet. Je t'ai commandé du thé.

— Merci, Jason. (Elle se retourna vers Harriet.) Tu vois, y a quelqu'un qui me soutient ici.

Harriet leva les yeux au ciel… et aperçut Matt. Elle avait pris la plus grande table contre le mur pour avoir une vue du hall d'entrée, mais d'où il était, il ne pouvait pas voir les deux étudiants. Elle tenta de secouer la tête pour le prévenir, mais il se dirigea droit sur elle.

Elle se leva brusquement et les deux autres la regardèrent, intrigués.

— Je suis vraiment désolé de ce que j'ai dit. C'était complètement déplacé.

— Matt, je te présente Molly et Jason, mes assistants sur ce chantier.

Elle montra du doigt les étudiants assis près du mur.

Merde.

Vas-y mollo, Stanning. Vraiment mollo.

— Bonjour. Je m'appelle Matthew Stanning. Je bosse pour le JPAC.

Il serra la main des deux étudiants en remarquant que Jason semblait un peu agacé de le voir. Le jeune coq n'était plus seul dans la basse-cour.

— Le JPAC ? demanda Jason en plantant sa fourchette un peu trop agressivement dans un morceau de fruit.

— Le *Joint POW/MIA Accounting Command.* Notre boulot est de ramener les troupes à la maison. On m'a envoyé pour étudier la pièce que vous avez trouvée.

Il s'assit et un serveur lui apporta un café.

Jason s'enfonça sur sa chaise et croisa les bras.

— Vous ne perdez pas de temps. Ça fait à peine vingt-quatre heures qu'on l'a découverte.

Matt n'avait nullement l'intention de rendre des comptes à ce freluquet.

— L'armée de l'air est connue pour sa réactivité.

Molly se pencha au-dessus de la table et rajusta ses lunettes sur son nez, avant de l'observer attentivement.

— Waouh ! Tu es dans l'armée de l'air ? C'est géant. Et tu as un uniforme ?

Du coin de l'œil, il vit Harriet marquer un temps d'arrêt et Jason se hérisser. Apparemment, il mettait les pieds dans un truc qu'il ne maîtrisait pas. Voilà qui était très intéressant. Il fallait juste qu'il trouve le moyen de parler seul à seul avec Harriet pour lui présenter des excuses. Ensuite, il terminerait sa mission, et basta.

— Bien sûr que j'en ai un, répondit-il prudemment.

— Et c'est dur ? insista Molly.

Il faillit s'étouffer avec son café, et il y eut un instant de silence.

— Comment ça, dur ? dit-il en souriant à la vue de Harriet, la tête enfouie dans les mains.

— Mon Dieu, si on pouvait élever un peu le débat, répliqua Molly en regardant tout le monde. Je parlais de ton travail, évidemment. C'est dur de rechercher des gens en sachant qu'ils sont morts ?

Il reposa sa tasse sur la table.

— C'est le boulot le plus gratifiant que je n'aie jamais eu. C'est dur, je ne le cache pas, pour la raison que tu viens d'évoquer, mais quand on les trouve et qu'on les rend à leur famille pour leur offrir des funérailles dignes de ce nom, c'est le meilleur travail du monde. (Il jeta un coup d'œil à Harriet.) Un de mes meilleurs amis est mort ici en Irak, et il ne restait pas grand-chose de lui quand on l'a rendu aux siens. C'est ce qui m'a fait choisir cette voie. Rapporter un peu de paix aux familles laissées dans un doute atroce et incessant.

Il y eut un silence, puis Harriet reprit la parole d'une voix douce :

— Merci pour tout ce que tu fais.

— Ce n'est rien, répondit-il en s'éclaircissant la voix. Et sinon, c'est quoi le programme du jour ? Je suppose que vous ne voyez pas d'inconvénient à ce que je vous colle aux basques ?

— Bien sûr que non, répondit Molly avec un grand sourire. Plus on est de fous...

Matt les observa tour à tour.

— Vous savez que vous êtes censés être constamment protégés dans ce pays, n'est-ce pas ? Cela concerne tous les citoyens américains.

— Aucun problème. C'est Mueen qui s'en charge. Il doit déjà être en train de nous attendre dehors dans un camion pour nous conduire jusqu'au site, expliqua Harriet. Tu devrais aller prendre ton petit déj' pendant qu'on réunit nos affaires. On se retrouve dehors dans... dix minutes, disons ?

Molly et Jason se levèrent et s'en allèrent, laissant Harriet seule. Elle regarda Matt en silence.

— Je suis désolé pour ce matin. J'ai exagéré. Je n'ai aucune excuse. C'est juste que... Danny est toujours très présent dans mon esprit.

Il replongea son regard dans son café. *Bon sang.* Il n'avait pas du tout prévu de se dévoiler autant.

Elle se leva et tira la chaise à côté de la sienne.

— Il l'est tout autant pour moi. Mais je ne peux pas vivre en laissant son souvenir diriger chaque instant de ma vie. Si j'ai choisi de vivre sans lui, c'est parce que cela fait longtemps que j'ai choisi de mourir avec lui.

Quoi ? Le choc qu'il éprouva devait se lire sur son visage parce qu'elle posa sa main sur son bras.

— Désolée. Je crois que je n'ai pas été très claire. (Elle toussota.) Dans mon esprit, j'ai choisi de vivre sans Danny. C'était l'amour de ma vie. Mais dans mon cœur, il sera présent jusqu'à ma mort. Cela fait longtemps que je suis en paix avec tout ça. Tu devrais en faire autant. Il n'y a pas de quoi avoir honte de ce que tu ressens. Tu ne peux continuer à vivre en culpabilisant à cause de sa mort.

Pressé de partir, il fit racler sa chaise sur le sol. Certains clients levèrent le nez de leur petit déjeuner pour voir qui les dérangeait ainsi.

— Tout va bien entre nous ? interrogea-t-il.

— Bien sûr, répondit-elle simplement.

Sans demander son reste, il s'éloigna et monta l'escalier à grandes enjambées. Ce voyage lui retournait le cerveau. Enfin, Harriet lui retournait le cerveau. Mais peut-être que c'étaient juste ses propres démons, qui pour une fois, insistaient pour se faire entendre.

Chapitre 7

La tempête avait déposé encore plus de sable sur les routes délabrées conduisant au site. Le trajet était long et laborieux et, dans le camion, la tension était palpable.

Tout le monde semblait sur les nerfs, en dehors de Harriet, qui souffrait de voir ses compagnons aussi tendus. Mueen n'avait pas l'air d'apprécier la présence de Matt, même s'il n'avait rien dit. Le visage impénétrable, il s'était contenté d'un regard dur et insistant, qui s'était tellement prolongé que Harriet avait dû toussoter.

Elle ne comprenait pas davantage pourquoi Jason se montrait aussi acerbe envers Matt, mais elle comptait bien le rappeler à son professionnalisme vis-à-vis des personnes extérieures à l'équipe. Quant à Molly, un peu de temps passé seule avec elle lui permettrait certainement de connaître le fin mot de l'histoire.

En attendant, s'ils voulaient remplir correctement leur mission auprès de la Fondation Megellin, il leur faudrait apprendre à travailler ensemble. Le client était prioritaire. Sans lui, aucun d'eux ne serait là. Tout ce qu'ils pouvaient faire pour satisfaire au mieux la présence militaire, c'était de lancer l'étude géoradar sans attendre plutôt qu'en fin de séjour, comme elle l'avait initialement prévu.

Tandis qu'ils s'approchaient de leur caravane sur le site, Jason et Molly jetèrent un coup d'œil par le pare-brise.

— C'est quoi, ce délire ?

Harriet s'immisça entre les sièges pour voir ce dont ils parlaient.

— Oh.

La tempête avait ramené le sable jusqu'à mi-hauteur de la caravane, mais heureusement, du côté opposé à la porte. Quant au terrain, il était complètement différent des photos prises la veille.

— Ça arrive parfois. Bienvenue dans le désert ! lança-t-elle en souriant.

En général, lorsque l'on prévoyait un chantier dans le désert, on ajoutait toujours une semaine supplémentaire au calendrier. Histoire de tenir compte des magnifiques mouvements de sable.

— C'est pour vous deux une occasion unique d'apprentissage. Je voudrais prendre plus de photos aujourd'hui. Cela nous permettra d'avoir une vision très précise des effets de la météo. Surtout pour toi, Jason, c'est très important pour ta thèse.

Le jeune homme acquiesça et attrapa son appareil photo derrière les sièges. Lorsqu'ils s'arrêtèrent tous devant la caravane, il sauta et se hissa sur le toit pour avoir le même point de vue que la veille.

En réalité, Harriet était stupéfiée par les modifications causées par la tempête. Une dune énorme se trouvait à présent en plein milieu de leur site. Elle observa Matt, imperturbable derrière ses lunettes de soleil. Que pouvait-il bien penser ? Réussirait-il un jour à se pardonner l'affront qu'il pensait avoir commis envers Danny ? Elle soupira, ce qui le poussa à la regarder à son tour.

— Ça ne te dérange pas que j'aille voir là-bas ? demanda-t-il en montrant les drapeaux indiquant les limites de la zone.

— Absolument pas, fais-toi plaisir.

Elle l'observa alors qu'il inspectait méthodiquement chaque drapeau, et soupira de nouveau.

— Vous n'auriez pas dû le laisser entrer, madame, dit Mueen, qui avait suivi son regard.

Elle était surprise. Normalement, quand son épouse n'était pas présente, il lui adressait à peine la parole. Alors lui donner son avis… Toute son attention se mobilisa sur lui.

— Qu'est-ce que vous voulez dire ?

— Cet homme. Il va perturber notre vie ici. Rien de bon ne va en sortir.

Mueen regarda Matt, à peine visible derrière la dune. Au fur et à mesure qu'il parlait, son accent américain réapparaissait, souvenir de son passage à l'université de Pennsylvanie.

— Chaque fois qu'un étranger arrive, cela perturbe la vie de notre village, dit-il en secouant la tête. Je ne fais pas confiance à cet homme.

— Est-ce que nous perturbons la vie de votre village quand nous sommes là ? questionna-t-elle.

C'était la deuxième fois qu'elle venait et, lors de son premier séjour, Mueen leur avait servi de garde armé et d'interprète, même si à cette époque, trois gardiens supplémentaires avaient été nécessaires. Heureusement, les mesures de sécurité s'étaient allégées depuis la fin du conflit. Avoir quatre hommes munis d'armes militaires la mettait mal à l'aise. *Rien de tel pour se faire remarquer.*

Il lui sourit, dévoilant une denture parfaite.

— Oui, bien sûr. Mais ma femme vous aime beaucoup. Alors, à la maison, c'est la joie.

Elle rit.

— J'aime beaucoup Ain, moi aussi.

— Elle veut vous inviter à dîner ce soir. Vous tous, ajouta-t-il en s'inclinant légèrement.

— Avec le plus grand plaisir. La cuisine d'Ain est divine.

Elle était aux anges. Ain, femme courageuse mais discrète dans un monde d'hommes, était vraiment adorable.

— Est-ce que Matt est également invité ?

Mueen jeta un bref regard à Matt et sourit dans sa barbe quand il le vit apparaître, avançant avec difficulté dans le sable.

— Peut-être que vous devriez lui dire que marcher dans le sable ne s'improvise pas, observa-t-il. Oui, il peut venir. Je viendrai vous chercher à 18 heures ce soir.

— Parfait. Dites à Ain que j'ai hâte de la voir.

Elle lui avait rapporté des huiles essentielles d'une boutique d'aromathérapie aux États-Unis et était ravie de pouvoir les lui offrir en main propre.

Mueen se hissa sur le toit de la caravane, et Harriet regarda Jason et Molly préparer le géoradar qui allait, elle l'espérait, leur donner une idée de ce qui se cachait sous la surface. Pourtant, elle était un peu inquiète. Avec ces mouvements de sable, ils auraient sûrement du mal à obtenir les résultats escomptés.

Le désert charriait les souvenirs, les meilleurs comme les pires, et Matt essayait de rester concentré sur son travail. Si un avion s'était écrasé là, ou avait dû atterrir en catastrophe, trouver des indices à la surface allait se révéler compliqué. Surtout après autant de temps.

La pièce découverte n'était sans doute qu'un bout de métal perdu, transporté accidentellement par Dieu sait qui. Le nombre d'appareils tombés en Irak était quasiment nul. Pourquoi diable son commandant avait-il jugé bon de le faire venir ?

Il avait besoin de rentrer chez lui. De mettre un terme à toute cette histoire. Quitter ce bac à sable au plus vite et retrouver les plages accueillantes de Hawaii. Pas question de s'engager plus avant avec Harriet. Il respira à fond. En vérité, Danny se serait sûrement pissé dessus en le voyant embourbé dans un tel pétrin. Les soldats de l'EOD adoraient se marrer en racontant des histoires de cul douteuses qui finissaient mal. Danny disait qu'il vivait toutes leurs aventures par procuration. Matt en aurait entendu parler pendant des années.

Arrivé au sommet de la dune, il regarda alentour. Il aperçut une autre équipe d'archéologues en train de travailler à moins d'un kilomètre à l'ouest. Harriet devait sûrement en savoir davantage. Il vit aussi des bouts de brique ou de mortier pointer dans le sable et briser la surface lisse du désert. Il jeta un coup d'œil à la boussole intégrée à sa montre et rejoignit la limite est du site, où il découvrit d'autres personnes qui s'activaient. Visiblement, la saison des fouilles battait son plein.

Lorsqu'il revint à la caravane, il voulut en apprendre plus sur les autres groupes.

Jason et Molly levèrent les yeux du petit ordinateur portable encastré dans une mallette en acier antichoc.

— Nous ne sommes pas seuls ? s'étonna Molly.

Harriet plissa des yeux à cause du soleil.

— Je suis tombée sur Malcolm Rapson ce matin. Son équipe fait une étude de terrain à l'ouest de notre zone. Je n'étais pas au courant pour celle qui se trouve à l'est, mais sachant que Malcolm est dans le coin, je ne suis pas surprise. Je suppose que la fondation essaie de trouver les sites archéologiques les plus riches pour les étudiants.

Intéressant, songea Matt. Peut-être devrait-il également vérifier ces deux sites. En fonction de la vitesse de l'appareil au moment de l'impact, les débris pouvaient s'être dispersés sur plus d'un kilomètre. Cela signifiait encore plus de paperasse. S'il découvrait d'autres preuves, le moindre bout de métal, il serait contraint de faire appel à une équipe de spécialistes. L'affaire ne serait plus de son seul ressort, c'était la règle. L'armée avait des tas d'experts capables d'expédier ce genre d'histoires en un rien de temps. Sans parler des agents en liaison avec le gouvernement local, qui sauraient obtenir les autorisations nécessaires.

— Tous ces petits bourges inscrits dans des universités privées pour gosses de riches. Quand je pense que nous, on a dû apprendre sur des sites sans le moindre intérêt archéologique, grommela Molly. Y en a qui ont vraiment du bol. (Elle regarda autour d'elle.) Ça me donne envie d'enterrer des trucs sur notre site, histoire de les perturber un peu.

— Ne t'avise surtout pas de plaisanter avec ça. D'une, je te tuerai. Et de deux, sache que la vie est une vraie salope et ne fait pas de cadeaux, répondit Harriet.

Debout et mains sur les hanches, elle ressemblait à un sergent de première classe en modèle réduit. Matt retint un sourire.

— Ne t'inquiète pas. Je ne suis pas complètement inconsciente. Ça me fait simplement plaisir de l'imaginer.

Molly retourna vers l'engin ressemblant à une petite tondeuse à gazon, avec des sondes à la place des lames.

— OK, lança Harriet. Au boulot. Pendant que vous vous activez, je vérifierai au fur et à mesure les données de votre relevé sur l'ordinateur. Vous avez vos talkies-walkies ?

— Oui, chef, répondit Jason, en se tapotant la hanche.

—Je vous appellerai si j'ai besoin que vous repassiez sur certaines zones. Commencez par la limite ouest, je vous indiquerai la suite des opérations quand j'aurai jeté un œil aux premiers relevés d'ensemble. (Elle se retourna vers Matt.) Est-ce que tu as vu quelque chose d'intéressant là-bas ?

Rien d'aussi intéressant que ce que j'ai sous les yeux en ce moment.

—À part quelques briques un peu bizarres, sûrement faites de sable, rien à signaler.

Une lueur éclaira le regard de Harriet, et elle bondit littéralement.

—C'est génial. La tempête a dû les mettre au jour.

—Viens, je vais te montrer tout ça, dit-il, en enfonçant les mains dans ses poches et en indiquant d'un signe de la tête l'extrémité nord-est de la dune.

Harriet appela Molly et Jason sur son talkie-walkie.

—Hé, laissez votre matériel et rejoignez-nous sur la dune. D'après Matt, il y aurait quelque chose d'intéressant à y voir.

—Bien reçu, chef, grésilla la voix de Jason.

Harriet et Matt arrivèrent les premiers.

—Waouh ! C'est chouette. J'ai hâte de découvrir ce qui se cache là-dessous.

Matt scruta l'horizon au cas où d'autres personnes apparaîtraient. *Question d'intuition probablement.* Dans l'EOD, l'instinct passait avant l'intellect.

Du coin de l'œil, il vit Harriet se pencher. Il jeta un rapide regard à son derrière moulé dans son jean. Bon sang, il cherchait les ennuis !

— Hé, Crésus. T'as perdu quelque chose.

Elle se redressa et lui tendit une liasse de billets de 100 dollars. Il la prit, même si elle n'était pas à lui.

— Il y en a d'autres ? demanda-t-il l'air de rien.

Ils cherchèrent un instant. Matt en trouva une seconde, dissimulée sous une brique.

— Est-ce que je peux faire bouger ce truc pour la récupérer ?

— C'est bizarre. Comment cette liasse a-t-elle atterri sous cette brique si tu viens de la perdre ?

— Je n'ai rien perdu du tout. Cet argent n'est pas à moi.

Il resta silencieux un instant, le cerveau en ébullition. Qui pouvait bien se balader en plein désert avec ces foutues coupures, en devises américaines qui plus est ? La seconde liasse était coincée sous une brique. Ce qui signifiait qu'elle était déjà là avant la tempête. Et même avant, vu l'état des billets. Il les regarda plus attentivement. Le filigrane confirmait qu'il ne s'agissait pas de faux.

— Alors, qui ?

— Ces billets ne datent pas d'aujourd'hui. La tempête a dû les faire réapparaître.

Harriet se mordit la lèvre.

— Ça ne me plaît pas du tout. Les pillards m'inquiètent en règle générale, mais si cette histoire vient à s'ébruiter, c'est mort. On ne sera plus du tout en sécurité sur le site.

— Il vaut mieux ne pas en parler. Ça reste entre nous. Point barre. C'est le meilleur moyen pour que personne ne soit au courant.

En voyant Jason et Molly approcher, Matt fourra la liasse dans ses poches.

— Regardez ce travail de maçonnerie, lança Harriet en montrant les briques apparentes.

— Tu penses qu'ils vont pousser en plein désert ? ironisa Molly en tendant deux autres billets de 100 dollars.

Après avoir hésité, Matt les prit.

— Merci. Quelle négligence de ma part ! Préviens-moi si tu en trouves d'autres.

— Compte sur nous, répliqua Jason, le regard dissimulé par ses lunettes de soleil.

Impossible de savoir s'il était sarcastique ou sincère. Harriet combla le silence en donnant de nouvelles consignes.

— OK, changement de programme. On va se concentrer sur cette zone avec le géoradar en essayant de ne rien déplacer.

— C'est comme si c'était fait, répondit Molly, la voix pleine d'entrain, tandis qu'elle retournait à son engin en compagnie de Jason.

En silence, Matt se dirigea vers la caravane avec Harriet. Il commençait à vraiment se faire du souci. Il faudrait qu'il fasse un rapport. À sa connaissance, l'armée américaine était la seule à pouvoir transporter autant d'argent. Ou les terroristes, peut-être. Des milliards de dollars en liquide avaient disparu pendant la guerre, et même si on en avait retrouvé une bonne partie, des millions manquaient encore. Si les numéros de série correspondaient, ils venaient de mettre la main sur une véritable bombe à retardement. Qui, en toute logique, n'allait pas tarder à leur exploser à la figure.

Chapitre 8

Ils ne trouvèrent pas d'autres liasses. *Heureusement.* Harriet était pleinement satisfaite de la façon dont Matt avait géré la situation. Elle se disait qu'un riche irakien avait dû faire preuve d'extrême négligence en sortant l'argent qu'il avait dans la poche pendant la tempête. Même si elle savait très bien que les échanges se faisaient en dinars irakiens depuis que les forces de la Coalition avaient quitté les lieux.

En tout cas, puisque Matt se chargeait de vérifier ces billets, elle pouvait se concentrer sur sa mission afin de pouvoir rapidement se consacrer à la suivante. Qui, si celle-ci se finissait dans les temps, lui permettrait de participer aux fouilles d'un temple sur une magnifique île grecque. *Le pied absolu.*

Elle s'y voyait déjà, imaginant Matt lui faire subir des choses innommables sur des plages chaudes et désertes ou dans leur villa après qu'ils auraient siroté des cocktails toute la nuit.

Elle secoua la tête. Ce serait étonnant qu'elle réussisse à lui faire parler d'autre chose que de sa mission. Le retrouver ici, en Irak, était déjà improbable. Presque miraculeux. *Vraiment.* Il était tellement sexy. Ce n'était pas juste.

En dépit de tous ses fantasmes, une petite partie d'elle se sentait dévastée de le voir autant souffrir et souhaitait l'aider. L'aider à passer à autre chose. Mais comment ? Peut-être ne pouvait-il affronter cette épreuve que seul, comme elle l'avait fait.

Elle se rendait compte qu'après la mort de Danny, elle était bien trop jeune pour faire face à ce drame. Elle avait emménagé chez ses beaux-parents qui, ne souhaitant que son bien, avaient essayé de diriger sa vie comme si elle était leur fille. Ils avaient choisi son université, les amis qu'elle fréquentait et, étant donné son jeune âge, elle avait été incapable de leur résister. Même lorsqu'ils avaient choisi à sa place les études que Danny envisageait de suivre après la guerre grâce à la bourse octroyée aux vétérans par le gouvernement.

Lorsque, enfin, elle avait réussi à échapper à leur emprise, elle avait repris son nom de jeune fille, Markowitz, que Danny aimait tellement. Ce n'était pas, comme les parents du jeune homme l'avaient prétendu, une manière de lui tourner le dos et de l'oublier, mais bien de célébrer leur vie avant leur mariage si bref. Leur vie avant l'armée.

Elle balaya ces souvenirs d'un mouvement de la tête et se prépara pour aller rejoindre les autres dans le hall de l'hôtel. Elle portait une grande robe en coton aux manches longues et amples, et avait enroulé une écharpe autour de ses cheveux. Elle fit tourbillonner sa robe devant le miroir. En dehors de ses cheveux blonds, on aurait dit une princesse des Mille et Une Nuits. Allait-elle plaire à Matt ?

Bon sang, cesse de penser à lui !

Après avoir attrapé son sac – le cadeau pour Ain –, elle ferma à clé la porte derrière elle.

Tout le monde était déjà là. Matt était assis dans le hall, à l'opposé de Jason, qui pianotait sur son téléphone portable. Molly et Mueen papotaient au pied de l'escalier.

— Tu es ravissante ! s'exclama Molly.

— Tout comme toi. Je crois que c'est la première fois que je ne te vois pas avec un pantalon, répliqua-t-elle avec un sourire.

C'était vrai. Molly avait revêtu une jupe longue en jersey, un chemisier blanc très élégant, et une ceinture portée taille basse. D'habitude, elle préférait les jeans et les pantalons cargo, longs ou courts selon les lieux des chantiers de fouilles. Harriet espérait que tous ces efforts vestimentaires étaient pour le bénéfice de Jason, et non pour celui de Matt. Imaginer Matt et Molly ensemble lui nouait déjà l'estomac.

— Je suis en retard ? demanda-t-elle à Mueen, un peu soucieuse.

À changer de fuseau horaire en permanence, elle ne savait plus à quelle horloge se fier.

— Pas du tout, répondit-il en s'inclinant presque devant elle. Tous les autres sont en avance.

Harriet se mit à rire.

— Molly leur a sûrement vanté les mérites de la cuisine d'Ain. En tout cas, moi, je brûle d'impatience !

Elle regarda en direction de Matt et découvrit qu'il la dévisageait, impassible. Son estomac se serra. Si cela continuait, elle aurait un ulcère avant la fin de ce projet en Irak. Elle lui fit signe.

— Molly, va chercher Jason. Il faut qu'on y aille.

Tout de noir vêtu, Matt la rejoignit à grands pas. Il ne lui manquait que le cirage sur le visage, et on aurait pu croire qu'il partait en mission de nuit. Un renflement sur sa veste indiquait qu'il était armé.

— Tu vas bien ? s'enquit-elle, en passant presque de force son bras sous le sien.

Il se raidit immédiatement, avant de se détendre et de l'escorter.

— Je meurs de faim, répondit-il avec un sourire crispé.

D'un geste qu'elle voulait amical, elle lui tapota le bras mais, au contact de la peau de son poignet et de la chaleur qui s'en dégageait, ses doigts s'attardèrent un instant. Son poignet était ferme et puissant, et ce simple toucher, si innocent fût-il, la bouleversa. Cet homme l'attirait comme un aimant.

Lorsque ses yeux trouvèrent les siens, elle se demanda s'il sentait l'effet qu'il avait sur elle. Elle retira sa main brusquement et le gratifia d'un sourire lumineux. Avant de se mettre à jacasser. *Lamentablement.*

— Je suis si heureuse que tu aies accepté de venir. Je n'en étais pas certaine. En même temps, tu ne pouvais pas rater l'occasion de goûter à la cuisine d'Ain. C'est un délice. Si je le pouvais, je te jure que je viendrais en Irak pour le simple plaisir d'en profiter…

Pour la première fois, il sembla s'amuser. Il sourit, un peu à la manière d'un tonton bienveillant.

— Tu es sûre que ça va ? Tu nous fais une petite hypoglycémie, peut-être ? s'enquit-il.

— Oh, tais-toi, rétorqua-t-elle, certaine qu'il se moquait d'elle.

— Détends-toi un peu, ma belle. Tout va bien se passer.

Quoi donc ? Qu'est-ce qui devait bien se passer ? Les fouilles ? La soirée ? Leur foutue histoire ? Elle aurait voulu lui poser toutes ces questions, mais déjà, ils avaient rejoint le camion. Molly et Jason prirent place à l'avant, laissant Harriet et Matt se glisser à l'arrière.

Vitres ouvertes et sans climatisation, impossible de parler avec le bruit du moteur et du vent. Sa cuisse était collée à celle de Matt sur l'étroite banquette même si, en serrant davantage les jambes, il aurait pu leur laisser plus d'espace. Mais il n'en fit rien. Et, tandis que le camion cahotait sur la route défoncée, il passa son bras autour de ses épaules et l'attira contre lui. Ce qui était très bien vu. Elle était si menue que la moindre bosse envoyait sa tête cogner contre le plafond du camion qui, entre autres inconvénients, n'était pas équipé en ceintures de sécurité.

Un frisson d'excitation lui parcourut le corps lorsqu'il la serra contre lui. Son geste était-il celui d'un gentleman ou signifiait-il qu'il s'était pardonné ? Elle posa une main hésitante sur la cuisse musclée de son compagnon, autant pour garder l'équilibre que pour… ne pas le garder. Apparemment, il n'avait rien remarqué. *Tant mieux.*

Ils réussirent à arriver à l'heure, la circulation se faisant plus rare au fur et à mesure qu'ils approchaient du village de Mueen, simple affleurement de maisons en brique au milieu de nulle part. Lors de son premier séjour, on lui avait expliqué que le village était là à l'époque du père d'Ain, de son grand-père, et, d'après ce qu'en savait Ain, à celle de ses ancêtres des temps bibliques. Au cours du temps, les familles avaient remplacé les anciennes huttes et les vieilles masures par des constructions plus récentes, dans le respect des traditions locales et le confort du vingt et unième siècle.

À l'époque, le site qu'avaient fouillé Harriet et son équipe se trouvait à une quarantaine de kilomètres au sud du village, et le cheik local avait proposé que Mueen soit leur garde du corps, en compagnie de trois autres hommes armés de mitrailleuses. Mueen était le seul à maîtriser suffisamment l'anglais. Elle avait de la chance d'être de nouveau dans le coin pour profiter de ses services. D'autant que cette fois, en raison d'une amélioration des conditions de sécurité, un seul garde était nécessaire.

Ils arrivèrent à l'instant où les derniers rayons de soleil illuminaient les tuiles rouges du toit.

Mueen les conduisit à l'intérieur, et ils traversèrent plusieurs pièces avant de se retrouver à l'extérieur. Les arômes de cardamome parfumant l'air ramenèrent Harriet deux ans en arrière, à l'époque de son premier séjour. Ain était en train d'allumer de l'encens et des bougies.

— Ain ! s'écria Harriet.

Elle retint son souffle lorsque la jeune femme mince se retourna vers elle, bras ouverts. De face, sa minceur avait disparu au profit de la rondeur d'un ventre qui pointait sous sa blouse. Elle devait en être à son septième mois de grossesse.

— Oh, mon Dieu ! Félicitations ! s'écria Harriet. Mueen ne m'a rien dit du tout.

— Je sais, *ma chérie**. Je voulais que ce soit une surprise, répondit Ain dans un anglais à l'accent délicieux.

Leur hôtesse avait fait ses études à la Sorbonne et se mettait parfois à parler français, une langue que Harriet comprenait tout juste.

— Je suis si heureuse que tu aies pu venir, reprit-elle.

— J'aurais gravi des montagnes pour te voir. Je suis tellement contente pour vous. C'est prévu pour quand ?

— Dans sept semaines. Un bébé de l'équinoxe !

— Oh ! s'exclama Molly. Si on avait su que tu étais enceinte, on ne t'aurait jamais laissée cuisiner. On aurait pu tous sortir quelque part.

* Les termes suivis d'un astérisque sont en français dans le texte. (*NdT*)

Le regard d'Ain s'illumina lorsque Mueen l'enlaça par la taille.

— Sans aucun doute. Mais tu sais, ici, c'est moi qui commande. Ma cuisine est mon royaume.

Elle battit des cils et regarda Mueen, qui acquiesça.

— Vous imaginez l'enfer qu'aurait été ma vie si je n'avais pas tenu ma langue ?

Il secoua la tête comme si cette idée était inconcevable.

Harriet adorait la manière dont Mueen se transformait lorsqu'il était avec Ain. Comme s'il avait trouvé sa raison de vivre. En sa présence, il rayonnait. Harriet sentit son cœur se serrer. Mais il fallait raison garder. Elle aussi avait déjà ressenti une telle intimité. Une fois lui avait suffi. Une âme sœur lui suffisait. Même si, peu à peu, la chaleur et l'intimité s'effaçaient de sa mémoire.

Elle sourit et s'assit sur les couvertures près de Matt. Un feu brûlait déjà sur la terrasse, à distante suffisante de la pergola sous laquelle ils étaient installés. Dans la lueur vacillante des bougies, elle vit la grande couverture aux couleurs vives étalée devant eux et qui se para bientôt d'un assortiment de plats, le traditionnel *mezzé*, composé d'une marinade de pistaches, d'olives et de fromage, et de lentilles épicées, la spécialité d'Ain. Le tout était accompagné d'énormes *naans*. *Le paradis sur terre.*

Ils dégustèrent en silence, paupières closes, accompagnant les premières bouchées de petits sons appréciateurs. Manger avec les doigts les obligeait à prendre le temps de savourer les plaisirs de ce rituel oriental, où le temps n'avait plus cours tandis qu'ils se servaient, rompaient le pain, et goûtaient les différentes textures offertes.

Un vent léger vint agiter le foulard de Harriet, qui inclina la tête pour en sentir la caresse.

Au bout de quelques minutes, les conversations reprirent, chacun vantant les délices de tel ou tel plat. Jason et Matt semblaient même avoir enterré la hache de guerre. Elle sentit à son tour un poids disparaître de ses épaules.

Matt aurait préféré rester à l'hôtel. Il souffrait encore du décalage horaire et de ce qui s'était passé la veille. Harriet avait cependant insisté pour qu'il se joigne à eux, et il avait accepté en se disant qu'il minimiserait les risques, pour elle autant que pour lui, en faisant croire qu'il faisait partie de leur équipe.

Bien que l'armée américaine ne soit plus censée être en Irak, son commandant avait jugé qu'il n'y avait aucun mal à ce que Matt jette un coup d'œil au chantier de fouilles de Harriet, puisqu'il n'était pas là en tant que soldat. Cela dit, Matt n'était pas stupide. Il n'avait rien d'un chef d'entreprise, et sa nationalité américaine sautait aux yeux. Il valait mieux se fondre dans l'anonymat du groupe.

Mais lorsqu'il s'était retrouvé assis à côté de Harriet dans le camion, sa raison l'avait déserté. Au premier nid-de-poule, la tête de la jeune femme avait cogné contre la vitre. Et, si elle n'avait pas semblé s'en soucier, lui l'avait remarqué. Il pouvait au moins la protéger des dangers de la route. Il l'avait donc enlacée et calée contre lui. *Par pur instinct de protection. Vraiment.*

Ben voyons !

Le contact de son corps menu et ferme avait réveillé en lui le désir de l'embrasser de nouveau. Il l'avait revue à moitié nue sous la pluie, puis entièrement nue devant le miroir. Il avait dû lutter de toutes ses forces pour refréner son désir.

Il jouait avec le feu. Mais comment oublier l'effet de son corps, nu et impudique, contre le sien ? Ses pensées se trouvaient complètement embrouillées.

Dès qu'il était entré chez Mueen, un sentiment de sécurité et de chaleur avait balayé ses derniers doutes.

L'attention que se portaient Mueen et Ain avait réchauffé la froideur de son cœur. Qu'un tel sentiment d'amour universel, de respect, et de foi en la vie puisse ainsi subsister dans un pays ravagé par la guerre, lui redonnait espoir. Cette guerre n'avait pas réussi, ne pourrait jamais réussir à détruire certaines choses.

La nourriture, comme on le lui avait promis, était incroyable. D'autant que lors de son dernier séjour, il avait dû se contenter des rations de l'armée ou de tout ce que contenaient les colis parachutés à proximité de sa base de tir. Des pommes, en général. Les lentilles d'Ain étaient relevées, mais parfumées d'aromates et d'épices, le pain était léger et moelleux.

Après le festin, il se sentit l'âme d'un spectateur. Ain montrait à Molly comment broyer les épices, tandis que Mueen jouait aux échecs avec Jason. Harriet était adossée au montant de la porte avec un verre de thé brûlant entre les mains. Amusée, elle regardait Mueen donner une bonne leçon à Jason, à coups de déplacement agressif sur l'échiquier.

Matt écarta un rideau de bambou derrière lequel se trouvait le jardin, illuminé par les lumières de la petite maison, et il sortit dans la fraîcheur de la nuit. Dans de grands bacs, il reconnut certains aromates et vit d'autres plantes inconnues. *La source d'approvisionnement d'Ain, probablement.* Au bout du jardin, la clôture était bordée d'une longue jardinière, d'où jaillissait une explosion de fleurs richement colorées. C'était magnifique, même si d'ordinaire, les fleurs le laissaient assez indifférent. Apparemment, on s'en occupait avec le plus grand soin.

Au milieu des tiges, il aperçut une petite croix. *Bizarre.*

Il jeta un coup d'œil à la maison derrière lui et observa la croix de plus près. On aurait dit deux bâtons de cannelle attachés ensemble, mais c'était bien une croix. Ce qui n'était pas si improbable en Irak, où l'on trouvait des chrétiens. Pourtant, les tapis de prière qu'il avait remarqués en traversant la pièce principale à son arrivée confirmaient que la famille était bien de confession musulmane. Il regarda de nouveau en direction de la demeure, puis posa les yeux sur la boussole intégrée à sa montre. Oui, les tapis de prière étaient bien dirigés vers La Mecque.

— Qu'est-ce que tu fabriques tout seul dehors ? lança Harriet, qui l'avait suivi avec un second verre de thé.

Il accepta le breuvage et en but quelques gorgées.

— Je regardais les plantes. Elles ne semblent pas du tout embêtées par les insectes, ici. Dans mon jardin, elles auraient déjà été bouffées.

Elle rit doucement.

— Je ne sais absolument rien de toi. Cela me surprend que tu aies un jardin ! Où habites-tu ?

Il poussa un soupir de contentement en pensant à sa villa près de la plage, dans un quartier résidentiel calme. Il aurait déjà dû y être. Peut-être pourrait-il partir dès le lendemain.

— À Hawaii. Et toi ?

— J'ai une maison à Boston, mais je n'y suis pas souvent.

Elle se retourna et regarda les plantes qu'il avait observées avant de se concentrer sur les fleurs.

Soudain, il ne voulut pas être seul avec elle. *Pas ici, dans un jardin, en pleine nuit.* Cela lui rappelait trop ce qui s'était passé entre eux lors du dîner de répétition. Il reprit son souffle, et immédiatement, le visage de Danny apparut devant ses yeux. Paupières closes et riant de bon cœur, comme à son habitude, il se désintégrait au ralenti, ne laissant derrière lui qu'une brume rose de sang et des lambeaux de chair.

— Tu es sûr que ça va ? demanda Harriet, qui l'avait rejoint, comme par magie, et avait posé une main sur son bras.

— Oui, bien sûr. Pourquoi ça n'irait pas ?

Luttant pour ne pas s'écarter brusquement, il s'éloigna lentement en faisant mine de s'intéresser au basilic. Il fourra sa main tremblante dans sa poche et avala le reste de son thé.

— Je crois bien que, pendant une seconde, tu as complètement buggé, je me trompe ? (Elle se mit à rire.) C'est sûrement la fatigue. On va bientôt partir. Ain était en train de préparer un paquet d'épices pour Molly, et je pense qu'il serait sage d'embarquer Jason avant qu'il ne pète un câble.

— Hein ? C'est quoi, le problème avec Jason ?

Bon sang, qu'est-ce qu'il avait raté pendant qu'il était dans le jardin ?

— Mueen ne cesse pas de le battre aux échecs. À plate couture. Quand je suis sortie, Jason commençait à perdre son sens de l'humour.

Elle tendit la main comme si elle avait voulu qu'il la prenne.

Il n'osait plus la toucher, pas dans l'état tourmenté dans lequel il se trouvait. Il espérait du fond du cœur pouvoir rentrer chez lui dès le lendemain. Il fallait qu'il s'éloigne de ce foutoir inextricable, de Harriet et de l'Irak. Cette combinaison improbable semblait avoir été créée spécialement pour lui faire perdre complètement les pédales.

Chapitre 9

L'atmosphère sur le trajet du retour fut légèrement plus tendue qu'à l'aller. Jason n'avait toujours pas digéré sa défaite écrasante aux échecs. Quant à Matt, il regardait d'un œil noir par la vitre, littéralement assis au bord du siège, à l'affût du moindre danger, tandis que le camion les ramenait lentement en bringuebalant. Harriet était sûre que leur véhicule émettait un champ de force tellement négatif qu'il était devenu absolument imprenable.

Lorsqu'ils descendirent enfin du camion, ils se regroupèrent autour de Mueen pour lui serrer la main et le remercier de la soirée.

— Rendez-vous demain matin à 8 heures, comme d'habitude, lança-t-il en repartant, tandis qu'il abandonnait ses passagers dans l'allée immense de l'hôtel.

Harriet avait parfois l'impression qu'il était plus américain qu'irakien. Elle le salua d'un geste de la main.

— Je vais me coucher. Je descendrai prendre mon petit déjeuner à 7 heures, comme toujours, annonça Harriet à ses compagnons.

Elle avait hâte de mettre un terme à la soirée, ou en tout cas, tentait d'encourager les autres à en faire autant. Depuis la découverte de la pièce métallique appartenant à un appareil militaire, elle était un peu à cran et voulait à tout prix éviter les ennuis en laissant Molly ou Jason se faire remarquer dans le bar ou la piscine au beau milieu de la nuit. Et bien qu'elle soit à peine plus âgée qu'eux, elle se sentait responsable.

— Moi aussi, répondit Molly d'une voix ferme. Je t'accompagne.

Elle prit le bras de Harriet et la guida en direction de l'entrée de l'hôtel.

— Bonne nuit, les gars, dit Harriet en faisant un signe de la main par-dessus son épaule, abandonnant les deux hommes à leur humeur maussade.

— Jason est vraiment un drôle de cas, tu ne trouves pas ? lança Molly dès qu'elles furent à l'intérieur.

— Comment ça ? Tu parles de cette partie d'échecs, c'est ça ? demanda Harriet.

— Évidemment, quoi d'autre ? (Elle semblait exaspérée.) Pourquoi les hommes sont-ils aussi mauvais perdants ? Comment peut-on s'énerver autant pour un simple jeu de société ? C'est ridicule.

Molly avançait de plus en plus vite, faisant claquer ses talons dans l'escalier tout en parlant.

— Je trouve ça complètement immature.

Harriet songea à la réaction instinctive de Matt lorsqu'il avait appris que Danny était son mari. À son ton accusateur et plein de reproches.

— Tu as raison. Ils sont tous pareils. Vraiment.

— Enfin, tu l'imagines se comporter ainsi avec ses enfants ? renchérit Molly.

Harriet ne put retenir un sourire. Visiblement, la jeune femme avait ruminé la question tout au long du trajet et avait besoin de vider son sac.

— Est-ce qu'il réagirait de la sorte si ses enfants le battaient à un jeu ? Moi, j'appelle ça de la maltraitance, tu n'es pas d'accord ?

Harriet sortit sa clé lorsqu'elles arrivèrent devant la porte de sa chambre.

— Molly. Tu as vingt-trois ans et tu es une excellente étudiante. Tout comme Jason. Tu viens juste de le rencontrer. Ne me dis pas que tu envisages déjà d'avoir des enfants avec lui.

Elle regarda Molly, et pendant un instant, elle observa les différentes émotions qui défilaient sur son visage.

— Non. Non. Bien sûr que non. Mais quand une femme rencontre un homme, elle ne peut s'empêcher d'imaginer ce qu'il pourrait donner en tant que mari, en tant que père. Même brièvement. C'est tout à fait normal. Enfin, si c'est un homme qui l'intéresse, bien sûr. C'est le genre de truc auquel on fait attention, non ? Un peu comme si c'était biologique, tu vois ce que je veux dire ?

Molly prit sa clé dans son sac et se dirigea vers la chambre adjacente.

— OK, répondit Harriet doucement.

Elle détourna la tête pour dissimuler son froncement de sourcils et ouvrit la porte de ses appartements.

— Bonne nuit.

— Bonne nuit, Harriet.

Est-ce que toutes les femmes pensaient à ça ? Cette idée ne lui avait jamais traversé l'esprit. Pas une seule fois. Elle s'assit au bord du lit. Sérieusement ? Elle était vraiment censée imaginer chaque homme qui lui plaisait en mari et père potentiels ? Et ce serait biologique ?

En même temps, c'était assez logique. Il suffisait de voir le nombre d'études réalisées sur les femmes qui étaient attirées par les visages symétriques ou les mâchoires viriles… L'image de Matt lui revint à l'esprit. Il possédait bien ces attributs, mais elle ne s'était pas imaginée une seule seconde mariée avec lui, ou mère de ses enfants. Est-ce qu'il y avait quelque chose qui clochait chez elle ? Ou est-ce que Molly racontait n'importe quoi ?

Bien qu'elle soit encore très jeune, Molly avait un QI de 140 et avait toujours obtenu des scores parfaits à tous les tests d'intelligence qu'elle avait passés. La jeune femme lui avait raconté tout ça lors d'une soirée arrosée en Thaïlande. Arrosée au *mekong*, si sa mémoire était bonne, cet alcool traditionnel au goût de dissolvant. Harriet eut une moue de dégoût en y repensant.

Beurk ! Elle n'allait pas passer la nuit à se regarder le nombril. Elle bâilla et s'étira, avant de se lever pour aller verrouiller la porte de sa chambre, et d'enfiler son short de nuit et son débardeur. Elle s'arrêta un instant lorsqu'elle sentit le parfum de Matt en passant le haut. *Mmmh.*

Elle glissa entre les draps et réfléchit quelques secondes. Non. L'idée d'avoir des enfants avec lui ne la préoccupait absolument pas. Elle envisageait tout un tas d'autres choses, mais la procréation ? Sûrement pas.

Matt sut que quelque chose clochait dès qu'il entra dans sa chambre. *Une odeur de tabac, peut-être ?* Il referma la porte et inspecta la pièce du regard. Si pour un citoyen lambda, elle aurait paru identique à ce qu'elle était avant son départ, il ne faisait aucun doute pour lui qu'on l'avait fouillée.

Cela ne le surprenait qu'à moitié. Lors de sa formation, on n'avait cessé de leur répéter qu'à partir du moment où ils mettaient les pieds dans un pays étranger, ils devaient s'attendre à ce qu'on vienne fouiner dans leurs affaires.

Mais c'était différent. Rien à voir avec l'œuvre d'un policier local curieux de savoir ce que venait faire là un soldat américain, ou d'un employé d'hôtel en quête d'objets de valeur. Il avait affaire à un pro.

Il ouvrit l'armoire à l'intérieur de laquelle il avait suspendu son uniforme, trois tee-shirts militaires beiges, et trois chemises bleues, en suivant un ordre très précis : deux cintres, suivi d'un, puis de quatre autres. À présent, les cinq derniers étaient regroupés. On avait pris garde de remettre le sac sur le sol dans la même position, mais pas les vêtements.

Il ouvrit ensuite un des tiroirs de la commode. Il posait toujours les chaussettes comme s'il les balançait directement de la valise sans faire attention pour donner une impression de désordre. Mais en réalité, il disposait toujours une paire en soie face au sud. « S » pour soie, « S » pour sud. Et là, elles étaient mélangées aux autres.

Hormis ces deux détails, tout était parfait. Il n'aurait su dire si on avait touché au sac, mais vu le professionnalisme de son visiteur, il valait mieux faire comme si. Heureusement, lorsqu'il était en voyage, il ne laissait jamais rien qui aurait pu être utilisé contre lui, ou son pays.

Lentement, il se retourna, inspectant chaque objet lui appartenant ou appartenant à l'hôtel. Au fur et à mesure de ses recherches, sa respiration recouvra un rythme normal. Les fenêtres étaient fermées et les volets à moitié baissés, comme avant son départ. Et, si le lit était fait, il n'allait pas manquer de l'examiner avec le plus grand soin avant de se coucher. Il cherchait quelque chose, un détail pouvant lui indiquer la raison pour laquelle on avait fouillé sa chambre. Il finit par trouver.

Sur la moquette élimée, un léger renfoncement indiquait la marque d'un pied de chaise, un peu à droite de l'endroit où celle-ci se trouvait à présent. Pour un pro, c'était un peu maladroit. Mais peut-être avait-il été dérangé. Calmement, Matt se mit à genoux et s'allongea sur le sol pour jeter un coup d'œil sous la chaise. Sans raison, sinon l'état de perturbation avancé de son cerveau depuis qu'il avait débarqué en Irak, il imagina le mécanisme déclencheur d'une bombe.

Mais non. C'était un micro. De la taille d'une pièce de 25 cents, plat et lisse, et ressemblant à une pile de montre, sauf qu'il était équipé de deux minuscules antennes.

Il poussa un soupir en l'examinant, vaguement soulagé. Il était rare que l'on piège une pièce en y dissimulant un micro en même temps. En général, c'était l'un ou l'autre. Quand on prévoyait de faire exploser une chambre d'hôtel, on ne prenait pas le risque de laisser le moindre indice. Localiser l'origine du signal d'un micro espion était bien trop facile.

Il se remit en position assise pour réfléchir. En dehors des services d'immigration et de son commandant, personne n'était au courant de sa présence en Irak. *Excepté David.* Mais son ancien collègue était là pour le protéger. Il l'appellerait dès le lendemain pour lui proposer d'aller boire un verre. S'il n'était pas déjà dans l'avion qui le ramènerait chez lui, bien sûr.

Il se leva. *Merde.* Il fallait qu'il vérifie aussi la chambre de Harriet.

En sortant, il s'en voulut de se servir de cette excuse pour aller la voir. Sérieusement, qui pourrait vouloir fureter dans les appartements d'une archéologue ? Ou la surveiller, d'ailleurs.

Lorsqu'il frappa à la porte, il avait réussi à se convaincre de la nécessité de fouiller la pièce de fond en comble jusqu'à ce qu'il trouve un micro similaire au sien. C'était devenu une question de vie ou de mort.

La porte s'ouvrit lentement sur Harriet, dans son minuscule short en coton souple et son débardeur moulant – les vêtements qui l'avaient transporté de désir la veille. Elle se frotta les yeux.

Bon sang! Elle était folle ou quoi ? Ç'aurait pu être n'importe qui !

— Ça ne va pas la tête d'ouvrir ta porte en plein milieu de la nuit ! fulmina-t-il.

— Tu as frappé, dit-elle.

Elle bâilla, les bras étirés au-dessus de la tête, dévoilant une partie de son ventre bronzé.

— C'est la coutume, il me semble, poursuivit-elle. Quand quelqu'un frappe, on répond.

— Et si j'avais été un psychopathe armé jusqu'aux dents, tueur de femmes occidentales ? rétorqua-t-il en claquant la porte derrière lui.

— Alors, je serais déjà morte. Et je suppose que demain, tu te serais senti coupable de ne m'avoir pas prévenue de la présence de tueurs fous dans l'hôtel.

Elle le gratifia d'un grand sourire.

Incroyable! Matt prit une longue inspiration et ferma les paupières. *Surtout ne pas défoncer le mur à coups de poing. Mauvaise idée. Très mauvaise idée.* Il se répéta ces mots silencieusement jusqu'à ce que Harriet ouvre de nouveau sa bouche insolente.

— Tu m'as réveillée. Qu'est-ce que tu veux ?

Il ne répondit pas tout de suite, se rappelant la raison première de sa visite.

— Un baiser avant de dormir.

Il haussa les épaules et se retint de rire devant l'expression de son visage qui oscillait entre l'incrédulité et l'agacement. *Et puis, merde.*

Il l'enlaça par le cou et l'attira contre lui. Le regard ampli de méfiance, elle resta pourtant silencieuse. Lorsqu'il lui inclina la tête pour faire mine de l'embrasser, il sentit qu'elle reculait d'un pas. Il pressa ses lèvres contre son oreille et murmura :

— Ma chambre est sur écoute. Je veux juste vérifier si la tienne l'est aussi.

Harriet rejeta la tête en arrière et parut scruter son visage un instant. Puis elle acquiesça lentement et afficha un large sourire. Perplexe, il vit sa main prendre son élan, comme au ralenti, et venir le gifler. *Pas très fort. Mais tout de même.*

— Qu'est-ce que…, bredouilla-t-il en se retenant de frotter sa joue endolorie.

Elle souriait de plus belle lorsqu'elle se remit à parler.

— Comment oses-tu ? Tu crois que tu peux m'embrasser comme ça, espèce de mufle insupportable ?

Elle agita les mains autour d'elle et haussa les épaules, lui indiquant qu'il pouvait fouiller la chambre.

Il fit le tour de la pièce et vint se poster devant l'immense fauteuil de bureau sur lequel elle était assise la veille.

— Ce n'était pas vraiment… Je ne pensais pas du tout à ça.

Il se mit à quatre pattes pour regarder sous le fauteuil. *Rien.* Mais sous les roulettes en métal… *Bingo !*

Jubilant un instant d'avoir trouvé ce qu'il cherchait, il se tétanisa soudain d'effroi. S'ils étaient tous les deux sur écoute, ce devait être à cause de la pièce métallique découverte sur le site. À moins qu'on n'ait installé des foutus micros dans toutes les chambres, mais il avait du mal à le croire. C'était beaucoup trop cher. Sans parler des hommes nécessaires pour écouter les conversations.

Il regarda Harriet et comprit qu'elle était en train de faire des bruits de baisers un peu déments. En dépit de la situation, il fut pris d'une furieuse envie de rire. Il leva les yeux au ciel et indiqua la porte d'un signe de tête.

Une fois dans le couloir, Harriet le regarda d'un air interrogateur.

— Je n'en sais rien. Je n'ai pas encore de réponses. Mais, vis-à-vis de ceux qui nous écoutent, je pense qu'il est préférable de faire comme si on ignorait leur présence. Essaie de ne pas mentionner la raison de mon séjour ici, OK ?

Elle hocha la tête, avant d'écarquiller soudain les yeux.

— Tu crois qu'on nous a écoutés… la nuit dernière ?

Il aurait bien aimé la rassurer, mais impossible. Il haussa les épaules.

— Qui sait ? Tant que je n'ai pas découvert pourquoi on s'intéresse autant à nous, je ne peux pas te répondre. Je vais trouver une chambre inoccupée et vérifier qu'il n'y ait pas de micros. On pourra y parler librement.

— Le couple d'Irakiens d'à côté est parti ce matin. Je crois que la chambre est toujours libre, dit-elle en désignant une porte sur sa gauche.

Il sortit son portefeuille et en retira son badge militaire. Ça ne devrait pas être trop compliqué. Il fallait juste qu'il évite de se faire prendre s'il ne voulait pas déclencher un incident diplomatique et risquer de perdre son boulot.

Sérieusement ? Il allait vraiment forcer la porte voisine, comme si de rien n'était ? Elle ne savait pas grand-chose de la législation en vigueur dans ce pays, mais elle se doutait que les autorités ne verraient pas d'un très bon œil un militaire, américain de surcroît, entrer par effraction dans une chambre d'hôtel, même inoccupée.

— OK, mais dans ce cas, je viens avec toi, dit-elle.

— Pas question. Retourne dans ta chambre et fais comme si de rien n'était.

Son visage avait une expression redoutable lorsqu'il se mettait en colère. Sauf que là, il s'énervait pour rien.

— Écoute. Si tu te fais prendre, et que tu es avec moi, on pourra croire à une erreur, on pensera que nous nous sommes trompés de chambre, non ? C'est tout à fait crédible.

Il inclina la tête, et le craquement d'une vertèbre dans sa nuque la fit sursauter.

— OK. Mais si on se fait prendre, pour l'amour de Dieu, laisse-moi parler.

Quel culot !

— Parce que ton charme et ton esprit sont irrésistibles, peut-être ?

Mains sur les hanches, elle exigeait une réponse.

— OK, mettons que je n'ai rien dit. Allons-y.

Il s'appuya contre la porte pour étouffer le son de ses doigts, et frappa. Aucune réponse.

Harriet jeta un coup d'œil de chaque côté du couloir et vérifia qu'aucun touriste ni employé ne traînait dans le coin. La voie était libre. Elle tourna la tête vers Matt mais la porte était déjà ouverte, et il avait disparu à l'intérieur de la chambre. Il faudrait qu'elle se souvienne de fermer à double tour quand il serait dans les parages.

Elle poussa la porte du coude et se glissa à l'intérieur.

— Tu es vraiment trop fort à ce genre de petit jeu. Est-ce que tu as eu une enfance criminelle ou un truc du genre ? murmura-t-elle.

— Un truc du genre, répliqua-t-il en allumant la petite lampe de bureau et en regardant autour de lui.

Elle l'observa tandis qu'il se baissait et jetait un coup d'œil sous le meuble, puis elle lança un regard en direction du couloir pour vérifier si des visiteurs inattendus ne s'y trouvaient pas. Elle entendit des bruits de botte dans l'escalier, et son rythme cardiaque atteignit des sommets vertigineux.

— Quelqu'un approche, siffla-t-elle.

Matt était étendu sur le sol, toujours occupé à inspecter le bureau.

— Ferme la porte et éteins la lampe, ordonna-t-il.

Elle obtempéra. Les pas s'éloignèrent puis, sans explication, se rapprochèrent de nouveau. Oh, mon Dieu, était-ce l'agent de sécurité ? Harriet s'écarta de la porte à pas de loup. L'homme avait décidé de faire les cent pas dans le couloir. À quatre pattes dans l'obscurité, elle rejoignit Matt pour faire le moins de bruit possible.

— Si ça se trouve, il va rester toute la nuit, murmura-t-elle en approchant.

Soudain, elle posa sa main sur la cuisse de son compagnon. *Sa cuisse large et puissante.* Ils s'immobilisèrent complètement.

— Désolée, dit-elle en s'éloignant pour aller s'asseoir, adossée au lit et pieds calés contre les jambes de Matt. Tu as une idée ?

— Je n'ai trouvé aucun micro. J'en conclus que nous sommes les seuls visés. Je vais devoir en informer mon commandant.

Harriet commençait à s'inquiéter. Et si le commandant insistait pour qu'il s'en aille ? Que ferait-elle ? Serait-elle en sécurité ?

— Est-ce que tu peux… ne pas l'appeler ? interrogea-t-elle dans un souffle.

— Pourquoi ?

— J'ai peur qu'il ne te demande de partir.

Aïe. Pourquoi avait-elle dit ça ?

Elle sentit la jambe de Matt trembler contre son pied. Est-ce qu'il… ?

— Tu te moques de moi ?

— Et comment ! parvint-il à dire. Il y a quelques heures, tu rêvais de me voir partir, non ? Avoue. Je te voyais déjà organiser le reste de ta mission !

Inutile de nier, il avait raison.

— C'était avant que j'apprenne qu'il y avait des micros dans nos chambres.

— Écoute, ma belle, je ne suis pas comptable. Mon patron ne va pas me virer au moindre problème. Je suis un militaire. Il va vouloir que je reste jusqu'à ce que je découvre ce qui se trame ici. Il se pourrait même qu'il envoie des renforts. Donc, rassure-toi, je ne vais nulle part.

— Pour ta gouverne, sache que ce n'est pas pour moi que j'ai peur, mais pour mes étudiants, et pour Mueen et Ain, également. Je ne pourrai pas les protéger si ces micros ont été placés par quelqu'un à des fins malfaisantes.

Sur ce point, elle disait la vérité. Elle n'avait jamais craint les ennuis pour elle-même.

— Malfaisantes ? s'exclama-t-il.

Elle aurait pu jurer sentir sa jambe trembler de nouveau.

— Tu te crois dans un roman d'Agatha Christie ? Du genre *Meurtre en Mésopotamie*, c'est ça ?

— Je préfère que nous évitions de parler de meurtres, OK ?

Elle avait surtout envie de parler de ce qui la préoccupait.

— Si on m'a mise sur écoute, c'est certainement pour en savoir plus sur ce que nous avons trouvé sur le site de fouilles. Je ne vois que ça. Quant à toi, c'est sans doute pour découvrir quelque chose en lien avec l'armée. Ce qui veut dire que la seule raison de nous mettre tous deux sur écoute est liée à cette foutue pièce d'avion, tu ne crois pas ?

Il éloigna ses jambes et se redressa. Sa voix était beaucoup plus proche.

— Impressionnant, mon cher Watson. J'en suis arrivé à la même conclusion. À qui l'as-tu dit ?

Elle réfléchit un instant.

— Molly et Jason sont au courant, mais s'ils venaient à l'ébruiter, ce serait la fin de leur carrière. Ils sont suffisamment intelligents pour ne pas s'y risquer. Sadie sait, elle aussi. Comme ceux qui t'ont envoyé ici, qui qu'ils soient. À ma connaissance, ça s'arrête là. Et de ton côté ? Qui est dans le secret ?

— Personne. Mon commandant est dans la confidence, mais, pour autant que je sache, il est bien le seul.

Il soupira lourdement.

— Qu'est-ce qui se passe ? Enfin, en dehors du fait qu'on se retrouve assis dans le noir pour éviter un agent de sécurité et que nos chambres sont sur écoute ?

— Je l'ignore. Quelqu'un, quelque part, sait quelque chose sur ce bout de métal. Ce qui signifie qu'il doit être important. Et franchement, cette possibilité n'est pas rassurante.

Harriet frissonna. Elle n'aimait pas du tout que Matt, plus que quiconque, soit effrayé par la situation.

— Pourquoi ?

Il se remit debout et lui tendit la main pour l'aider à se lever.

— Je crois que la voie est libre.

Ses doigts étaient chauds. Harriet avait terriblement envie qu'il la prenne dans ses bras, qu'il la protège. Mais elle n'insista pas, refusant de le perturber davantage.

— Pourquoi as-tu peur que quelqu'un soit intéressé par ce morceau de métal ? reprit-elle.

Après avoir vérifié qu'il n'y ait aucun bruit dans le couloir, il ouvrit la porte devant Harriet et la poussa doucement dans le couloir.

— Je préférerais qu'on en parle demain, tu veux bien ? Sur le chantier, peut-être. Là au moins, je suis sûr que personne ne nous écoutera.

Elle haussa les épaules. Il avait raison. Elle n'avait pas non plus envie d'aborder le sujet en sachant qu'on était peut-être en train de les surveiller.

— Pas de problème. (Elle ouvrit la porte de sa chambre.) Bonne nuit.

— Bonne nuit, répondit-il à son tour.

Elle referma la porte derrière elle, tira le verrou, et pour se rassurer, posa la poubelle devant. Cela n'arrêterait personne, mais au moins, elle serait prévenue au cas où l'on voudrait la tuer.

Peut-être qu'elle en faisait un peu trop.

Elle s'allongea sur le lit et éteignit la lumière, l'esprit agité d'une multitude de pensées. Au cours de la journée, l'idée de son prochain travail en Grèce était devenue de plus en plus improbable. Tout comme celle d'une relation libre et légère avec Matt. En un seul jour, présent et passé, pris dans une tornade d'événements extraordinaires, venaient de bouleverser sa vie professionnelle.

Elle se leva et alluma une veilleuse, tout en sachant qu'il en fallait davantage pour éloigner le croque-mitaine.

Chapitre 10

Lorsque le réveil sonna, Matt eut la sensation qu'il venait de s'endormir. Ses yeux, irrités et douloureux, lui donnaient l'impression d'avoir traversé une tempête de sable, comme celle qui s'était abattue sur lui en Afghanistan.

Il avait passé une bonne partie de la nuit sur le petit balcon à l'extérieur, portes closes pour échapper au micro et sous un clair de lune permettant de surveiller les environs, à parler avec son patron au téléphone. Le commandant Jenks avait d'abord semblé heureux d'avoir de ses nouvelles. Mais au fur et à mesure de la conversation, au cours de laquelle Matt lui apprit l'existence des billets de banque et des micros, il s'était assombri.

Matt comprenait sa réaction. La situation était plus que bordélique. Il était en Irak depuis à peine vingt-quatre heures, et c'était déjà un vrai merdier. Il fallait s'attendre au pire, et ils en avaient conscience tous les deux. Jenks n'avait pas à expliquer son silence. De toute façon, qu'aurait-il bien pu dire ?

Qu'il ne pouvait laisser trois citoyens américains risquer leurs vies ? Que la nouvelle qu'un avion avait été victime d'une anomalie quelconque et s'était probablement écrasé s'était déjà répandue ? Que quelqu'un s'était aperçu qu'il n'y avait aucune trace officielle de la disparition de cet appareil et avait deviné ce que Matt avait lui-même compris en découvrant les billets de banque flotter dans le vent ?

Les micros venaient juste enfoncer le clou. Si l'on venait à apprendre qu'une telle quantité d'argent liquide se trouvait enfouie quelque part dans ce désert, certains seraient prêts à tout pour s'en emparer. *Absolument tout.*

Il fallait qu'il prévienne Harriet. Mais d'abord, il devait appeler David et s'assurer de son soutien. Si son ancien frère d'armes avait été embauché pour assurer la sécurité des ressortissants américains en Irak, c'était le moment de le prouver, bon sang !

Matt jeta une nouvelle fois un coup d'œil à sa montre, mais non, il était trop tard pour espérer dormir encore un peu.

Qui plus est, il ne voulait pas laisser Harriet sans protection. Une fois qu'il aurait vu David, il ne la lâcherait plus. C'était sa mission. Sa manière de se racheter d'avoir fait l'amour avec elle. Il allait la protéger. *En souvenir de Danny.*

Le visage de son ami réapparut devant ses yeux et, pour empêcher l'image suivante de surgir, Matt enfonça ses ongles courts dans les paumes de ses mains. *Raté.* Comme toujours, il revécut l'explosion, sans pouvoir s'empêcher de tressaillir. Il sentit la chaleur du désert sur sa figure couverte de poussière. Le souffle de la déflagration les avait projetés à l'arrière, comme cela se produisait si souvent. Mais d'habitude, ils se mettaient à terre en riant parce que quelqu'un avait fait foirer l'explosion qu'ils étaient censés empêcher. *Mais pas cette fois.* Il s'était retrouvé assis, du sang et de la poussière plein la bouche, rendu sourd par la détonation. Son meilleur ami n'avait plus de torse.

D'autres explosions avaient suivi. Matt secoua la tête et sentit de la terre séchée s'écouler de son casque. Sauf qu'il n'y avait rien. Le bruit se dissipa, et il reprit conscience de la réalité.

Bon Dieu. C'était de pire en pire. Normalement, son état aurait dû s'améliorer. Ces crises devaient s'expliquer par son retour en Irak. Matt s'assit précautionneusement sur le lit et laissa retomber sa tête dans ses mains en frottant ses cheveux inhabituellement longs sur sa nuque. Il avait besoin d'aide. *À tous points de vue.*

Mais pas tout de suite. Pas avant d'avoir rempli sa mission.

Il prit une douche rapide et décida de ne pas se raser pour se fondre le plus possible dans la masse. Il enfila son jean, un tee-shirt, et une chemise à col ouvert qu'il porterait sans doute toute la journée. Il envisagea un instant de profiter d'être à l'hôtel pour faire laver son linge, vu le peu de vêtements qu'il avait emporté, puis il descendit au rez-de-chaussée pour prendre son petit déjeuner.

Surtout ne pas craquer. Tiens bon encore quelques jours.

Harriet et ses « mômes » étaient déjà attablés, et il les salua d'un signe de tête en rejoignant le buffet au fond de la salle. L'esprit ailleurs, il remplit son assiette, avant de prendre une chaise et de s'installer au bout de leur table.

Il commença à manger et remarqua le silence qui régnait autour de lui. Il leva lentement les yeux. Les trois autres regardaient son assiette, médusés.

— Tu as… un petit creux ? demanda Molly avec un sourire.

Si leurs plats ne contenaient rien d'autre qu'un bout de fruit et une tranche de pain, le sien comportait un assortiment de tout ce que proposait le buffet.

Matt avala une bouchée et se laissa aller contre le dossier de sa chaise.

— Je fais toujours des réserves au cas où je serais coincé quelque part sans pouvoir manger. Désolé.

Il leur adressa un grand sourire.

— Faut pas t'inquiéter pour ça, tu sais. Je m'arrange toujours pour que mes ouvriers ne restent pas le ventre vide. Quand on passe toute la journée sur le site, l'hôtel nous livre de quoi nous sustenter, dit Harriet en avalant une gorgée de café.

— Je ne suis pas un de tes ouvriers, répliqua-t-il en portant à sa bouche un quartier d'orange.

D'une certaine manière, le délicieux repas de la veille lui avait ouvert l'appétit. Il était affamé.

— C'est ce que tu crois, répondit Harriet en haussant un sourcil.

— Ce n'est que justice, mon gars, ajouta Molly. Un grand gaillard comme toi, c'est toujours utile pour transporter du matériel…

— Et le matériel, ce n'est pas ce qui manque, l'interrompit Jason.

— … et ce ne serait pas très galant de ta part de refuser de nous aider, insista Molly, en battant littéralement des cils.

Il manqua de s'étouffer de rire en avalant de travers un morceau de pain. La claque que Harriet lui assena dans le dos faillit lui décoller un poumon.

— Tu as terminé, ou tu veux continuer à me rouer de coups ? lança-t-il. Tu voulais me dire quelque chose peut-être ?

— Non, ça va. Finis ton assiette, soldat, on part à 10 heures.

Elle se rassit et ouvrit son dossier noir.

Tout en continuant à manger, Matt jeta un coup d'œil aux autres clients de l'hôtel et repéra un homme plutôt âgé, qui étudiait le même dossier noir.

— Est-ce que c'est… ?

Il avait oublié son nom.

— Malcolm Rapson. Oui. Également financé par la même fondation, répondit Harriet en fronçant les sourcils. En fait, il faut que je lui parle.

Elle se leva et se dirigea vers la table de l'archéologue.

— C'est parti pour une petite séance de léchage de bottes, commenta Jason.

Cette fois, ce fut au tour de Molly de froncer les sourcils. Ce qui n'empêcha pas Jason de poursuivre.

— C'est un sport national chez les universitaires. Pour faire avancer sa carrière, rien de tel que de coécrire des articles.

La manière dont Jason suivit Harriet des yeux intrigua Matt.

— Pourtant, je suis persuadé que nous ne trouverons rien ici, reprit le jeune homme. Ce chantier est une perte de temps absolue. Aucune étude n'a jamais montré qu'il pouvait y avoir quelque chose d'intéressant dans le coin. Je trouve ça complètement fou qu'une fondation prête attention à cette immense zone désertique.

Matt demeura impassible, mais la remarque de Jason ne manquait pas d'intérêt. Il sentit une boule froide et rigide se nouer au creux de son estomac. Les pièces du puzzle n'étaient pas encore réunies, mais elles appartenaient bien au même jeu. Il essaya de ne pas regarder Harriet mais, bon sang, penchée comme elle l'était au-dessus de la table pour parler à Rapson, il avait du mal à ne pas penser à son visage dans le miroir la dernière fois qu'il l'avait vue dans cette position. *Nom de Dieu.* Il s'agita sur sa chaise pour calmer son érection.

Non. Pas question. Inutile d'insister.

— Comment s'est passée la journée d'hier ? interrogea Harriet en approchant de la table.

Malcolm leva les yeux et sourit.

— Oh, rien de particulier. Et vous ?

— Oh, un peu la même chose, dit Harriet en riant. Je crains que mes étudiants ne finissent par s'ennuyer à mourir, mais je suppose que c'est une bonne expérience pour eux.

— Assurément. Je crois que nous ne trouverons rien ici. Je me demande pourquoi la Fondation Megellin a pu penser que cette région était prometteuse en termes de fouilles.

Le professeur retira ses lunettes, les replia, puis se gratta la tempe avec avant d'ajouter :

— La seule raison à laquelle je puisse penser est... Non. Peut-être que je regarde trop de films. (Il eut un petit rire.) La faute en incombe à Indiana Jones, j'en ai bien peur.

— Vous permettez ? demanda-t-elle en montrant la chaise.

— Oh, bien sûr, très chère. Excusez mon manque de savoir-vivre.

Il se leva pour tirer une chaise et attendit qu'elle soit installée avant de se rasseoir à son tour.

— Pour moi, c'était le film *La Momie*, murmura-t-elle, ravie de l'humour du vieil homme. Et donc, qu'est-ce qu'Indiana Jones vous a appris sur les raisons de notre présence ici ?

— Si vous voulez bien excuser le côté mélodramatique de ce que je vais dire, il existe, il me semble, une possibilité infime que nous soyons là pour trouver quelque chose que Megellin recherche. Qu'en dites-vous ? (Son regard se mit à pétiller à l'idée de cette intrigue.) Que savez-vous de cette fondation ? poursuivit-il.

Surprise, elle prit le temps de réfléchir.

— Pas grand-chose. Je sais que ces gens financent des fouilles universitaires, qu'ils ont le bras assez long pour obtenir les visas nécessaires, et qu'ils ne manquent jamais d'argent. J'ai effectué une étude pour eux au Kurdistan il y a deux ans. La mise au jour d'un cimetière pour une équipe d'archéologues du Amersham College.

— Amersham, dites-vous ? (Il hocha la tête d'un air grave.) Ma foi, ce n'est sûrement pas important.

Il se pencha en avant, l'air conspirateur, et murmura :

— J'ai posé quelques questions ici et là. J'attends des coups de fil dans la soirée.

— Eh bien, je venais justement vous demander si vous accepteriez de dîner avec nous ce soir pour parler boutique ?

Elle était heureuse de le voir si aimable. La plupart des universitaires spécialisés en archéologie se montraient distants. Surtout les Anglais. Elle en profiterait aussi pour voir s'il fallait le mettre au courant de la situation. Si son équipe avait trouvé quelque chose de similaire à la sienne, il faudrait lui parler des micros.

— Vous m'en voyez ravi, très chère. Vous êtes au courant j'imagine de ce qui s'est passé le dernier soir de la conférence sur les bronzes antiques à Istanbul en septembre, n'est-ce pas ?

Il se leva et lui adressa un clin d'œil.

Une vraie commère, ce vieux renard.

— Je brûle de le savoir, dit-elle en souriant.

Avant son départ, ils se mirent d'accord pour se retrouver dans le hall d'entrée de l'hôtel. Harriet retourna à sa table.

— Devinez qui est invitée à dîner ce soir ? lança-t-elle en attrapant son café qui avait refroidi.

— Est-ce qu'il va falloir qu'on te trouve des préservatifs ? demanda Molly en lui donnant un petit coup de coude dans les côtes.

Harriet leva les yeux au ciel en guise de réponse.

— Vous êtes prêts à y aller ?

Elle essaya de se souvenir si Matt avait utilisé un préservatif. *Peut-être que oui, mais...* Est-ce qu'elle pouvait aborder le sujet avec lui ? Elle repensa à cette nuit-là et ne put s'empêcher de le regarder. Il était resté silencieux depuis qu'elle était revenue à la table. Son visage était totalement indéchiffrable. Mon Dieu, il était tellement beau. Elle avait envie de passer la main dans ses cheveux, bien plus longs que le règlement ne l'autorisait, elle en était sûre. Une vague de chaleur la traversa lorsqu'elle imagina sa barbe de trois jours frotter sa peau. Elle serra les cuisses et sentit que sa figure s'empourprait. Les yeux de Matt n'avaient pas quitté les siens un seul instant.

OK, circule, y a rien à voir. Harriet se leva brusquement.

— Tu nous accompagnes au site ou tu as autre chose de prévu ? demanda-t-elle.

— Je vous suis. J'aimerais garder un œil sur vous. Si ça ne vous dérange pas, bien sûr, répondit-il en se levant à son tour.

À vrai dire, elle était soulagée. Elle s'était toujours sentie en sécurité en Irak, mais ce n'était plus le cas depuis la découverte des micros. Ni celle de ce stupide bout de métal. Non pas qu'elle soit effrayée, mais elle se tenait sur ses gardes. Mueen était tout à fait capable de les protéger en cas de besoin. Elle avait totalement confiance en lui.

Lors de sa première visite en Irak, elle avait douté de l'homme que le cheik avait choisi pour protéger son équipe simplement parce qu'il parlait très bien anglais. Jusqu'au jour où elle l'avait vu démonter et remonter son arme, en silence et en moins de quelques secondes. Stupéfaite, elle était restée cachée pour l'observer répéter sans fin les mêmes gestes, avant de se rendre compte qu'il avait les yeux fermés. Cela avait suffi à la convaincre que son équipe ne craignait rien avec lui. Fallait-il lui dévoiler ce qu'ils avaient découvert ?

La réponse était évidente. *Bien sûr que oui.* Il fallait qu'il sache. Même si Matt n'en serait certainement pas enchanté. De toute façon, elle avait bien l'intention de lui poser la question. Elle lui tendit la main et attendit que Jason et Molly aient disparu dans le hall d'entrée.

— Dis-moi à quel moment nous pourrons révéler aux autres la présence des micros, et l'origine de la pièce de métal. Mueen, Molly et Jason ont le droit de savoir, chuchota-t-elle.

Il regarda par la fenêtre du restaurant un court instant. Impossible de dire s'il regardait quelque chose de précis ou s'il réfléchissait à une réponse.

— Rendez-vous sur le site. Dès que vous serez partis, j'irai inspecter la chambre de Molly et celle de Jason. Si je ne trouve pas de micros, je ne vois aucune raison de les mettre au courant tout de suite. Et si nous les laissons en dehors de tout ça, il n'est pas non plus nécessaire d'impliquer Mueen, d'autant plus qu'il est…

Elle serra les poings.

— Qu'il est quoi ? siffla-t-elle. Un ennemi ? Un Irakien ? Comment tu peux parler de lui comme ça après avoir profité de son hospitalité hier soir ?

— Calme-toi, ma belle. Je n'ai rien dit de tel. Ce que je voulais dire, c'est qu'il y avait un truc qui me chiffonnait chez lui.

Il leva les mains pour se protéger du flot d'agressivité qu'elle s'apprêtait à déverser sur lui.

— Son anglais est trop parfait. Et il porte son arme de manière bien trop parfaite. Ici, presque tout le monde porte son arme à l'épaule comme un sac, mais pas lui. C'est juste que… je ne sais pas à quoi m'en tenir avec lui. Pas encore, en tout cas.

Harriet respira profondément. OK, il n'avait pas tort.

— Si tu promets de ne pas exploser, je veux bien t'avouer quelque chose, dit-elle.

À lui d'être énervé.

— Quoi ?

— Tu promets ?

— Promis, concéda-t-il à contrecœur.

— Je crois qu'il a appartenu à l'armée irakienne.

Chapitre 11

— Il était là quand nous avons trouvé ce bout d'épave, ou quoi que ce soit, et il savait que j'allais prévenir l'armée. Il sait que c'est pour ça que tu es là, et pourtant, il n'en a rien dit à personne.

— Un soldat irakien ? gronda Matt. T'es-tu demandé si c'était lui ou un de ses amis qui avait posé la bombe qui a tué ton mari ?

Il saisit ses bras et serra violemment.

— Lâche-moi, tu me fais mal, dit-elle en regardant ses mains avec insistance.

Il la relâcha immédiatement et recula. Seul son regard témoignait de son désarroi. Il se retourna et fit quelques pas dans la salle à manger qui s'était vidée. Il revint vers elle, ouvrit la bouche comme s'il allait parler avant de la refermer brusquement et de reprendre sa marche.

Lorsqu'il fit mine de revenir vers elle, elle tendit le bras pour l'arrêter.

— J'ai dit que je croyais qu'il en avait fait partie. Je n'en sais rien, mais j'ai confiance en lui pour nous protéger. Entièrement confiance, insista-t-elle d'un ton calme.

— Pas moi.

Elle haussa les épaules.

— C'est ton problème. À moins que tu n'acceptes de te fier à moi, je ne peux pas grand-chose pour toi.

Surtout ne parle pas de Danny. Je t'en prie.

Matt réfléchit un instant, sourcils froncés. Puis, comme s'il avait entendu sa prière silencieuse, il secoua la tête.

— On se voit sur le site. Je devrais y être dans une demi-heure.

Molly attendait devant la portière du camion de Mueen, la cherchant des yeux. Harriet remonta le foulard de rigueur sur ses cheveux et poussa les portes de l'hôtel. Le souffle d'air chaud qui la saisit quand elle sortit la rasséréna un peu. Elle adorait ce climat. Si seulement elle réussissait à chasser les démons qui agitaient Matt, peut-être parviendrait-il à faire la paix avec ce pays. *Qui sait ?*

— Alors, boss, on continue à perdre notre temps sur quoi, aujourd'hui ? lança Jason.

— Comment ? Je n'ai pas bien entendu, répondit-elle.

Molly tourna la tête vers le siège arrière, sourcils froncés.

— Eh bien, il est clair que nous n'allons rien trouver ici. On devrait tout remballer, écrire ce fichu compte-rendu et rentrer chez nous, non ? J'ai discuté avec la fille de l'équipe de Rapson.

Molly se retourna sur son siège, et les deux femmes se regardèrent un instant.

— Et alors ?

— Ils envisagent de partir dès demain. Ils pensent que tout ça est complètement bidon, ajouta Jason avec un petit rire suffisant. Et je suis du même avis. C'est vrai, quoi. L'équipe de Rapson a plus de… d'expérience, ces gens savent de quoi ils parlent, non ?

Alors là, c'était le bouquet. Harriet avait peut-être fait une grosse erreur en embauchant Jason pour cette mission. D'ailleurs, le « peut-être » était de trop. Heureusement qu'il travaillait en indépendant.

— Primo, la « fille » avec laquelle tu as parlé n'est pas une fille. Si elle travaille pour Rapson, je suis sûre que c'est une femme. Deuxio, tu ne travailles pas pour Rapson, mais pour moi. Si tu tiens à bosser pour lui, personne ne t'en empêche. Mais quoi qu'il arrive, nous respecterons le contrat signé avec la fondation. Il nous reste encore au moins une journée de prospection géophysique et une autre consacrée à la préparation du compte-rendu. En supposant bien sûr que nous ne trouvions rien. De toute façon, Molly et moi avons travaillé seules sur des sites beaucoup plus importants, alors, je te le répète encore une fois, tu es libre de partir. Sans rancune, vraiment.

Jason jeta un rapide coup d'œil à Molly, comme s'il cherchait un soutien de sa part, mais avec ses lunettes de soleil, il était difficile de deviner ce que la jeune femme pensait. Peut-être faisait-il tout simplement preuve de sexisme et estimait-il davantage le professeur Rapson parce que c'était un homme. Peu importait. Il était libre de croire ce qu'il voulait.

— Je... ne voulais pas dire ça. Je me contentais de répéter ce que cette fille... cette femme... Katherine avait dit.

Harriet dissimula un sourire.

— Très bien, déclara-t-elle doucement en regardant par la vitre, comme si elle découvrait le désert.

Dès qu'ils arrivèrent sur le site, Jason sauta du véhicule et, pour la première fois, sans rien demander, commença à préparer le radar géologique et l'ordinateur auquel il était relié. Mueen se hissa avec agilité sur le toit de la caravane et reprit son poste d'observation.

Molly échangea un grand sourire avec Harriet tandis qu'elle transportait une glacière remplie d'eau et de glace à l'intérieur de la caravane. En fin de compte, Jason n'intéressait peut-être pas la jeune femme tant que ça. Depuis sa défaite épique aux échecs, le vent semblait avoir tourné. Jason avait dévoilé sa véritable personnalité.

Matt se glissa d'abord dans la chambre de Molly. Son téléphone et son ordinateur portable étaient restés sur le bureau, preuve de négligence et d'imprudence insensées. La serrure était tellement facile à forcer qu'il était étonné que rien n'ait été volé. Cela lui donnerait au moins l'occasion de la rappeler à l'ordre.

Il jeta un coup d'œil sous la chaise du bureau mais ne trouva aucun micro. Par acquit de conscience, il vérifia aussi le téléphone à cadran sur le bureau, tout en sachant que Molly, comme tous ceux de sa génération, n'avait certainement pas eu l'idée d'y toucher. À une époque, presque tous les téléphones dans les chambres d'hôtel en Irak étaient sur écoute. Difficile de savoir si c'était toujours le cas depuis la chute de Saddam Hussein.

Il soupira. Il n'avait qu'une envie, piquer une tête dans l'océan Pacifique, près de sa maison. Le destin était impitoyable. *Aucun doute là-dessus.* Il avait besoin d'aide. *D'un professionnel.* Le genre de solution qu'il avait préféré occulter sept années durant. Il en avait conscience, désormais. Peut-être que s'il avait accepté cette aide lorsqu'on la lui avait proposée à l'époque, il serait déjà guéri. Il était gravement atteint. Sinon, pourquoi désirait-il encore cette femme ? Pourquoi vouloir la posséder de nouveau alors qu'elle appartenait à Danny ? Il suffisait qu'il pose les yeux sur elle pour s'imaginer en elle. Il était complètement accro.

Comme à une drogue aux effets secondaires plus que pervers : flash-backs, culpabilité. La sensation d'avoir perdu la maîtrise des pensées et des souvenirs liés à l'expérience traumatique de la guerre. Une maîtrise qu'il s'était efforcé de conserver au cours des années et qui s'évaporait aujourd'hui comme les nuages dans le désert. Il prit une profonde inspiration et se concentra sur la tâche qui l'occupait.

Le parfum de Molly dans la pièce et ses nombreux sous-vêtements en dentelle rouge et noir ne parvenaient même pas à lui changer les idées. Il ne l'imaginait pas un seul instant dans ces atours. Seul un psy pourrait sans doute lui sortir Harriet et Danny de la tête. *Sans parler du reste.*

Il était gravement atteint. *Très gravement.*

Ne trouvant rien de suspect dans la chambre de Molly, il s'aventura calmement dans celle de Jason.

Au moins, il n'y avait pas de sous-vêtements sur le sol. Matt inspecta la chaise de bureau et, au cas où, tout ce qui se trouvait à proximité. En vain. Il éprouva un immense soulagement. Il n'aurait plus besoin de se prendre la tête avec Harriet à propos de ce qu'ils devaient révéler ou non. *Pour l'instant, en tout cas.*

Après être sorti de la chambre, il redescendit dans le hall d'entrée pour demander qu'on lui appelle un taxi. En débouchant de l'angle que formait l'escalier, il tomba nez à nez avec David.

— Holà ! s'exclama Matt en s'accrochant à la rampe pour les empêcher de basculer. Tu es un vrai danger public !

— Désolé, mec. C'est justement toi que je venais voir. Histoire de laisser traîner l'oreille, tu comprends. (David se tut un instant, puis haussa les épaules.) Je me suis dit qu'il était temps que je reprenne contact, pour voir si tu avais besoin de quelque chose.

Il fit demi-tour et accompagna Matt en bas, non sans avoir jeté un coup d'œil en direction de la partie supérieure de l'escalier. *Étrange.* Matt se demanda s'il ne venait pas d'interrompre un rendez-vous galant. *Toujours aussi obsédé, l'enfoiré.* Sur ce point au moins, David n'avait pas changé.

— J'aurais besoin que tu me déposes quelque part. Si c'est de ton ressort, bien sûr, lança Matt, un peu ironiquement.

Les sociétés de sécurité privées, bien qu'employant de nombreux anciens militaires, avaient des règles de fonctionnement singulières, et servir de chauffeur ne faisait peut-être pas partie des attributions de David, même si cette requête semblait tout à fait logique lorsque l'on était engagé pour assurer la sécurité d'une personne.

— Tout ce que tu voudras, mon beau. Je suis là pour toi. Tant que tu me tiens au parfum, je pourrai anticiper tes besoins.

David « Nitro » Church ouvrit la portière de son SUV, et Matt grimpa sur le siège du passager. Tandis que David faisait le tour du véhicule pour rejoindre la place du conducteur, Matt s'émerveilla de l'équipement qui se trouvait à bord. Il fut à peine surpris de voir un GPS de type militaire, la crosse d'un pistolet fixé sous le tableau de bord par du Velcro. Mais il fut stupéfait d'apercevoir une unité de liaison montante par satellite. En même temps, lorsqu'on connaissait les milices privées et leur attrait pour les joujoux électroniques les plus sophistiqués, ce n'était pas si étonnant.

La dernière fois que Matt s'était retrouvé dans une zone de guerre, c'était dans un camion militaire blindé peu fiable, équipé uniquement d'une radio. Dans le monde des sociétés militaires privées, l'argent était roi.

Lorsque David s'installa et démarra la voiture, Matt l'interrogea sur son travail pour MGL Security.

— Depuis quand es-tu en Irak ?

— Presque un an. Attends. Non, enfin, ouais, un an à la fin du mois, répondit David en hochant la tête. Je commence à me languir du pays, mais par rapport à notre ancienne unité, c'est le pied, tu peux me croire. J'ai une connexion Internet où que j'aille, et un téléphone satellite qui marche bien mieux que celui qu'on avait en Afghanistan. Tu t'en souviens ? Bon Dieu. C'est un vrai miracle que nous soyons encore en vie.

Matt se mit à rire.

— Tu n'as jamais su t'en servir. Tu pensais qu'il suffisait de le secouer pour qu'il fonctionne.

David éclata de rire à son tour.

— Et ça te plaît ? enchaîna Matt.

— Et comment ! Je gagne trois fois plus que dans l'armée de l'air. Mais tu sais, ce n'est pas si évident que ça. Les hommes politiques, c'est encore pire que les militaires, je te jure.

— Et ouais, ils sont partout.

— Et toi, Boomer, c'est quoi la véritable raison de ton séjour ici ? demanda David sans détour. D'après ce que j'ai entendu, tu aurais arrêté les combats. Au lieu de bosser comme démineur dans le civil, tu préfères… retrouver des morts ?

Il semblait sceptique, et pour y voir plus clair, n'hésitait pas à mettre les pieds dans le plat.

— Ouais.

S'il y avait un sujet que Matt voulait éviter à tout prix, c'était bien celui-là. *Surtout avec David. Surtout sans avoir picolé.*

— Hé, peut-être qu'un peu d'alcool nous faciliterait cet examen de conscience, tu ne crois pas ?

— Marché conclu. Ce soir ? Ton hôtel est le seul à avoir un bar à cent kilomètres à la ronde. En dehors du mien, évidemment. Mais je commence à en avoir un peu ras le pompon. Disons 20 heures, OK ? On a pas mal d'années à rattraper.

— C'est clair, reconnut Matt.

— Nous y voilà, prévint David tandis qu'il stoppait son véhicule sur un chemin sableux. Je m'arrête là. Cette voiture est tellement blindée que si on s'ensable, on ne pourra jamais en sortir. Et je n'ai pas envie qu'on me la retire de mon salaire. Tu n'as qu'à continuer à pied.

— T'es sûr ? répondit Matt en défaisant sa ceinture. Et si je me fais descendre en chemin ? (Il montra la caravane, centre opérationnel du chantier de Harriet.) Tu pourras dire « adieu » à ton bonus, cette année.

Le sourire inaltérable de David se figea d'un seul coup tandis qu'il enlevait ses lunettes de soleil.

— Je te faisais marcher, mec, le rassura Matt.

— Non. Regarde. C'est… non, ce n'est pas… c'est impossible, rassure-moi ? (Sa voix s'était soudain perchée et s'était mise à trembler.) C'est le désert, c'est ça, hein ? Un mirage ? C'est ce putain de pays qui nous rend dingues, c'est ça ?

Il regarda Matt.

— Dis-moi que tu ne la vois pas !

Le cœur de Matt se serra quand il se rendit compte que David venait d'apercevoir Harriet, qui s'approchait.

— On n'est pas dans *Tom et Jerry*, mon vieux. T'imagines quand même pas qu'une fille en pagne va t'accueillir avec un cocktail servi dans un ananas ?

Pour la première fois de sa vie, David avait l'air terrifié. Il était pâle comme un linge, et des gouttes de sueur perlaient sur son front. On aurait dit qu'il venait de voir un fantôme.

— C'est à cause de moi, c'est ça ? C'est mon châtiment ?

— Un châtiment pour quoi ? Ressaisis-toi, mon vieux. C'est Harriet, la femme de Danny. Elle est archéologue. Et elle est vraiment là. Allez, viens. Reprends-toi. Tu ne vas pas t'évanouir devant elle comme une jeune vierge victorienne ?

David reprenait peu à peu ses esprits. Visiblement, Matt n'était pas le seul de leur unité à avoir sacrément morflé. Il se demanda un instant ce qu'étaient devenus les quatre autres gars de leur équipe. Justin, Liam, Bill et Mark. Après tout, Matt n'était peut-être pas le seul à souffrir de ce syndrome de répétition traumatique. Peut-être étaient-ils tous aussi atteints que lui.

Harriet se tenait devant le camion, attendant qu'il en descende. Il jeta un coup d'œil à David en se demandant à quel point ce dernier la connaissait. Son ancien coéquipier l'avait-il rencontrée avant la mort de Danny ? David trouva la poignée de la portière et l'ouvrit. Matt sortit à son tour.

— Harriet, je te présente David Church. Il était…

— Oui, je sais. David ? Je me souviens que tu es venu à la maison après la mort de Danny. C'était tellement gentil. Tu m'excuseras, je reconnais ton visage, mais j'avais oublié ton nom. Tout était un peu flou à cette époque. Tu avais joué au ballon avec la petite sœur de Danny. Je t'en remercie. Merci d'avoir pris le temps de passer. Je suis contente de te revoir.

Matt les regarda se serrer la main en souriant, mais son esprit commençait déjà à disjoncter. Il n'avait jamais pensé à rendre visite à Harriet. Non, ce n'était pas tout à fait vrai. Il avait songé un moment à faire le déplacement pour présenter ses condoléances à la famille de Danny, mais il avait changé d'avis, préférant lui épargner le spectacle affligeant d'un grand gaillard en train de craquer. Ensuite, lorsqu'il s'était « habitué » à la mort de Danny, il était trop tard pour une visite de courtoisie.

— Qu'est-ce que tu fais en Irak ? Tu savais que Matt serait là aussi ?

Elle les regarda tour à tour avec un sourire, qui vacilla lorsque aucun des deux hommes ne répondit à sa question.

— Non, pas avant de recevoir le télégramme m'indiquant que je devais le retrouver à sa descente d'avion, repartit David. Je suppose qu'il ne s'attendait pas non plus à me voir.

— Eh bien, le hasard fait bien les choses. J'ai l'impression d'avoir réuni l'équipe, dit-elle avec un large sourire.

Sans transition, David passa en mode flirt.

— Si tu es libre ce soir…

— Ce n'est pas le cas, répliqua Matt en espérant refroidir les ardeurs de David.

Harriet éclata de rire.

— C'est vrai. Je suis censée dîner avec un collègue. Mais merci beaucoup. Une autre fois, peut-être. (Elle regarda Matt et secoua la tête.) J'y retourne.

Matt passa son sac à dos sur l'épaule.

— À ce soir, Nitro.

— À plus, mon vieux, lança David en remontant dans son SUV.

— Ce voyage vire vraiment à l'étrange, fit remarquer Harriet tandis qu'ils avançaient sur le chemin de sable.

— Tu m'en diras tant, répondit-il. Et tout ce beau monde, tu peux m'expliquer ?

Il fit un signe de tête en direction de la caravane, sur laquelle Mueen était perché. Il y avait au moins vingt personnes sur le chantier.

— Avec tout ce qui se passe, j'ai oublié de prévenir le cheik que notre programme avait changé, et, comme c'était prévu, il a envoyé quelques jeunes gens du coin pour nous donner un coup de main. En général, il les choisit parmi les familles les plus nécessiteuses, je ne peux pas les renvoyer sans rien. Quoi qu'il arrive, nous les paierons pour leur journée de travail, même si ce sont juste des gosses qui vont passer leur temps à dessiner en compagnie de Molly.

Il vit les hommes se tourner vers lui tous en même temps et fixer leur regard sur lui. Ceux qui étaient accroupis se levèrent. Il ressentit un picotement à la base de la colonne vertébrale, signe de vulnérabilité, tandis qu'il luttait contre lui-même pour ne pas saisir l'arme glissée dans sa ceinture ou pour regarder autour de lui pour voir si Nitro était toujours à portée de voix.

Des images vacillantes oubliées tentaient de refaire surface dans son esprit. Des visions de soldats irakiens qui débordaient leur position à Bassora. Des hommes jeunes au visage déterminé et aux armes aussi puissantes que leur torse.

Des visages de mort. Du sang, et du sable. Rouge.

Chapitre 12

Harriet s'arrêta brusquement.

— Matt ? Tu es sûr que ça va ?

Qu'est-ce qui lui prenait ? Il s'était pétrifié et fixait son regard sur les jeunes hommes qui s'étaient levés lorsqu'elle était revenue sur le site.

— Matt.

Elle tourna le dos aux ouvriers et lui prit la main, essayant d'obtenir une réponse de sa part.

— Que se passe-t-il ?

Sa pomme d'Adam se mit à tressauter et il cligna des yeux pour croiser son regard.

— Qui sont-ils ?

— Mes ouvriers. On vient… on vient juste d'en parler, Matt.

Elle sentit son estomac se nouer. Que se passait-il ?

— Tiens, bois un peu d'eau.

Il prit la bouteille et but à grands traits. Sa poitrine se soulevait lentement comme s'il luttait pour recouvrer ses esprits.

— Tu me fais peur. Tu es sûr que ça va aller ? Tu veux que je demande qu'on te ramène à l'hôtel ?

— Non, ça va, réussit-il à dire d'une voix sépulcrale.

Il se racla la gorge et regarda la bouteille dans sa main. Il vissa le capuchon et la lui rendit.

— Ça doit être la chaleur. Ça va aller.

D'un signe de la tête, il montra les hommes qui avaient repris le travail.

— Qui leur a permis de travailler pour toi ? interrogea-t-il.

— C'est un chantier de fouilles. Ils n'ont pas besoin d'autorisation. Ils travaillent pour le cheik. La moindre antiquité que nous trouvons ici lui appartient. S'il leur fait confiance, alors moi aussi.

Elle tourna la tête dans leur direction, suivant le regard de Matt.

— Ça n'est pas suffisant. Plus maintenant, déclara-t-il comme s'il avait déjà décidé de la question.

— Pour moi, si. Je ne tolérerai pas que tu interviennes sur mon chantier. C'est non négociable.

S'il n'avait pas frisé le malaise un peu plus tôt, elle se serait montrée encore plus… véhémente.

— Inutile de t'énerver. J'essaie juste de te protéger, répondit Matt.

Il était temps pour elle de mettre les points sur les « i ».

— Que les choses soient claires. Primo, ce n'est pas ton boulot de me protéger. Mueen est là pour ça. Deuxio, les ouvriers sont sous ma responsabilité. Ce sont des gens pauvres de la région, qui ont un besoin vital de l'argent que les fouilles archéologiques apportent dans le coin. Ils travaillent dur, ils sont dévoués et sympathiques. Je ne permettrai pas que tu leur fasses peur, que tu les regardes de travers, ni que tu fasses quoi que ce soit qui puisse leur faire penser que tu es une menace. En matière de menace ou de peur, ils ont eu leur dose pour plusieurs vies, tu peux me croire.

Mains sur les hanches, elle espérait qu'il comprendrait qu'elle ne plaisantait absolument pas. La première fois qu'elle était venue en Irak après la guerre, on l'avait accueillie à bras ouverts, lui témoignant une gentillesse incroyable. Petit à petit, elle avait compris que les Irakiens ne jugeaient pas les autres en fonction de leur origine, leur religion, ou leur apparence. Ne comptaient que les actes. À juste titre, bien sûr. On ne l'avait pas une seule fois accusée ni regardée de travers parce qu'elle était américaine, même si les carcasses de véhicules ou de tanks qui avaient explosé jonchaient encore les routes principales entre chaque poste de contrôle. Ces gens travaillaient dur. *Pas question que Matt leur manque de respect.*

Il resta silencieux. Impossible de savoir s'il la regardait ou s'il observait les travailleurs derrière elle à cause des lunettes de soleil qu'il venait de mettre.

— On est d'accord ?

— À vos ordres, madame, répondit-il, d'une voix presque douce. Mais je t'en veux de penser que je puisse me méfier de quelqu'un à cause de sa nationalité. Je doute de tout le monde.

Après l'avoir contournée, il se dirigea vers la caravane.

Elle pressa le pas pour ne pas se faire distancer.

— Est-ce que tu as trouvé des micros dans leurs chambres ?

— Non. Inutile d'en parler. Ça te va ? On s'est peut-être affolés pour rien.

C'est ça, ouais. Pourquoi t'es si nerveux, alors ? Soudain un peu inquiète, elle accéléra le pas. Elle voulait en finir avec ce chantier, et mettre le cap sur la Grèce. Elle espérait du fond du cœur que rien de dramatique ne sortirait de tout ça. L'argent, la pièce d'avion. Même si, plus elle y pensait, plus elle se disait qu'il y avait vraiment un truc pas clair dans ce chantier. *Pff!*

— Tes ouvriers ont à peine plus de dix ans, fit remarquer Matt d'un ton neutre.

— Je sais. La vie est différente, ici. En général, les adultes les plus âgés ne sont pas capables de travailler. Ne t'inquiète pas, on s'occupe d'eux. On les nourrit, on les autorise à jouer un peu dans la caravane, et le cheik rémunère les familles pour leur travail. Aujourd'hui, en revanche, ils font un peu ce qu'ils veulent parce qu'on ne fait pas vraiment de fouilles en surface. Deux d'entre eux sont en train d'apprendre à se servir du géoradar, ce qui nous sera très utile si nous avons d'autres fouilles à effectuer dans la région.

— Pour qui effectuez-vous ce chantier, déjà ? s'enquit-il.

— La Fondation Megellin. J'ai déjà bossé pour elle dans le passé.

— Tu te contentes de prospecter les lieux, et si tu trouves quelque chose, une équipe d'étudiants est envoyée pour mettre au jour ce que vous avez découvert, c'est bien ça ? questionna-t-il.

— En gros, oui. Parfois, mes employeurs envoient des étudiants même s'il n'y a rien. C'est un bon exercice. Il peut arriver qu'on fasse chou blanc sur un chantier, ajouta-t-elle en se rappelant ses propres expériences passées. Il faut qu'ils en aient conscience dès leurs études. Je suis passée par là, moi aussi.

Elle se demanda pourquoi cette question l'intéressait autant, mais sentit qu'il pourrait trouver suspect qu'elle insiste. Elle soupira. Il n'était vraiment pas facile… *enfin, parfois.*

Pas tout le temps. Il lui arrivait d'être agréable. Harriet inspira profondément. Elle avait du mal à ne pas l'imaginer nu. Elle revoyait ses tatouages qui couvraient et mettaient en valeur ses biceps, ses pectoraux et son dos. Elle aurait bien aimé prendre le temps de les observer. C'était l'occasion rêvée. Mais apparemment, il semblait... convaincu que ce n'était pas une bonne idée. Il avait probablement raison.

Molly leva les yeux du petit ordinateur portable qui analysait les images envoyées par le géoradar.

— Jason a sondé le périmètre ouest. Rien de particulier jusque-là, annonça-t-elle.

— Tu peux lui dire de venir un instant ? demanda Harriet. Je vais faire une vérification rapide en quadrillant le site de façon transversale. Ça nous donnera une idée de la configuration du terrain, s'il y en a une. Ensuite, on analysera en profondeur les zones d'intérêt.

Molly rappela Jason sur la radio grésillante, avant de se caler contre le dossier de sa chaise, bras croisés.

— Tu m'expliques ce qui se passe ? C'est la première fois qu'on procède ainsi.

Harriet soupira, mais elle était soulagée que l'étudiante lui ait posé la question, d'avoir l'occasion d'expliquer les choses étranges qui se passaient.

— Matt cherche à savoir si un avion ne s'est pas écrasé dans le coin. Si c'est le cas, il est chargé de retrouver les restes de corps pour les rapatrier.

En tout cas, c'était ce qui était prévu encore ce matin, même si, chaque fois qu'elle posait les yeux sur lui, elle avait envie de faire traîner les choses pour qu'il reste avec elle en Irak.

— OK, ça me va, répondit Molly, sérieuse.

Jason, qui avait adopté une conduite exemplaire toute la matinée, remplissait sa mission de manière précise et irréprochable avec le géoradar, qui envoyait des impulsions électromagnétiques dans le sol. Il refusa même de s'arrêter pour se désaltérer, et au bout d'un moment, Harriet demanda à Molly de lui apporter de l'eau.

Lorsqu'un cuisinier de l'hôtel apporta le déjeuner, tout le monde cessa de travailler et prit place sous l'auvent de la caravane. Le repas n'avait rien d'exceptionnel, comparé à celui concocté la veille par Ain, mais la pause était bienvenue à cette heure la plus chaude de la journée. Il se composait de boîtes de thon, de biscuits salés et de riz. Avec la chaleur, personne n'avait beaucoup d'appétit. C'était surtout l'occasion de fuir un instant le soleil brûlant.

Par expérience, Harriet avait fait suivre de grands sacs plastique à fermeture à glissière pour que les ouvriers puissent apporter les restes à leur famille. Lorsque l'on eut fini de manger et de discuter, chacun retourna vaquer à ses occupations. Certains chefs de chantier dirigeaient les fouilles d'une main de fer, mais ce n'était pas le style de Harriet. Elle préférait voir ses ouvriers heureux et être sûre en quittant le pays qu'elle avait participé un tant soit peu à améliorer la vie de ses habitants.

Elle surveillait Matt de près. Depuis qu'il avait avoué se méfier de tout le monde, elle était curieuse de voir comment il gérait la pression. Mais il ne laissait rien transparaître de ses doutes ni de son malaise. *Pas plus que d'habitude, en tout cas.* Certaines personnes réussissaient à dissimuler facilement ce qu'elles ressentaient. C'était vraiment étonnant. Garder pour soi ses idées noires ou ses sombres émotions était le meilleur moyen de perdre son âme.

— Regarde. À ton avis, qu'est-ce que c'est ? interrogea Molly par-dessus son épaule.

Elle était assise sur la glacière et analysait les données sur l'ordinateur.

— Il y a des parasites bizarres par là. Je vais lancer le programme, OK ?

— Pas de problème, répondit Harriet en se précipitant à ses côtés.

Avant l'existence des programmes permettant de déchiffrer les lignes parasites envoyées par le géoradar, les archéologues devaient se débrouiller pour interpréter les images à l'œil nu. Harriet était de la vieille école.

L'image vacilla sur l'écran, un peu comme les images radars dans les films, avant de se reconstituer sous leurs yeux…

— Qu'est-ce que c'est que ce truc ? s'exclama Molly en inclinant la tête sur le côté.

Harriet savait ce dont il s'agissait. C'était un espace vide parfait, rectangulaire et de la taille d'un canapé. Ce vide signifiait que le géoradar avait repéré une zone dénuée de sable. Compte tenu des angles parfaits, ce ne pouvait être qu'un objet manufacturé par l'homme. Mais il pouvait également s'agir d'un caveau, d'une tombe, ou d'une structure en brique. Rien à voir avec l'épave d'un avion, dont les restes auraient probablement été disséminés un peu partout au hasard.

Matt était derrière elle, les yeux fixés sur l'écran minuscule.

— Qu'est-ce que ça peut être ? interrogea-t-il.

Elle lui rapporta le résultat de sa réflexion.

— Manufacturé par l'homme, dis-tu ? lança-t-il en regardant autour de lui.

— Oui, mais je ne pense pas que ça appartienne à un avion. En tout cas, pas à un avion qui se serait écrasé.

Sa réponse le soulageait-elle ?

— Peux-tu estimer sa taille ? questionna-t-il en fouillant dans son sac.

— En gros, je dirais trois mètres sur deux. En revanche, impossible d'évaluer sa hauteur. À cette profondeur, les données perdent en précision.

Il hocha la tête et se dirigea de l'autre côté de la caravane. Avant qu'il soit hors de portée de voix, elle l'entendit prononcer ces mots :

— Commandant Jenks, je vous prie.

— Sergent ? demanda le commandant. Dieu merci.

Matt sentit son taux d'adrénaline monter en flèche, comme une décharge dans le cœur et l'estomac. Il avait le choix entre fuir ou lutter. Il serra le poing.

— Vous vouliez me parler, monsieur ? répondit-il d'une voix calme et ironique.

— J'ai pu mettre la main sur le dossier classifié grâce à… une vieille connaissance du Pentagone. Est-ce que ton téléphone est sûr ?

— J'utilise le téléphone satellite que je me suis procuré à mon arrivée, alors sans doute que non.

Ces appareils étaient très faciles à pirater, c'était bien connu.

— Avez-vous trouvé quelque chose ?

— On dirait bien que oui, dit Matt calmement.

— Je m'en doutais. On en parle déjà pas mal.

— Ici, seule l'équipe est au courant. (Matt réfléchit un instant pour voir si quelqu'un avait une bonne raison de parler de la découverte.) Personne d'autre. Je ne vois pas qui aurait pu découvrir cette histoire et la rapporter aux États-Unis.

— Ça signifie que quelqu'un parmi vous n'est pas… bienveillant à l'égard de ta mission, répondit le commandant avec prudence.

— Reçu cinq sur cinq, chef.

Nom de Dieu de merde.

Il y eut un silence à l'autre bout du fil.

— OK. Tout va bien. Ça n'est pas si compliqué. Pas plus que Columbia. Ta mission est de retrouver les deux pilotes et un sergent technicien. Je t'enverrai les détails sur ta boîte mail personnelle.

— Bien reçu, chef. J'attends votre e-mail.

Il raccrocha et se retourna lentement pour observer les gens qui travaillaient sur le site. Qui était l'ennemi ?

Columbia était la mission la plus dangereuse qu'il ait effectuée depuis qu'il avait rejoint le

JPAC. Son équipe avait été hélitreuillée en pleine montagne et avait dû l'escalader jusqu'à un autre point pour tenter de retrouver le pilote d'un avion-cargo qui avait disparu dans les années soixante, et que l'on avait localisé depuis peu. Malheureusement, les barons de la drogue de la région avaient réussi à intercepter le mémo en pensant que Matt et ses hommes venaient pour eux. L'équipe, qui comprenait un ancien sauveteur parachutiste, un archéologue et un membre des forces spéciales, avait dû repousser une cinquantaine de guérilleros pendant deux jours avant qu'on ne lui envoie des renforts. Ils s'en étaient tous sortis indemnes, Dieu merci, en dehors de quelques coups de soleil et de quelques piqûres d'insecte.

Il savait donc à quoi s'attendre. *Merde.*

Il fallait qu'il prévienne Harriet. Qu'il lui permette de se barrer loin de là avant que tout parte complètement en vrille. Il fit la liste des armes à leur disposition. Le .22 dans sa ceinture, le revolver que Mueen avait apparemment toujours sur lui, même si Dieu seul savait de quel côté il était. Il appela Harriet et, lorsqu'elle leva la tête, il lui fit signe de le rejoindre. Mieux valait rester discrets.

— Qu'est-ce qui se passe ? s'enquit-elle.

— Est-ce que je peux avoir accès à mon compte Gmail sur ton Blackberry ? demanda-t-il, en s'assurant que le téléphone satellite était bien déconnecté.

— Je suppose que oui. (Elle le lui passa.) Si tu réussis à t'en servir, tu peux faire tout ce que tu veux avec. Ma boîte est envahie d'e-mails impatients de la fondation. Mes clients me harcèlent pour que je leur envoie un compte-rendu que je n'ai pas encore fini de rédiger. Ne te gêne surtout pas pour les effacer.

Elle grimaça de manière tout à fait charmante.

— C'est quoi, ton mot de passe ? dit-il en regardant l'écran.

Comme elle ne répondait pas, il leva les yeux. Une expression douloureuse était apparue sur son visage. *Oh.*

Il tapa « DANNY », et l'écran s'anima. Le nœud au creux de son estomac n'avait rien à voir avec ça. *Juste le souvenir d'une autre mission Columbia.*

Il parvint à charger ses messages. Le commandant Jenks avait aussi envoyé l'e-mail de sa boîte personnelle. Ce n'était pas bon signe.

Le courriel contenait quatre liens, sans aucun commentaire. Le premier renvoyait à une page Wikipedia relatant la perte de 6 milliards de dollars en liquide pendant la guerre d'Irak. Le deuxième tombait sur un article du *Washington Post* datant de 2011, qui expliquait qu'une bonne partie de l'argent avait été retrouvée, mais qu'il en manquait encore. Quant aux troisième et quatrième liens, ils conduisaient aux nécrologies de trois soldats : deux officiers – le lieutenant-colonel Grant Mather et le capitaine Doug Carpelli – ainsi qu'un simple soldat, le sergent technicien Mike Ranger. Tous morts au combat, officiellement lors de deux attaques ennemies.

En gros, cet équipage était en mission secrète, peut-être avec l'argent perdu, dont la somme atteignait entre 55 et 100 millions de dollars, si l'on en croyait Wikipedia.

— De quoi s'agit-il ? interrogea Harriet. Tu as l'air préoccupé.

Il aurait voulu rire. Il aurait été « préoccupé » s'il avait eu une fuite d'eau dans sa maison. Ou s'il avait raté une réunion sans le vouloir. Le terme n'était pas vraiment à la hauteur de la situation.

Il lui rendit le téléphone en lui disant de lire les pages auxquelles les liens renvoyaient. Elle s'assit sur un seau retourné et les parcourut.

Lorsqu'elle leva les yeux, elle était blême et son menton frémissait. Matt aurait aimé la prendre dans ses bras et l'emmener loin de là. L'emmener dans sa maison à Hawaii pour qu'elle se promène sur les plages en toute sécurité. Il se devait de la protéger. Pour Danny. Et pour lui, pour tout ce qu'il avait déjà fait. Il s'acquitterait de sa dette, à n'importe quel prix.

Chapitre 13

— Est-ce que ça veut dire ce que je pense que ça veut dire ? Enfin… si je lis entre les lignes.

Elle s'en voulait du tremblement soudain de sa voix.

Il se mit à genoux devant elle et entoura ses mains des siennes, toujours accrochées au téléphone.

— Je te protégerai. Tu peux compter sur moi.

La chaleur de ses doigts éloigna le froid qui l'avait saisie malgré la chaleur étouffante.

— On va avoir de la visite. Il est temps pour toi, Molly et Jason de rentrer chez vous. Mieux vaut éviter de vous trouver en travers de la route de ceux qui veulent mettre la main sur une telle somme d'argent.

Pas question. Jamais de la vie.

— Je reste ici. Je ne vais pas laisser voler cet argent au peuple irakien. Il lui appartient. De plus, si nous partons, qui préviendra Malcolm Rapson et son équipe ? On ne va pas les abandonner en espérant que leur site ne soit pas pris pour cible par erreur, non ? Sans oublier les gens qui se trouvent sur la zone au nord de la nôtre ? Je ne les connais même pas. Est-ce que c'est toi qui vas les alerter ?

— Non, répondit-il. Je suis désolé, mais ils ne sont pas sous ma responsabilité.

Il retira ses mains des siennes.

— Matt. Écoute. Moi non plus, je ne suis pas sous ta responsabilité. Seuls ces trois soldats disparus le sont. Nous pouvons toujours continuer à sonder le site avec le géoradar pour voir si nous découvrons des restes humains. Même si, il faut le reconnaître, cette technologie n'est pas la plus adaptée.

Elle était à la fois furieuse contre lui et... non, surtout ne pas penser à cela. *Pas maintenant.* Alors que tout partait à vau-l'eau.

Matt se leva.

— De toute façon, je ne comprends pas pourquoi tu dis que cet argent appartient au peuple irakien. Aux dernières nouvelles, ces dollars étaient la propriété du gouvernement américain.

— Tu n'as pas lu la fin de l'article. Cet argent n'est pas à nous. Au début de la guerre, le gouvernement américain a gelé les comptes bancaires irakiens et retiré cet argent pour le destiner à la reconstruction de l'Irak. Quoi qu'il arrive, ce pactole revient aux Irakiens et doit demeurer ici, dit-elle de sa voix la plus ferme. Je suis sérieuse.

— Cette décision n'est pas de mon ressort, ma belle.

Quelle arrogance ! Et en plus, il souriait, l'enfoiré. *Un sourire affreusement condescendant.*

— C'est justement pour ça que je vais rester. Je ne vais pas laisser cet argent retourner aux États-Unis parce que tu obéis docilement aux ordres. Pas question. Et laisse-moi te dire une chose, cette décision est tout à fait de mon ressort. Si tu veux cet argent, tu devras m'en répondre.

Il leva les yeux au ciel et changea de sujet.

— Assure-toi simplement que Molly n'aille pas raconter ce que le géoradar a repéré. Continuez à prospecter et à noter les endroits où vous faites des découvertes.

— C'est ce que nous faisons depuis le début. Je récupérerai le portable en fin de journée.

Ils se dirigèrent vers la caravane et découvrirent l'ordinateur laissé sans surveillance. Molly avait disparu.

— Où… ? s'exclama Harriet, le cœur battant.

— Elle est allée voir l'homme de l'autre côté de la dune, lança une voix au-dessus de leurs têtes.

Mueen.

Lentement, Matt leva les yeux en direction du toit de la caravane et ouvrit la bouche pour dire quelque chose, mais il se ravisa. Harriet se réjouit qu'il prenne ainsi sur lui.

— Merci, dit-elle, alors que son rythme cardiaque s'apaisait.

Molly devait apprendre à se taire, même si, malheureusement, il était trop tard pour l'empêcher de raconter ce qu'elle avait découvert à Jason. En regardant la dune, elle aperçut Jason et Molly occupés à scruter le sol comme s'ils pouvaient voir la zone de vide à travers le sable.

Harriet siffla avec les doigts. Ils relevèrent la tête brusquement.

— Si vous aviez des superpouvoirs, ça se saurait. Alors, au boulot, cria-t-elle. Molly ?

Elle attendit que la jeune femme la rejoigne, seule.

— Ce n'est pas bien malin de disparaître comme ça avec la seule autre radio. Il faut vraiment qu'on soit plus vigilants sur nos allées et venues, OK ?

Elle n'avait pu dissimuler sa colère. Elle s'efforça de calmer le jeu.

— Tu as parlé de la zone de vide à Jason ?

— Évidemment. Ce sale gosse se plaignait ce matin de ne rien découvrir. Je voulais remuer un peu le couteau dans la plaie.

Harriet ne pouvait pas vraiment lui en vouloir. Elle aurait pu en faire autant.

— Il faut que je te dise quelque chose. Et je ne connais pas assez Jason pour lui faire confiance. Tu me promets de te taire ? Pas de confidences sur l'oreiller ?

— Pfft. Il n'est pas près de revoir mon oreiller, l'animal.

Harriet leva un sourcil étonné.

— Ouais, ouais, je sais. Mais il a un côté craquant, je t'assure. Il est trop immature et trop insupportable pour travailler avec des femmes, et encore moins sous leurs ordres. Ça le déstabilise et… comment dire… ça le rend bizarre.

Harriet ne répondit pas. Elle ne pouvait laisser Jason ignorer qu'il était peut-être en danger. En même temps, elle n'avait pas assez confiance en lui pour le mettre dans le secret. Elle tira sur la bague de Danny et la fit rouler entre ses doigts comme elle le faisait souvent lorsqu'elle avait un problème à résoudre. Elle regarda la bague dans la lumière crue du soleil. Peut-être qu'après tout, elle aussi vivait encore dans le passé. Peut-être qu'elle compartimentait sa vie en se figurant qu'elle était passée à autre chose simplement parce qu'elle pouvait faire l'amour avec d'autres sans penser à lui.

Naturellement, elle choisissait le meilleur moment pour réfléchir à ça. Comme si elle n'avait que ça à faire.

Évidemment que ce foutu garde du corps avait tout entendu. Matt ne pouvait que s'en prendre à lui-même, bon sang. Il avait oublié qu'il était observé par ce type sur son perchoir. *Une vraie gargouille!* Et l'expression de son regard lorsqu'il leur avait dit où se trouvait Molly! *Pas de sa bouche, non. Juste de ses yeux.* Matt serra les poings de colère. Il s'en voulait terriblement. Harriet le troublait tellement qu'il en oubliait son professionnalisme.

Sans s'en rendre compte, il s'était mis à faire les cent pas. Un rapide coup d'œil au-dessus de lui confirma qu'il était toujours surveillé de près par cet enfoiré au sourire insolent. Il avait sûrement tout entendu : le coup de fil à son commandant, sa conversation avec Harriet. Jusqu'à la certitude de la jeune femme que l'argent appartenait au peuple irakien.

Nom de Dieu!

— Tu peux descendre ? demanda-t-il à Mueen d'une voix qu'il espérait neutre.

Mueen chercha des yeux Molly et Harriet, en train de revenir à la caravane, et hocha la tête. Il se laissa glisser jusqu'au toit de son camion et sauta sur le sol. *Foutu ninja.*

— Je sais que tu as… tout entendu. Nous ne sommes encore sûrs de rien, mais puis-je compter sur toi pour garder le secret, jusqu'à ce que tout le monde soit en sécurité ?

Mueen contempla le sol avant de croiser le regard de Matt. Il semblait vouloir choisir ses mots avec le plus grand soin.

— Mon seul boulot ici est de protéger ces gens, dit-il en englobant sans distinction d'un geste de la main tous ceux qui se trouvaient sur le site. Je ne ferai rien qui puisse les mettre en danger.

Ça n'était pas suffisant.

— Tu comprends ce qui risque d'arriver si l'on vient à apprendre qu'il pourrait y avoir de l'argent ici, n'est-ce pas ?

— Je comprends tout à fait ce qui va arriver si l'on découvre notre argent, répondit-il.

Matt soupira. Il s'occuperait de cette question en temps voulu.

— Donc, je peux compter sur toi… ?

— Pour protéger tout le monde ? Bien sûr, répliqua Mueen en inclinant la tête.

Matt était certain qu'il avait aussi fait claquer ses talons. Mû par une énergie que le sergent pensait impossible dans cette chaleur intense, Mueen reprit avec agilité sa place sur le toit de la caravane. *Espérons qu'il tire aussi bien qu'il escalade.*

Quoi qu'il en soit, cette petite conversation ne le rassurait pas. Matt s'assit sur une chaise décapée par le sable, et observa les allées et venues sur le chantier. Certains ouvriers, les plus jeunes, lui adressaient des sourires timides lorsqu'ils passaient devant lui en transportant du matériel. Il fut envahi par un sentiment de culpabilité hallucinant, qui le poussait à une introspection qu'il avait toujours refusée. Il se sentait coupable d'avoir combattu en Irak, surtout en voyant l'accueil amical qu'on lui réservait, sans compter que ce foutu garde lui avait ouvert les portes de son foyer. Il culpabilisait parce qu'il se préoccupait plus de l'argent que des corps des soldats qu'il était censé retrouver. Et bien sûr, il culpabilisait toujours de ce qui s'était passé avec Harriet. Comme s'il avait profané une terre sacrée.

Bon sang, il avait besoin de boire un verre, voire une dizaine. Peut-être pourrait-il se libérer en déballant toute l'histoire à David. Ce n'était pas non plus une raison de se bourrer la gueule. Il devait rester lucide au cas où ça foirerait vraiment. Ce n'était qu'une question de temps.

Harriet avait vraiment la tête dure ! Peut-être devrait-il essayer de convaincre Molly de plier bagage. L'effrayer suffisamment pour qu'elle persuade Harriet de la suivre. C'était de la manipulation pure et simple, mais en amour comme à la guerre, tous les coups étaient permis. Il espérait ne pas devoir en arriver là.

Il réussit à se détendre en constatant que la journée se déroulait sans le moindre incident, mais son sentiment de culpabilité demeura intact. Soulagé, il regarda chacun regagner son véhicule et quitter le site.

Harriet glissa l'ordinateur dans son sac à dos et posa le tout à l'intérieur du camion de Mueen. Matt veillerait sur ce sac comme sur la prunelle de ses yeux tant qu'elle n'aurait pas découvert ce qui se cachait sous le sable de ce désert infernal.

Le trajet du retour vers l'hôtel se déroula dans un calme inhabituel. Jason avait même arrêté ses remarques stupides, ses blagues à deux balles et ses petites attaques puériles. Il y avait de quoi se poser des questions.

Mueen gara le camion dans l'allée de l'hôtel, juste derrière celui de l'autre équipe, supervisée par le rendez-vous du soir de Harriet. *Rapping? Rapson.* Ouais, c'était bien ça. Matt devrait peut-être lui demander s'ils avaient découvert quelque chose. Mais il n'était pas certain d'obtenir une réponse. Peut-être valait-il mieux suggérer à Harriet de tâter le terrain ce soir. Matt commençait à se rendre compte que toute cette histoire allait plus loin qu'un simple chantier de fouilles. Il fallait qu'il mette un plan sur pied. Et pour cela, il avait besoin de l'aide de David.

Matt était sûr que David aurait donné sa vie pour la femme de Danny, même s'il ne faisait plus partie de l'armée américaine. C'était un principe sacré.

Dieu merci, il était là.

Chapitre 14

Harriet aperçut le professeur Rapson qui arrivait lui aussi à l'hôtel, et ils déchargèrent leurs affaires ensemble.

— Toujours partante pour le dîner, très chère ? demanda-t-il alors qu'elle glissait son sac à dos sur l'épaule.

— Je ne manquerais ça pour rien au monde ! répondit-elle en regardant sa montre. On se retrouve dans vingt minutes ?

— J'ai mené ma petite enquête, dit-il en se tapotant le bout du nez. À mon avis, vous allez être intéressée par ce que j'ai découvert sur la Fondation Megellin.

Elle s'arrêta net. *Mince.* Elle n'était pas sûre de vouloir savoir.

— J'espère que vous n'allez pas nous faire virer ! repartit-elle avec un sourire.

— Non, non. Rien de tel, n'ayez crainte. On se voit tout à l'heure.

Il souleva son cartable tout droit sorti d'une autre époque et se dirigea vers les chambres situées au rez-de-chaussée de l'hôtel.

Elle gravit en hâte l'escalier conduisant à sa chambre, et frissonna un instant en ouvrant la porte. La présence du micro l'empêchait de se sentir seule. Comme si la pièce était hantée. À l'occasion, il faudrait qu'elle se trouve une petite radio sur un marché de la ville pour la poser juste à côté du pied de la chaise. Pas sûr que ça suffise à lui faire oublier qu'elle était… Son Blackberry se mit à sonner. Elle regarda le numéro qui s'affichait. *Merde.* C'était la fondation.

— Harriet Markowitz à l'appareil, dit-elle en grimaçant, redoutant le pire.

Elle n'avait pas tort.

— Ici M. Randolph. Celui qui signe vos notes de frais, au cas où vous l'auriez oublié.

Nouvelle grimace.

— Pas du tout, monsieur Randolph. Comment allez-vous ?

— Pourquoi n'avez-vous pas encore envoyé le compte-rendu de vos fouilles ?

— Le protocole veut que le rapport soit expédié en fin d'étude. Il nous reste encore au moins cinq jours de travail.

— Il n'empêche que je vous ai priée d'envoyer un rapport initial pas plus tard qu'hier.

Silence. *Reste polie. C'est lui qui signe les chèques.*

— Je m'excuse. Je vous l'envoie dès ce soir. Puis-je vous demander ce que vous cherchez exactement ? Je ne voudrais pas passer à côté de quelque chose d'important.

— C'est confidentiel. J'attends votre compte-rendu d'ici à demain, poursuivit la voix d'un ton sec. Par e-mail, mademoiselle Markowitz. Et sans faute.

— À vos ordres, monsieur, répondit-elle en levant les yeux au ciel.

Il raccrocha.

— Bougre d'idiot. Tu ne connais rien du tout à l'archéologie. Si tu veux un compte-rendu bâclé, eh bien, tu ne vas pas être déçu.

Elle hésita un instant, effrayée qu'il n'ait pas réellement raccroché. Mais le téléphone lui confirma qu'elle parlait bien dans le vide. Elle se tourna lentement vers la chaise de bureau. *Et merde.* Elle ne parlait pas dans le vide. Quelqu'un, quelque part, était en train de l'écouter.

Ce boulot lucratif se transformait en véritable cauchemar. Elle n'avait qu'une envie, s'enfuir loin de là. Trop de stress. Trop de doutes. Elle n'avait pas choisi de vivre ainsi. Elle aimait la simplicité. Les certitudes. Après la mort de Danny, elle avait presque perdu goût à la vie – étape normale du processus de deuil. C'est ce qu'elle avait compris plus tard. À cette époque, elle avait l'impression que le monde s'était arrêté, et elle avait traversé cette épreuve en avançant pas à pas, au jour le jour. C'est pour cela qu'elle avait choisi d'être son propre patron.

Elle prit son calepin et dressa la liste des points importants à inclure dans son compte-rendu provisoire. *Les caractéristiques de surface. La tempête de sable.* Elle tapota le papier du bout de son crayon… *La zone de vide, l'argent, et l'artefact.* Que devait-elle révéler ou passer sous silence ? Il faudrait qu'elle en décide avec Matt à un moment de la soirée.

Hum. Elle s'allongea sur le lit un instant. Peut-être pourrait-elle le rejoindre dans sa chambre après le dîner, ils pourraient bosser sur le compte-rendu ensemble, pour qu'il soit conforme à leurs différentes attentes. Leurs attentes… En matière de sexe, il se comportait en véritable idiot. Pour elle, les relations sexuelles sans attaches étaient une manière de se vider la tête. C'était vital. À force de se le répéter, elle avait presque réussi à s'en convaincre. Mais elle n'en était plus si sûre. Son désir pour Matt était peut-être différent. Peut-être aspirait-elle à autre chose.

Elle glissa ses notes dans le dossier noir de la fondation, se changea, et descendit rejoindre Malcolm. Ils pourraient toujours comparer leurs contrats, histoire de voir s'ils avaient été engagés pour le même travail. Elle en profiterait également pour lui demander si on le harcelait lui aussi pour un rapport préliminaire.

Il l'attendait devant le restaurant, portant les mêmes vêtements que dans l'après-midi, en dehors d'un nœud papillon. Elle adorait les vieux Anglais. *Leur élégance surannée.* Elle sourit lorsqu'il lui offrit son bras. Une fois qu'ils furent assis, il sortit un tas de dossiers de son cartable.

— Eh bien, on dirait que vous êtes beaucoup mieux informé que moi, s'exclama-t-elle.

Elle montra la maigre chemise qui, en dehors de quelques documents imprimés et cartes du site, ne contenait que son contrat avec la Fondation Megellin.

— Je suis un vieil homme. Un très vieil homme. Je n'ai rien d'autre à faire que de glaner des informations, dit-il avec un sourire en lui adressant un clin d'œil. Personne ne me prend au sérieux à cause de mon grand âge. J'ai l'avantage de passer inaperçu.

Elle se mit à rire.

— Vous êtes un vieux renard !

Elle eut soudain envie d'apprendre tout ce qu'il savait, de le glisser dans l'une de ses poches et de l'avoir toujours sous la main.

— Je veux tout savoir, murmura-t-elle.

Il regarda autour de lui d'un air théâtral.

— Eh bien, pour commencer, nous ne sommes pas seuls.

— Dans le sens de *X-Files* ou bien… ?

— La Fondation. Elle a envoyé d'autres personnes que nous.

Elle se mit à l'aise sur sa chaise et but une petite gorgée de son Coca Light.

— À la vérité, ça ne me surprend pas vraiment puisque je suis tombée sur vous ici. Où travaillent les autres équipes ?

— Je n'en sais rien, mais la charmante jeune femme qui m'a délivré mon visa m'a appris qu'elle en avait délivré vingt-quatre en tout pour entrer dans ce pays. En tout cas, dans cette ville. Si l'on compte les trois pour vous et vos deux étudiants, plus les quatre pour moi et mon équipe, il en manque dix-sept.

La jeune femme fronça les sourcils. Elle essayait de se rappeler si elle avait croisé d'autres archéologues dans le coin.

— Eh bien, il y a une fouille en cours au nord de nos deux sites, mais je n'ai vu personne dans cet hôtel. Je me suis dit que nos confrères avaient choisi de loger dans un endroit plus proche de leur chantier.

Un serveur arriva et prit leur commande. La viande étant rare en Irak en dehors des grandes villes, elle choisit un plat végétarien à base de lentilles. Malcolm opta pour du poisson.

— Je ne pense pas que ce chantier soit financé par Megellin. Je n'en suis pas certain, mais cela m'étonnerait.

— Et donc, en dehors de l'archéologie, de quoi s'occupe la Fondation Megellin ? s'enquit Harriet en haussant les épaules.

— Si vous trouvez la réponse, ma chère, vous emportez le gros lot.

Nouveau rire de la jeune femme.

— Pourquoi Megellin vous intéresse autant ? Moi, j'ai juste envie de faire mon travail et de m'en aller au plus vite. Est-ce qu'on vous harcèle pour que vous envoyiez un compte-rendu ?

— Comment ? Non. Pourquoi ? N'est-ce pas trop tôt pour un rapport d'étude ? demanda-t-il en la regardant par-dessus ses lunettes.

— M. Randolph s'est montré très insistant pour avoir un rapport préliminaire avant demain.

— Cela me semble très étrange. Avez-vous découvert quelque chose ? interrogea-t-il.

Harriet prit le temps de goûter le ragoût de lentilles qu'on venait de lui servir. Elle attachait de l'importance à l'opinion de son collègue émérite, et elle souhaitait vraiment avoir un point de vue neutre sur ce véritable sac de nœuds.

— Si l'on peut dire. Rien d'ancien, cependant.

Elle se voûta légèrement, sachant qu'elle allait lui révéler l'existence de la pièce d'avion, au minimum, et que Matt lui en voudrait terriblement. Elle jeta un coup d'œil autour d'elle. Lorsque son regard rencontra celui de Malcolm, elle vit que ses yeux pétillaient derrière ses lunettes.

— Vous adorez ça, n'est-ce pas ? dit-elle.

— Je suis un vieil homme, les occasions d'aventures sont rares.

— Vous n'êtes pas si âgé que ça, protesta-t-elle.

— Je sais. Mais l'on traite avec beaucoup plus d'égards les vieux bouffons un peu gâteux.

Elle secoua la tête.

— Vous êtes incorrigible. Enfin, bref. Nous avons trouvé une pièce d'avion militaire. L'armée pense qu'il pourrait s'agir d'un avion américain qui se serait écrasé pendant la guerre.

— Fascinant. Mais… selon vous, que pouvait bien transporter cet avion ? questionna-t-il en se penchant en avant.

« Que pouvait bien… ? »

— Je n'en ai aucune idée, s'étrangla-t-elle en attrapant son verre de soda.

— Des missiles, peut-être, vous ne croyez pas ? Ou des fusils ? Ou d'autres types d'armes, peut-être ? Gageons que certaines personnes aimeraient bien s'en emparer. Vous ne croyez pas ?

Elle n'avait jamais pensé aux armes.

— Je n'en ai aucune idée.

Il fallait qu'elle se renseigne auprès de Matt.

— En tout cas, l'armée m'a demandé de ne pas en parler. Du coup, je ne sais pas quoi mettre dans ce rapport. Enfin, vous connaissez tout ça mieux que personne. Si l'on se rend compte que je passe sous silence certaines informations, je peux dire « adieu » à d'autres missions.

— C'est juste. Vous êtes prise entre le marteau et l'enclume, si j'ose dire. À vous de voir à quelle pression vous devez céder. Votre travail ou votre patriotisme.

Il lui adressa un regard compatissant.

— Mon mari était militaire. Dans l'armée de l'air. Il est mort ici en Irak.

Elle prit une profonde inspiration avant de croiser le regard de Malcolm.

— Oh, très chère, dit-il en lui tapotant la main.

— C'est grâce à l'argent que j'ai eu en compensation que j'ai pu étudier et monter ma propre affaire. C'est ce qui m'a permis de venir ici.

— Il ne faut pas que cela vous déchire. C'était la façon du gouvernement de payer ce qu'il vous devait. Sa dette. Et non la vôtre. Vous ne lui devez rien du tout.

— Vous êtes anglais, et je suis sûre que c'est différent chez vous. Mais aux États-Unis, l'armée est toute-puissante. On fait tout ce que l'on peut pour aider, on se met à genoux devant elle.

L'image d'elle, agenouillée en face du miroir devant Matt, la fit rougir et avaler brusquement une gorgée de soda. Bon sang, la moindre allusion coquine était prétexte à penser à lui. Il fallait vraiment qu'elle se sorte ce type de la tête.

— Je suis certain que vous saurez prendre la décision la plus juste. Et si cela peut vous aider, sachez que je suis prêt à vous embaucher en cas de besoin.

— C'est vraiment très gentil. (Elle changea de sujet.) Que vous ont appris vos coups de fil à propos de la Fondation Megellin ?

— L'étude que vous avez réalisée l'an dernier, rappelez-moi, où était-ce ?

— Au Kurdistan.

— C'est ça. Pour le Amersham College, n'est-ce pas ? dit-il en remuant des papiers à l'intérieur de son dossier.

— Oui, c'est ça.

Elle s'en souvenait parce qu'elle avait visité la ville d'Amersham lors d'un séjour en Angleterre.

— Il n'existe pas. Ni au Royaume-Uni, ni en Australie, ni en Europe, ni au Canada ni aux États-Unis. Ni dans aucun pays anglophone connu. J'ai vérifié. Vous ne trouvez pas cela étrange ?

Impossible. Il devait se tromper.

— Bien sûr que si. Je… Il faudra que je vérifie mes archives quand je retournerai dans ma chambre, pour voir si je ne fais pas erreur. Peut-être que ma mémoire me joue des tours.

Elle était pourtant sûre d'elle.

— Ce type d'erreur ne vous ressemble pas, très chère. Mais ne vous méprenez surtout pas. Le Amersham College possède bien un site Internet, des plus charmants d'ailleurs, ainsi qu'une déclaration d'intention des plus honorables. En revanche, aucune faculté, aucun campus, ni aucune information concernant les frais de scolarité n'y est mentionnée. Rien du tout.

— Cela ressemble plus à un subterfuge qu'à une erreur, n'est-ce pas ?

Bon sang, cela signifiait-il que son contrat tombait à l'eau ? Pour qui travaillait-elle ? Instinctivement, elle chercha Matt des yeux, impatiente de lui révéler ce qu'elle venait d'apprendre.

— Quoi qu'il en soit, j'ai demandé à mon contact de fouiner dans les finances du client. Et cette personne est très douée à ce petit jeu. D'après elle, la piste de l'argent est toujours celle qu'il faut suivre. La route de briques jaunes conduit toujours au magicien, ajouta-t-il, en référence au *Magicien d'Oz*.

— Belle image, répondit Harriet en souriant. Quand aurez-vous de ses nouvelles ? Je commence à m'inquiéter de savoir pour qui nous travaillons vraiment et ce que nous sommes venus faire ici.

La seule raison de leur présence en Irak était peut-être de découvrir quelque chose que la fondation voulait s'approprier.

— Je devrais avoir des nouvelles sans tarder. Peut-être ce soir, heure locale. Je vous préviens demain à la première heure.

Il s'attaqua à son assiette de riz au poisson, avec le plus grand plaisir, et ne releva la tête que lorsque le serveur apporta leurs boissons.

— Vous n'avez pas l'air trop inquiet, fit remarquer Harriet, dont l'appétit s'était envolé.

— Rien ne m'inquiète plus vraiment, très chère. À mon âge, on prend plaisir à l'aventure et au mystère. Après tout, j'ai passé mes études dans la boue, à fouiller des sites sous la pluie des îles britanniques. Tout cela est très exotique pour moi.

Elle hocha la tête et but une gorgée de vin. Elle pensait jusque-là que cette définition s'appliquait aussi à elle, mais à présent, rien n'était moins sûr. Après la mort de Danny, elle ne manquait pas d'audace et, d'une certaine façon, se souciait peu de mettre sa vie en danger. Elle prenait des risques que la plupart des gens trouvaient terrifiants et n'hésitait pas à goûter la moindre aventure. Mais elle commençait à avoir peur. Non pas pour sa vie, mais parce qu'elle risquait de voir s'effondrer l'équilibre qu'elle avait réussi à maintenir. Désormais, plus rien ne serait comme avant.

David Church était en retard. Matt ne put retenir un large sourire. Lorsqu'ils étaient dans la même unité, il fallait toujours qu'il couvre son coéquipier. Il arrivait en retard aux réunions, l'uniforme mal boutonné, et les cheveux en pétard à la limite de la coupe réglementaire. Matt lui fourrait les notes d'information dans les mains pour qu'il fasse semblant d'avoir été là depuis le début. D'une certaine façon, c'était rassurant de voir que certaines choses ne changeaient pas.

Il patienta au bar en prenant le temps de boire une bière, et en regardant les clients aller et venir, accrocher des annonces sur le tableau qu'il avait remarqué auparavant ou monter en douce de l'alcool dans leur chambre. Il lança un regard à sa montre et se demanda si Harriet passait une bonne soirée. Sûrement meilleure que la sienne.

Il termina sa bière et commanda une soupe au bar. Pour passer le temps, il alla jeter un coup d'œil aux annonces sur le tableau, comme la fois précédente. Il se sentait attiré malgré lui. Sans doute à cause de l'esprit de communauté qu'il ressentait en voyant que des touristes revenaient dans ce pays dévasté par la guerre et recherchaient des compagnons de voyage. Un peu comme si tout était redevenu normal. Un homme entra dans le hall silencieux et vint dire un mot à la personne qui se tenait derrière le petit bureau de la réception.

Matt se replongea dans la lecture des annonces, et, alors qu'il se concentrait sur l'une d'entre elles concernant un trajet en bus à Bassora, l'homme retraversa le hall en direction des chambres. C'était Mueen. Instinctivement et sans aucune raison précise, Matt se dissimula derrière le mur en se demandant si le garde du corps effectuait chaque soir un dernier contrôle de sécurité auprès des employés de l'hôtel.

Après avoir vérifié qu'on ne lui avait pas apporté sa soupe, il sortit dans le hall. Il jeta un coup d'œil dans le restaurant et vit Harriet, assise seule à une table. Comme il n'y avait presque aucun client, il entra tranquillement. Surprise, elle marqua un temps d'arrêt lorsqu'elle l'aperçut, sans toutefois retenir un sourire. Il sentit une douce sensation l'envahir. Comment résister à la chaleur familière d'un tel sourire ? *Merde.* D'où sortait-il ce genre de clichés ?

— Où est ton rendez-vous ? interrogea-t-il en regardant les verres vides et les papiers sur la table. C'était pour le boulot ?

— Si on veut. Malcolm est retourné dans sa chambre récupérer des papiers qu'il avait oubliés. Il ne va pas tarder, j'en suis sûre. (Elle lança un coup d'œil à sa montre.) En même temps, ça fait déjà un petit moment qu'il est parti.

Elle soupira et il montra l'une des chaises pour lui demander silencieusement la permission de la rejoindre.

Elle l'invita à s'asseoir en poussant la chaise du bout du pied.

— Je t'en prie. Tu vas certainement être intéressé par les choses qu'il a découvertes sur la fondation. Mais je préfère que ce soit lui qui te raconte tout ça. Je ne veux pas lui gâcher son effet. (Elle sourit.) Tu fais quelque chose ce soir ?

— J'attends David. On devait boire un verre, mais il est en retard. (Il se mit à rire.) C'était déjà comme ça quand on bossait ensemble. Systématiquement. Que ce soit pour bouffer, pour les réunions ou chaque fois qu'on devait partir quelque part. Comme s'il n'avait jamais appris à lire l'heure. Visiblement, il n'a pas changé.

— Je le connais à peine. Il est venu me rendre visite après les funérailles avec d'autres gars de l'équipe. (Elle fit une pause.) Toi, en revanche, tu n'es jamais venu.

— Je sais. Je m'en excuse. J'étais un peu paumé à l'époque. Tu sais, j'étais là. Quand c'est arrivé.

— Tu n'as pas besoin de t'excuser. Je me souviens à peine de ceux qui sont venus ce jour-là. Et puis, je ne savais pas trop quoi leur dire. Moi aussi, j'étais perdue. On était tellement jeunes. À cet âge, on ne devrait jamais avoir à traverser une telle épreuve. Pourtant, cette année-là, on a été nombreuses à vivre ce cauchemar.

Elle secoua la tête et sourit, les yeux étincelants de vitalité, d'un amour absolu de la vie.

— Je t'en prie, surtout ne te reproche rien. Rien du tout.

Sans voix, il se contenta de hocher la tête et de chercher des yeux le serveur. Lorsque celui-ci s'approcha de leur table, Matt commanda une bière.

Harriet vérifia l'heure de nouveau.

— Ça fait vingt minutes qu'il est parti, déclara-t-elle. Je vais finir par croire qu'il s'ennuyait et qu'il s'est barré en douce pour ne pas payer l'addition.

Matt avait du mal à imaginer une telle chose. Il allait le lui dire lorsque le serveur arriva avec sa bière mais, alors qu'il la lui remettait, quelqu'un se mit à crier en arabe, et le serveur reprit la chope de la main de Matt avant de disparaître dans la cuisine.

Matt regarda Harriet.

— Ne me dis pas que… je rêve ou c'est vraiment ce qui s'est passé ? On me sert une bière, et l'instant d'après, elle n'y est plus ?

Sa tentative d'humour tomba à plat. Harriet se leva brusquement et regarda en direction de la cuisine, puis du hall. Il se redressa à son tour.

— Que se passe-t-il ?

— Quelqu'un a appelé la police. L'établissement a le droit de servir de l'alcool, mais préfère demeurer discret lorsque les flics se pointent. Regarde.

Elle montra le bar, qu'on était déjà en train de fermer. De lourds volets métalliques descendirent du plafond autour du comptoir. On pouvait toujours rester, mais pas question de consommer.

— Est-ce que tu peux t'occuper de savoir ce qui s'est passé ? Il vaut mieux que je ne m'attarde pas dans le coin au cas où ça tournerait mal.

Son boss lui en voudrait à mort s'il devait répondre aux questions de la police, surtout si on l'interrogeait sur ce qu'il faisait en Irak.

— Je vais demander au type à la réception, dit-elle.

Apparemment, elle avait la même intuition que lui. Il s'était passé quelque chose de grave.

Matt se posta à l'entrée du restaurant pour observer la scène. Il la vit reculer d'un pas du bureau de réception et se tourner vers lui, la main sur le cœur et le visage empli d'angoisse. Il avança dans sa direction, mais elle courut vers lui, et l'entraîna dans le restaurant déserté par les clients.

— Il m'a dit que le vieux monsieur anglais avait été retrouvé mort dans sa chambre.

— Bon Dieu ! Je suis tellement désolé. Ça va aller ? Il a fait un malaise ? Une crise cardiaque ?

Il posa la main sur son bras. Il aurait voulu l'étreindre, mais elle semblait complètement tétanisée, légèrement voûtée et les bras serrés autour d'elle.

— Pas une crise cardiaque, non. Le type m'a raconté qu'il y avait du sang partout. (Elle se redressa.) À moins qu'il n'ait été victime d'un accident pour le moins inhabituel, le professeur vient d'être assassiné, Matt.

Chapitre 15

À cet instant, quatre policiers traversèrent le hall en courant, arme au poing.

— Ne te mets pas en travers de leur route, dit Matt en faisant reculer Harriet. Vu la façon dont ils tiennent leurs armes, ils manquent singulièrement d'entraînement.

Elle frissonna en regardant la table où, quelques minutes plus tôt, elle était assise en compagnie de Malcolm.

— Ce sont ses notes de recherche sur la fondation pour laquelle nous travaillons… Malcolm pensait qu'on nous avait envoyés ici pour trouver quelque chose de bien précis et, sachant ce que nous avons découvert…

— Merde. (Matt prit l'ampleur de toute la paperasse.) Range tous ces papiers dans ton sac. Tu diras que c'est à toi. Garde-les précieusement et n'en parle à personne.

Il avait raison. Ils avaient besoin de ces documents. Peut-être Malcolm avait-il découvert quelque chose sans vraiment en soupçonner l'importance. Harriet prit tous les papiers, les empila sur la table pour les ranger plus facilement dans le classeur de la fondation, puis remit le tout dans le cartable en cuir de Malcolm.

Un sifflement léger se fit entendre de la cuisine. Ils levèrent les yeux et aperçurent David.

— Tu devrais le rejoindre, sortir d'ici et ne revenir que lorsque les choses se seront calmées, dit-elle.

Pas question que Matt soit retenu pendant des heures, sinon des jours, à cause de procédures administratives.

Matt fit signe à David de les rejoindre.

— Tu me sauves la vie. Il était moins une, comme d'hab, mais je ne t'en veux pas. Quelqu'un a été tué dans l'hôtel. Un meurtre, probablement. Un collègue de Harriet.

— Je suis au courant. On a quelqu'un qui surveille les fréquences radio de la police, et on m'a prévenu parce que j'avais un client sur place. Heureusement, j'étais déjà en route.

Il afficha un large sourire et fit claquer son chewing-gum.

— Je ne suis pas ton client, grommela Matt.

— C'est mieux que « protégé », non ?

— Pas faux. (Matt sortit son portable de la poche de son jean et le tendit à Harriet.) Appelle-nous dès que les forces de l'ordre auront quitté les lieux. Mais ne tarde pas trop. Je ne veux pas que tu sois seule trop longtemps. Reste en bas, en vue de la police et du réceptionniste jusqu'à notre retour, OK ?

Elle prit le téléphone.

— Bien sûr, répondit-elle, à sa grande honte, d'une toute petite voix.

Les deux hommes s'avancèrent en même temps, puis se défièrent du regard.

— Filez, les rassura-t-elle. Tous les deux. Je suis capable de prendre soin de moi.

— Appuie sur la touche « dièse ». C'est un raccourci vers mon téléphone, ajouta David en montrant un appareil similaire. On sera là en une seconde.

— Allez ! dit-elle en passant le cartable de Malcolm sur son épaule.

Elle les regarda franchir les portes de la cuisine, et Matt lui lança un dernier regard avant de disparaître.

Elle jeta un coup d'œil au cartable et songea qu'il valait mieux glisser son petit sac à l'intérieur, afin de ne pas éveiller les soupçons. On ne prenait pas deux sacs pour aller dîner au restaurant. Elle s'installa sur les chaises peu confortables du hall et attendit. Le cœur gros, elle pensait à Malcolm et à tous ceux qu'il laissait derrière lui. Peut-être pourrait-elle réunir son équipe ? En même temps, elle savait qu'il avait un directeur adjoint pour le seconder. Il valait sans doute mieux attendre le lendemain matin pour voir si elle pouvait apporter son aide concernant les différentes formalités.

Elle ferma les yeux, et tenta de respirer calmement afin de remettre de l'ordre dans son esprit et ses émotions. Malcolm avait été tué. Parce qu'il avait fourré son nez dans les affaires de la Fondation Megellin. Il était retourné dans sa chambre à l'improviste alors qu'il était censé être en train de dîner. Avait-il interrompu un criminel occupé à fouiller sa chambre ? Harriet observa son cartable. Elle frissonna de la tête aux pieds et s'assura aussitôt que personne n'avait rien remarqué de son trouble.

Dans le hall se trouvaient à présent les quelques clients que l'on avait priés de sortir du bar. Peut-être devait-elle appeler Jason et Molly ? Elle contourna le canapé demi-circulaire et atteignit le téléphone interne. Elle appela Molly et, en essayant de ne rien laisser paraître, lui demanda de prévenir Jason pour qu'ils la rejoignent dans le hall d'entrée.

Molly fut la première à apparaître dans l'escalier et fit signe à Harriet en l'apercevant. Elle s'arrêta net lorsqu'elle vit un agent de police s'entretenir avec un employé de l'hôtel, avant de se diriger vers sa patronne, l'air inquiète.

— Qu'est-ce qui s'est passé ? Tu vas bien ? s'enquit-elle, les sourcils froncés. Tu as une mine épouvantable.

— Malcolm Rapson est mort dans sa chambre. Il est monté pour aller chercher un document, et il n'est jamais revenu.

— Oh, mon Dieu, c'est horrible ! Ça va aller ?

— Oui, ne t'inquiète pas. Je suis triste, mais ça va.

En réalité, elle était bien plus inquiète que triste. Elle comptait sur le temps pour inverser la tendance.

— Il a eu une crise cardiaque ? Il était accro à ces trucs anglais qui ressemblent aux M&M's. Il en avalait sans arrêt à la conférence à laquelle nous avons assisté. Tu t'en souviens ? Il appelait ça des Smarties. Il disait que ça l'aidait à réfléchir.

Molly sourit à ce souvenir, et se cala contre le dossier dur et irrégulier du canapé.

— Je ne sais pas ce qui s'est passé réellement mais, d'après l'homme à la réception, il y avait du sang partout.

Molly devint toute pâle et entoura ses genoux de ses bras pour ne pas flancher.

— Il a été assassiné ? Qui voudrait tuer un vieux monsieur aussi charmant ? s'exclama-t-elle en secouant la tête. Est-ce que toi aussi, tu as un drôle de sentiment par rapport à tout ce qui se passe ici ? L'objet que tu as découvert, la fondation qui ne cesse d'appeler ou d'envoyer des e-mails...

— Mes clients t'ont contactée, toi aussi ? s'exclama Harriet, stupéfaite.

— Ouais, et Jason aussi. J'ai fait comme si de rien n'était. Je trouvais qu'ils abusaient carrément de vouloir nous soutirer des informations sans passer par toi.

— Tu penses que Jason leur a répondu ? demanda-t-elle en espérant de tout son cœur que non.

— Je n'en sais rien, et j'ignore d'ailleurs où il est. Il a dû sortir, ou alors, il essaie de nous éviter après ce qui s'est produit ce matin.

Elle se mit à tapoter ses genoux de ses mains comme si elle était impatiente de s'en aller. Elle se tourna vers Harriet.

— Tout ça ne me paraît pas normal. Qu'est-ce que tu en penses ?

— La même chose que toi. Est-ce que tu veux rentrer chez toi ? C'est tout à fait possible, tu sais. Ça ne me pose aucun problème. Ça me rassurerait que Jason et toi retourniez aux États-Unis. La situation est devenue trop dangereuse.

Harriet serait soulagée de ne plus avoir à se soucier de leur sécurité, même si se retrouver seule l'angoissait un peu. Au moins, elle avait Matt et David.

— Tu n'as qu'à rentrer avec nous, suggéra Molly, dont la décision était déjà prise.

— C'est impossible. Je ne peux abandonner une mission. Je risquerais de ne plus être embauchée. S'ils veulent un rapport initial, je vais le leur envoyer.

Cela dit, si Malcolm avait vu juste, Harriet et son équipe n'étudiaient pas le terrain pour des étudiants, mais certainement pour des pillards, ou autres chasseurs de trésors. Elle refusait de laisser le peuple irakien se faire voler. De plus, pour être honnête, elle ne faisait absolument pas confiance à Matt pour gérer la situation correctement. Elle connaissait suffisamment les militaires pour savoir qu'ils se contentaient d'obéir aux ordres. Si Matt recevait celui de retrouver l'argent et de le rapporter aux États-Unis, il le ferait. À moins qu'elle ne soit là pour lui mettre la pression.

— Je reste. Mais, si tu veux partir, ça ne me dérange pas du tout. Il y a encore bien trop à faire pour que je vous suive.

— J'y réfléchirai ce soir. Tu penses que nous sommes en sécurité dans nos chambres ? demanda Molly en fronçant les sourcils.

— Si tu t'enfermes à double tour, ça devrait aller.

Harriet songea à Matt se jouant de la serrure de la porte et ajouta :

— Je te conseille d'utiliser le verrou de sécurité et de caler une chaise sous la poignée de la porte. Je ne sais pas si c'est efficace, mais dans les films, ça a l'air de fonctionner. (Elle haussa les épaules et sourit.) Je suis sûre que ça va aller.

— Tu montes ? interrogea Molly en se levant.

— Non, je vais attendre que Matt revienne. Et puis, je ne sais pas si on a dit aux policiers que j'étais en train de dîner avec Malcolm avant que... Je préfère leur parler ici plutôt que dans ma chambre.

D'un autre côté, si la personne qui l'écoutait l'entendait parler avec la police, peut-être qu'on la laisserait enfin tranquille.

Alors que Molly la saluait, des cris surgirent du couloir derrière l'escalier. Harriet sursauta et serra le cartable de Malcolm contre elle. Quatre policiers déboulèrent en hurlant et en bousculant tout le monde. Leur jeunesse et leur affolement étaient à la mesure de leurs vociférations.

Harriet attrapa Molly et la força à se rasseoir à côté d'elle sur le canapé.

— Surtout, évite de les regarder, ordonna-t-elle.

Molly ne se fit pas prier : elle posa les mains sur ses cuisses et baissa les yeux. Dans ce pays, il était parfois préférable de se fondre dans le décor.

Heureusement, quand on était une femme, on passait davantage inaperçue. Harriet regrettait que Mueen ne soit plus là et se demandait comment elle allait pouvoir le joindre. Il saurait sûrement les aider à y voir clair.

Des bottes apparurent brusquement dans son champ de vision. Lentement, elle leva les yeux et, en voyant le pantalon d'uniforme, elle sut immédiatement qu'elle ne pourrait échapper aux questions de la police. Lorsqu'elle croisa le regard de l'homme, elle afficha son sourire le plus innocent. De toute façon, elle n'était pas coupable.

Un petit homme émergea de derrière le comptoir de la réception.

— Désolé, madame. Il m'a demandé avec qui était monsieur avant de…

Il s'interrompit au milieu de sa phrase.

Le policier, qui tenait toujours son arme à la main, avait l'air furieux. Littéralement hors de lui. D'un geste de son revolver, et sans reculer d'un pas, il fit signe à Harriet de se lever. Lorsqu'elle obtempéra, elle se retrouva nez à nez avec lui.

— Où allons-nous ? interrogea Matt dès que David démarra pour sortir du petit parking de l'établissement.

— On va se planquer au *Majestic*. C'est un hôtel de luxe à un ou deux kilomètres d'ici. J'y ai placé des hommes qui pourront nous aider. Harriet a ton téléphone et le vieux monsieur a malheureusement déjà passé l'arme à gauche. Mieux vaut se faire oublier en attendant la suite des événements. (Il jeta un coup d'œil à Matt avant de poser de nouveau son regard sur la route.) Le bar est correct, faute de mieux.

Matt hocha la tête. Il avait bien besoin d'un verre. Mais surtout, il voulait continuer à veiller sur Harriet et mettre la main sur les notes de Rapson relatives à la Fondation Megellin. Il faudrait sûrement qu'il en parle à David, mais pour une fois que celui-ci avait l'air d'assurer un minimum, il ne voulait pas lui causer de problèmes.

— Bon sang, j'ai l'impression d'être dans un roman ! s'exclama Matt. L'archéologue célèbre est assassiné, et personne ne sait pourquoi.

Il secoua la tête en regardant par la vitre le désert plongé dans l'obscurité.

— Sauf que dans un roman, répondit David, tous les personnages se font assassiner chacun à leur tour. Ne parle pas de malheur. On va aller s'en jeter un et attendre tranquillement la suite des événements.

— J'ai peur que l'on mette ce meurtre sur le dos d'un étranger. C'est tellement commode. D'autant que l'hôtel était plein d'Américains.

— Ne me dis pas que tu te sens responsable d'eux ! lança David en riant. Hé, mec, n'oublie pas que tu n'es pas là pour eux. Tu es là pour retrouver la dépouille de soldats disparus. Ne te laisse pas embarquer dans une autre histoire. Pour Harriet, je comprends. C'est différent. (Sa voix n'était plus qu'un murmure.) C'est à cause de Danny. Mais ne t'égare pas. Ton boulot, c'est de retrouver les corps de ces trois hommes qui, si ça se trouve, ne sont plus là depuis belle lurette.

Il avait raison, merde. Il devait rester concentré sur sa mission et oublier les problèmes annexes. Il avait été formé pour ça. Formé pour compartimenter. Mais tout s'était emmêlé dans sa tête. *Le professeur assassiné, Harriet, Danny, l'équipage disparu, l'argent. Harriet, Harriet…* Il se sentit soudain pressé de repartir.

David gara son véhicule, descendit et se retrouva devant un immense hôtel de style occidental, comme on en croise partout dans le monde. Au moins, ils pourraient passer inaperçus. À son tour, Matt sortit lentement. Tout son être le poussait à retourner à son hôtel.

— T'inquiète, mon pote. Je surveille tes arrières. Et ceux de Harriet, bien sûr. Je ne laisserai rien vous arriver. Ma boîte a d'ores et déjà déployé d'énormes moyens. Si tu retournes là-bas maintenant, tu vas être mêlé à une enquête de police que nous ne pourrons pas maîtriser. Détends-toi une heure ou deux en attendant qu'on ait des nouvelles.

Il avait raison. Matt fit taire son instinct et suivit David jusqu'au bar. On se serait cru dans n'importe quel Hilton du monde. Bizarrement, cette sensation le réconforta.

Après avoir commandé, ils s'installèrent à une petite table dans un coin. Matt ne put retenir un sourire lorsqu'ils firent mine de s'asseoir tous les deux dos au mur et face à la porte d'entrée. Finalement, il laissa à David l'avantage du terrain.

— Parle-moi de Harriet. Tu savais qu'elle serait là ? demanda David.

— Tu rigoles ! C'est comme si je m'étais fait descendre par un Crazy Ivan, répondit-il en faisant référence aux cibles humaines en papier que l'on utilisait à l'entraînement. Le pire, c'est qu'on s'était rencontrés à une soirée il y a quelques mois, et que je ne savais pas que c'était la femme de Danny.

David écarquilla les yeux.

— Bon sang, ne me dis pas que tu te l'es tapée par hasard. À force de jouer les tombeurs, je me doutais bien qu'un beau jour, ça allait te retomber dessus.

— Pas tout à fait, mais pas loin, tu sais.

Matt ferma les paupières, essayant d'ignorer l'accélération des battements de son cœur. Il ne se sentait plus coupable d'avoir couché avec elle, mais de n'éprouver aucun dégoût à le faire. Il l'avait compris. Il se sentait coupable de ne pas se sentir davantage coupable ! *Putain !*

Ils restèrent silencieux un instant. David fit tourner sa vodka dans son verre.

— Est-ce que tu as vu quelqu'un pour… parler de ce qui s'était passé ce jour-là ?

Matt hésita une seconde avant de se livrer.

— Non. J'y ai pensé, mais je ne supportais pas l'idée d'en parler, tu comprends ? Je voulais juste oublier.

Pourtant, il avait échoué. Ce drame hantait chacune de ses journées.

— Est-ce que les bruits te dérangent toujours autant ?

Matt le regarda en fronçant les sourcils. Comment était-il au… Bon sang ! il avait oublié qu'ils avaient passé pas mal de temps ensemble après la mort de Danny. C'était à cette époque qu'il s'était mis à coucher à droite et à gauche.

— Oui, je crois. Pas les détonations ni les explosions. Juste les bruits de fond, tu vois ce que je veux dire ?

Sauf que ce n'était plus aussi vrai aujourd'hui. Les foules le rendaient complètement fou, mais depuis son retour en Irak, d'autres emmerdes lui faisaient perdre son calme légendaire. Le cocktail Irak-Harriet le rendait dingue.

— J'ai connu ça, moi aussi, pendant un certain temps. Le mec que je… que j'ai vu m'a expliqué que c'était à cause des séquelles de l'explosion. Tu devrais consulter quelqu'un, toi aussi. Ça fait trop longtemps que ça dure.

Matt était arrivé à la même conclusion pas plus tard que la veille.

— Ouais. Je m'occuperai de ça après mon retour.

L'armée était devenue beaucoup plus compréhensive avec les problèmes psychologiques. Sept ans auparavant, c'était différent. Il valait mieux éviter de dire qu'on voyait un psy. C'était pire que de se taper la femme de son pote. Du coup, on se débrouillait sans.

Matt avala une gorgée de bière, préférant ne pas se risquer à boire un truc plus fort.

— Tu revois d'autres gars de l'unité ? s'enquit David.

— Mon Dieu… non. Pas vraiment. Tu es le premier que je croise en cinq ans. Tu sais comment c'est avec l'armée. On nous disperse un peu partout. Et toi ?

— Pas depuis que je me suis barré. La guerre, c'est un vrai traumatisme. On n'est plus le même après. Tu ne trouves pas ?

David leva la main pour commander un autre verre, sourcil haussé pour demander à Matt s'il voulait aussi une seconde tournée.

Ce dernier secoua la tête en se disant qu'il conduirait au retour et attendit que le serveur s'en aille pour reprendre la parole.

— Comment ça, « on n'est plus le même » ?

— Tous mes amis ont réagi différemment à la guerre. Mais je pense que « réagir » n'est pas le bon terme. La guerre révèle notre personnalité profonde.

Bon sang. La conversation avait pris un tour sérieux.

— Et pour toi, qu'est-ce que ça a révélé ? demanda Matt, redoutant un peu la réponse à venir.

Une lueur d'angoisse éclaira un instant le visage de David, vite effacée par un sourire, qui n'atteignit pas cependant son regard.

— Ma classe incroyable

Matt ne le crut pas une seule seconde, mais fut soulagé que David choisisse de rester léger.

— C'est évident, bien sûr, repartit Matt. Moi, c'est un super pouvoir que j'ai découvert. Celui d'enlever les sous-vêtements d'une femme moins de dix minutes après l'avoir rencontrée.

Il se cala contre le dossier de sa chaise avec un grand sourire.

Ils trinquèrent, mais avant même qu'ils aient pu toucher à leurs boissons, le téléphone de David sonna. Matt dut se retenir pour ne pas s'en emparer avant lui. Après avoir répondu, David secoua la tête pour indiquer à Matt que ce n'était pas Harriet. *Bordel!*

Matt regarda sa montre pour la énième fois depuis qu'ils s'étaient échappés de la cuisine de l'hôtel. Moins d'une heure s'était écoulée. Il prit une profonde inspiration et regarda les autres clients du bar. Il les avait déjà presque tous jaugés en entrant, comme chaque fois qu'il pénétrait dans un lieu public. C'était une habitude qu'on lui avait inculquée à l'EOD, dès le premier jour de formation. À l'époque, les poseurs de bombes traînaient encore dans les parages après leur crime. C'était bien avant la mode des attentats suicides.

— D'après les types qui bossent pour moi dans le quartier de l'hôtel, le corps a été enlevé, mais la police est toujours là, expliqua David après avoir raccroché. Comme les renforts n'ont pas été appelés, cela tend à prouver que le tueur a quitté les lieux. C'est bon signe. On patiente encore un peu, et je rappellerai mon agent qui se trouve à l'intérieur. Ça te va?

— De toute façon, je n'ai pas le choix.

— Les crimes sont rares dans le coin. Les flics vont se raconter cette histoire pendant des années. Ne t'inquiète pas. En plus, j'ai mes entrées chez eux. C'est ma compagnie qui les entraîne et leur fournit leurs armes.

Chapitre 16

Le cerveau de Harriet était en pleine ébullition. *Surtout, protéger Molly, protéger les découvertes de Malcolm.* Elle était nez à nez avec le policier qui refusait de reculer d'un iota. Le cœur battant à cent à l'heure et persuadée qu'il devait l'entendre, elle poussa discrètement le cartable de Malcolm dans son dos pour le faire passer à Molly. Dans sa hâte de l'intimider grossièrement, l'homme avait collé son visage au sien et, à part le grain de sa peau, il ne devait pas voir grand-chose. Elle prit sur elle pour ne pas le repousser.

Au moment où Molly récupérait la serviette, le jeune homme prit Harriet par le bras et l'entraîna au milieu du hall. Son comportement brutal prouvait qu'il n'était pas du coin. Les gens d'ici avaient toujours fait preuve de respect et d'amitié à son égard. Pourtant, si elle ne ressentait aucune peur, elle regrettait l'absence de Matt, son soutien, et le fait qu'elle n'ait même pas eu le temps de lui dire « au revoir ».

Avant que le policier l'oblige à le suivre, elle avait réussi à faire passer le téléphone satellite à Molly et à lui souffler quelques mots.

— N'oublie pas de te jeter sur le pilote à bras raccourcis si tu le croises, tu comprends ?

— OK, avait murmuré Molly.

Toujours accroché à son bras, l'officier invectivait ses collègues. Il faisait de grands gestes en la désignant et crachait des mots que son arabe un peu rouillé ne parvenait pas à saisir. *Rien de très encourageant.* Peut-être la traiterait-il mieux si elle se mettait à pleurer ?

Soudain, une nouvelle voix se fit entendre derrière eux. *Une voix calme et posée.* Elle ne pouvait se retourner pour voir qui venait de parler, mais elle aurait juré que c'était Mueen. Elle l'entendit prononcer le nom du cheik qui lui avait donné l'autorisation de travailler et qui lui fournissait des ouvriers.

Soudain, l'atmosphère se transforma radicalement. On la libéra, et l'homme qui l'avait saisie sortit de l'hôtel comme une furie. Harriet se retourna. C'était bien Mueen. Elle aurait voulu le serrer dans ses bras mais, malgré son air occidental, son geste risquait d'être très mal compris. Molly se précipita vers elle et l'entoura de ses bras.

— Oh, mon Dieu ! J'ai cru que je n'allais jamais te revoir.

— Et moi, j'ai eu très peur pour toi.

Harriet se rendit compte à cet instant qu'elle devait renvoyer Molly et Jason chez eux. Ce n'était plus une question de choix.

— Rassemblez vos affaires, vous ne pouvez plus rester ici. Pas la peine de discuter.

— Tu ne viens pas avec nous ? demanda Molly, tandis que les policiers quittaient les lieux deux par deux.

— Non. Je veux finir ce boulot, envoyer ce foutu rapport, et si je ne peux pas aider Matt à retrouver cet avion et tout ce qu'il pouvait bien transporter, je prendrai le prochain vol. C'est promis.

Molly hocha la tête.

— Je déteste laisser un projet en plan, mais franchement, ça n'a rien à voir avec notre premier séjour en Irak. C'est comme si tout avait mal tourné. Je ne parle pas de la ville, de Mueen ni d'Ain, ni des gens, mais de ce chantier. Je ressens de mauvaises ondes depuis le début, tu comprends ?

Harriet ne put retenir un sourire.

— Tu es sûre que ce n'est pas Jason qui t'envoie de mauvaises ondes ? (Elle fit une pause.) Mais au fait, on ne sait toujours pas où il se cache ? Tu m'as bien dit qu'il n'était pas dans sa chambre ?

— Oui. J'ai frappé et je l'ai appelé sur le fixe, mais rien. Peut-être qu'il est sorti.

C'était plus qu'improbable. L'hôtel était éloigné du centre et à sa connaissance, Jason n'avait aucun moyen de transport. En même temps, il avait pu prendre un taxi ou se faire déposer par un autre client de l'hôtel.

— OK, il vaut mieux qu'on retourne dans nos chambres. On glissera un mot sous sa porte. Je réserverai vos vols demain matin.

— Tiens, dit Molly en lui rendant le cartable et le téléphone. C'était quoi, cette histoire de me jeter sur Matt à bras raccourcis ?

— Comment ?

— Tu m'as bien demandé de battre Matt, non ?

— Mais non ! Je voulais que tu le joignes en te servant de la touche « raccourci ». Mon Dieu, Molly, tu serais pathétique en espionne.

— Ça tombe bien, je suis archéologue, répliqua la jeune fille avec un grand sourire. Bonne nuit !

— N'oublie pas de fermer ta porte à clé, rappela Harriet tandis que Molly lui adressait un salut.

Elle rassembla ses affaires et se tourna vers Mueen.

— Merci, dit-elle simplement.

— De rien. Son Altesse souhaite vous épargner les ennuis. Elle ne croit pas une seconde que vous ayez pu tuer votre collègue.

— C'est vrai.

Elle soupira en ressentant pour la première fois le choc de la disparition de Malcolm. Elle eut soudain la poitrine lourde et du mal à respirer. Ses yeux s'embuèrent de larmes. C'était plus fort qu'elle. Elle se les essuya et regarda ses doigts humides. Elle n'avait pas pleuré depuis…

Mueen s'avança vers elle, avant de s'arrêter brusquement, comme s'il avait changé d'avis. Cette soirée était un véritable naufrage. Malcolm était mort, et tout semblait étrange et inquiétant. Molly avait raison. Ce séjour en Irak était vraiment plus que particulier.

— Merci du fond du cœur, Mueen. Vous nous avez sauvées.

Lorsqu'il s'inclina sans un mot, elle sentit ses yeux picoter de nouveau.

— Bonne nuit, dit-elle.

— Bonne nuit, madame, répondit-il, comme un Américain pure souche.

— Ça suffit, je n'en peux plus. Je retourne là-bas.

— Hmmm ? répondit David, incapable d'articuler le moindre mot.

— Je crois que tu as ta dose, mon vieux, Tu ferais mieux de prendre une chambre ici. Je me charge de ramener ton insupportable véhicule à l'hôtel.

Matt était remonté à bloc. Cette épave à moitié comateuse n'était plus capable de le protéger.

— T'inquiète, poulette. J'ai d'jà une chambre. C'est là que j'crèche, marmonna David.

La colère de Matt vira à la fureur. Il soupçonnait David de n'avoir jamais eu l'intention de le reconduire. *Putain !* Dommage, mais tant pis. Il récupéra les clés de la voiture et prit le téléphone satellite dans la poche de la veste de David en le redressant légèrement contre le mur.

Il refila quelques dinars au barman et lui demanda de veiller à ce que son ami regagne bien sa chambre. L'homme acquiesça en soupirant. Apparemment, ce n'était pas la première fois que David éclusait dans son bar. *Bon sang.* Comme s'il n'avait pas suffisamment de soucis comme ça.

Matt sortit de l'hôtel, monta dans le SUV et régla le siège à sa taille. Il prit le temps d'observer l'intérieur du véhicule. Le pistolet fixé par un Velcro sous le tableau de bord était toujours là, en compagnie de tout un tas de gadgets et d'appareils qu'il était bien incapable d'utiliser. Il démarra et s'engagea sur la route cahoteuse. Sauf qu'il n'avait pas la moindre idée d'où il se trouvait. Il était tellement préoccupé par Harriet lorsqu'ils avaient quitté l'hôtel qu'il n'avait pas du tout fait attention au trajet.

Il se gara sur le bas-côté et trouva le GPS. Une série d'adresses étaient préenregistrées : le site de Harriet, leur hôtel, celui de David, et les bureaux de MGL à Bagdad. Il y avait également une adresse dans le village de Mueen. *Celle de la maison de Mueen et d'Ain, probablement. Étrange.* L'itinéraire de leur hôtel s'afficha, et il redémarra.

Lorsqu'il arriva, l'établissement était plongé dans l'obscurité. Aucune lumière aux fenêtres ni dans le hall, comme si l'électricité de tout le bâtiment avait été coupée. Ce qui n'était pas le cas des bâtisses juste en face. Cette panne mystérieuse n'était pas de bon augure.

Il prit le pistolet de David en vérifiant s'il était chargé. Il manquait deux balles. Cela dit, quatre seraient amplement suffisantes. Il verrouilla le véhicule manuellement sans utiliser la clé électronique pour éviter que la voiture se mette à sonner ou que les phares s'éclairent brusquement. Il glissa le pistolet dans sa ceinture en le dissimulant sous les pans de sa chemise.

Le hall était désert. Tout comme le bar, le restaurant et la réception. Il attendit en silence au milieu du hall, à l'affût du moindre bruit ou du moindre mouvement. *Rien.*

Il prit un coussin sur le canapé le plus inconfortable du monde, le plaça devant le canon de son revolver en guise de silencieux et monta lentement l'escalier en longeant le mur pour ne pas faire craquer les marches. *Merde.* Il aurait dû vérifier s'il n'y avait pas de lunettes à vision nocturne dans la voiture de David. Il n'avait plus du tout l'habitude de ce genre d'expéditions.

Lorsqu'il arriva dans le couloir conduisant à la chambre de Harriet, il s'arrêta pour écouter. Le silence régnait. Le sang battait à ses tempes tandis qu'il avançait à tâtons dans le couloir plongé dans les ténèbres. Du bout des doigts, il toucha les numéros sur chacune des portes et finit par trouver celle de Harriet.

Il tapota légèrement. *En vain.* Il fallait passer au plan B : la carte de crédit.

La porte s'ouvrit brusquement. La lumière était allumée dans la pièce et Harriet se tenait face à l'entrée, occupée à s'essuyer les cheveux. Son cœur recouvra un rythme normal et le nœud qu'il avait à l'estomac s'envola.

— Eh bien ! Si tu voulais une soirée pyjama, ce n'était pas la peine de forcer ma porte ! lança Harriet, le regard fixé sur le coussin que tenait Matt.

— Ça se discute. Qu'est-ce que tu dirais d'une bataille d'oreillers ?

Il sentit ses épaules se détendre et laissa tomber le coussin. Harriet écarquilla les yeux lorsqu'elle aperçut le revolver.

— Ne me dis pas que tu n'as rien trouvé d'autre pour dissimuler ton arme !

— C'était au cas où j'aurais besoin d'un silencieux.

Elle s'arrêta net.

Il referma la porte derrière lui et la verrouilla.

— Pourquoi ne m'as-tu pas appelé, bon sang ? J'étais mort d'inquiétude.

— J'ai essayé, répondit-elle en montrant le téléphone satellite. Mais je tombais directement sur la boîte vocale de David.

Il sortit l'appareil de sa poche. *Éteint.* Pourtant, lorsqu'il pressa la touche « 1 », le téléphone se ralluma aussitôt. Apparemment, il s'était éteint tout seul. Matt se crispa.

— Comment ça se fait que ce soit éclairé, ici ?

Harriet se dirigea dans la salle de bains et en ressortit avec une lanterne.

— C'est une lampe solaire à batterie. Les archéologues doivent pouvoir travailler dans n'importe quelles conditions. Molly en a une aussi. D'ailleurs, il faut que je te dise que nous sommes toujours sans nouvelles de Jason. Il a disparu un peu avant l'heure du repas.

— Quoi ?

— Ouais. On ne peut pas faire grand-chose. Les portables de Molly et de Jason n'ont pas de réseau ici. Il est possible qu'il soit juste sorti en ville. On en saura davantage demain matin. Enfin, j'espère. De toute façon, vu les circonstances, je me voyais mal appeler les flics. J'ai failli être arrêtée.

Un frisson d'angoisse lui parcourut l'échine. Les prisons en Irak étaient connues pour leur dureté. L'idée de l'y voir incarcérée était insupportable.

— Qu'est-ce qui les en a empêchés ?

— Mueen a mentionné le cheik. Je ne sais pas si ça suffira à les retenir très longtemps, mais au moins, ça me donne un répit.

Elle s'assit sur le lit et se brossa les cheveux, presque translucides dans la lumière artificielle.

Matt s'installa au bureau et se frotta le visage de ses mains, avant de se rappeler l'existence du micro. Il avait besoin de parler librement. Il lui fit signe de se taire, décrocha le micro et alla le poser sur le rebord du lavabo de la salle de bains. Il mit en route le ventilateur et referma la porte.

— Il faut que tu partes. Tu n'es plus en sécurité. C'est le chaos total et je ne peux pas te laisser courir le moindre risque.

À l'instant où il prononça ces mots, il comprit qu'il aurait dû prendre le temps de formuler sa pensée pour ne pas la…

— Quoi ? Tu n'as pas le droit de me dicter ce que je dois faire ! Quand vas-tu te sortir de la tête que tu n'es pas là pour me protéger ? Je ne t'ai rien demandé et ce n'est pas ton rôle.

Il soupira, se laissa glisser le long du mur face à la porte et s'assit sur le sol, pistolet sur les genoux. Après avoir enclenché la sécurité de son arme, il resta silencieux. Il avait décidé de demeurer jusqu'au lendemain pour veiller à ce que rien de fâcheux ne survienne. *Qu'elle le veuille ou non.*

— Tu comptes rester ici toute la nuit ? s'enquit Harriet.

Il hocha la tête en installant le coussin derrière son dos. Il s'était retrouvé dans la même situation plusieurs fois lorsqu'il était encore au combat. Ils appelaient ça « veiller sur ses fesses ». Monter la garde, assis, pendant que les autres dormaient. Il n'aurait jamais pensé avoir à le faire un jour pour la femme de Danny. Pas plus qu'il n'aurait cru devoir affronter ce qui lui était arrivé depuis ces deux derniers jours.

— Écoute, je reconnais que la situation s'est dégradée rapidement, mais je dois terminer cette mission si je veux avoir un salaire. L'archéologie est un monde très fermé, et, si l'on vient à apprendre que je n'ai pas rédigé de compte-rendu ni terminé une étude de terrain, mon nom va être associé aux mots « pillards » et « pas du tout fiable », et je ne retrouverai jamais, je dis bien jamais, de boulot. Je n'ai pas le choix. Il faut que j'aille jusqu'au bout.

— Combien de temps te faut-il pour sauver ta réputation ? demanda-t-il.

Il avait cédé très facilement.

— Je renvoie Molly et Jason chez eux dès demain, si on réussit à mettre la main sur Jason, bien sûr, ajouta-t-elle d'un air inquiet.

— Je vais le retrouver, dit-il en espérant ne pas trop s'avancer. Mais pas avant demain. Continue.

— Ensuite, je pense qu'il me faudra une journée de travail. Je pourrai être chez moi demain soir, ou le lendemain matin. Peut-être. Je ne supporte pas l'idée de rendre un travail bâclé. En même temps, puisque Malcolm ne peut plus envoyer de compte-rendu, je peux sans doute utiliser ses notes pour le faire à sa place. Ça permettra au moins à son équipe d'être rémunérée.

— Ses notes de recherche. Où sont-elles ? demanda Matt. Tu m'as bien dit que tu voulais me révéler quelque chose, non ?

— Mon Dieu, oui. Désolée, répondit-elle en sautant du lit pour aller chercher le cartable usé de Malcolm dans le placard. Il m'a expliqué qu'il avait enquêté sur la Fondation Megellin, et… bon sang, je ne me souviens plus de ce qu'il m'a raconté avec tout ce qui…

— Tu parles du meurtre ? intervint Matt, histoire de la rassurer.

— Une minute.

Elle ferma les paupières en hochant la tête, comme si elle rejouait la scène intérieurement, d'une manière qu'il trouva adorable *Non, non. Surtout, rester concentré.*

— OK, Malcolm m'a dit que les fouilles de la dernière étude que j'avais réalisée pour la fondation n'avaient pas été faites par les étudiants du département d'archéologie du Amersham College, comme cela était prévu au départ. D'après lui, cet établissement n'existe même pas. Ce qui signifie probablement que l'étude que l'on m'a demandé de réaliser avait une autre finalité.

— Et laquelle, selon toi ? interrogea Matt.

— À première vue, je dirais que c'était pour vérifier qu'il n'y ait pas de vestiges archéologiques en vue d'une éventuelle construction.

Elle s'interrompit, et il lui laissa le temps de réfléchir pour qu'elle en arrive à la conclusion à laquelle il était lui-même parvenu. En vain.

— Ou alors, c'est peut-être parce que tes clients veulent mettre la main sur des artefacts ou un trésor sans que personne ne le sache ? suggéra-t-il.

Harriet ferma derechef les yeux et soupira.

— C'est tout bonnement inimaginable pour moi, mais je dois admettre que c'est une possibilité. (Elle fit une pause.) Malcolm pensait que si nous étions là tous les deux, c'était pour découvrir quelque chose de précis. Et je me demande si ces gens ne rechercheraient pas la même chose que nous. Très franchement, je n'ai aucune idée de qui ils sont. Je sais qu'ils paient bien, qu'ils sont connus dans le monde universitaire... et que cette fois, ils sont anormalement impatients d'obtenir nos comptes-rendus d'étude. On peut imaginer pourquoi.

— Ce qui veut dire que les membres de ta fondation connaissent l'existence de cet avion qui transportait l'argent irakien. Et qu'on vous a envoyés ici pour le retrouver. Vous avez découvert cette pièce d'avion, l'avez signalé, et ils se sont débrouillés pour le savoir. Je ne vois pas d'autre explication.

— Tu penses qu'ils sont derrière la mort de Malcolm ? demanda-t-elle d'une voix calme.

Elle avait l'air tellement vulnérable. Il se leva très lentement, comme s'il avait affaire à un animal effarouché, et vint s'asseoir près d'elle sur le lit.

— On va regarder les notes de Malcolm ensemble. Voir ce que l'on peut trouver. Peut-être qu'on se trompe ?

Il sortit tout le contenu du cartable en vérifiant de ne rien oublier. Harriet était déjà occupée à feuilleter les documents pour les classer en petits tas lorsqu'il posa le sac sur le sol. Il recula pour la laisser travailler.

— Si seulement j'avais jeté un coup d'œil à la chambre de Rapson pour voir s'il n'y avait pas un micro. Je me demande…

Harriet leva les yeux des documents.

— Tu vas aller vérifier ? Tu ne crois pas que la chambre est interdite d'accès ? C'est une scène d'homicide, après tout.

— Je doute que la police locale soit pressée de résoudre les crimes. De toute façon, je ne vois pas d'autre solution. Ferme la porte à clé derrière moi et n'ouvre à personne d'autre que moi. Même si c'est quelqu'un que tu connais. Surtout, n'ouvre pas. OK ?

— Pas de problème. Tu veux une lampe torche ? proposa-t-elle.

— Ces archéologues, alors, c'est encore mieux que les scouts ! lança Matt en riant et en prenant la lampe. Ils sont toujours prêts.

— Plus que toi, en tout cas.

Il haussa les yeux au ciel et sortit.

Chapitre 17

Harriet se leva d'un bond et verrouilla la porte. Malgré toutes ses protestations, elle aurait bien aimé que Matt reste. Elle ne l'aurait pourtant reconnu pour rien au monde. Bon sang, il était bien trop autoritaire. Elle coinça la chaise de bureau sous le loquet de la porte, tout en sachant qu'il en faudrait davantage pour éloigner le croque-mitaine.

Elle avait peur. C'était une sensation qu'elle n'avait pas connue depuis des lustres. Le meurtre de Malcolm, l'avion, l'argent, et la présence de Matt – le meilleur ami de Danny – semaient le trouble dans son esprit. Plus rien n'était normal. Un tsunami d'incertitude et d'angoisse avait bouleversé le cours paisible et sans heurt de sa vie. Elle doutait de pouvoir faire face à nouveau. Après la mort de Danny, elle s'était volontairement repliée dans sa coquille afin de se construire une existence qui n'appartienne qu'à elle. En refusant toute relation intime, elle évitait de perturber l'équilibre qu'elle pensait avoir grandement mérité après le cauchemar de la disparition de Danny.

Elle s'allongea sur le lit en froissant tous les papiers de Malcolm. Elle n'avait même pas envie de les lire, de découvrir ce qu'il avait trouvé. Par peur de s'effondrer si de nouveaux faits venaient encore compliquer la situation. Alors, elle respirait. Lentement et calmement, autant pour apaiser son angoisse que pour mettre à distance le chaos ambiant.

Elle sursauta lorsqu'on frappa.

— C'est Matt.

Elle courut jusqu'à la porte et le fit pénétrer, tentant de dissimuler le trouble qui l'agitait. Esquivant son regard, elle se tourna vers le lit lorsqu'il entra.

— Il y avait bien un micro. Je l'ai laissé. Ç'aurait été stupide de toucher à un indice. Quelqu'un pourrait venir examiner les lieux. Mais tu comprends ce que cela veut dire, n'est-ce pas ?

Elle hocha la tête, refusant de prononcer les mots à voix haute. C'était à cause de l'argent.

— Tu as trouvé quelque chose dans les papiers de Rapson ? demanda-t-il en s'installant sur le lit.

— Pas encore. Tiens, prends-en quelques-uns et lis, dit-elle en lui donnant une pile qu'elle n'avait pas encore examinée.

Elle avait envie de tendre le bras et de le toucher, juste pour sentir son corps. *Solide et bien réel.* Mais elle poursuivit sa lecture en espérant ne pas tomber sur quelque chose qui viendrait faire basculer davantage le fragile équilibre de sa vie.

Les données rassemblées par Malcolm étaient pour le moins énigmatiques. Il y avait des notes prises au hasard et de nombreux passages entourés au crayon sans autre explication que des points d'exclamation ou d'interrogation. Sur chaque document émanant de la fondation, des lettres étaient soulignées de manière anarchique. *Une sorte de code?* Elle les réunit en un seul tas. Au bout de vingt minutes, elle avait séparé les notes de recherche et celles qui essayaient d'éclaircir cette foutue situation.

— OK, dit-elle en posant une pile sur le sol. Ce paquet ne contient que les documents administratifs ou les contrats d'embauche. Les papiers restants ont un lien avec l'étude du site et l'enquête que menait secrètement Rapson sur Megellin.

Matt prit une brochure publicitaire.

— C'est pour MGL Security. David travaille pour cette boîte. Il y a un gros point d'interrogation inscrit dessus. Peut-être Rapson voulait-il l'engager pour des mesures de sécurité supplémentaires sur le site. Est-ce que c'est une pratique courante lorsque vous êtes à l'étranger?

— Je suppose que oui. Je n'ai jamais eu à le faire, mais avec tout ce qui se passe, si tu n'étais pas là, je me poserais certainement la question. Je n'en sais trop rien.

Elle aurait sûrement ignoré le problème et continué sa mission. Molly appelait ça « le syndrome de l'autruche ».

Matt glissa la brochure dans sa poche et s'attaqua à une autre pile.

— On dirait qu'il essayait de savoir qui dirigeait Megellin. Qui a signé votre contrat ? demanda-t-il.

— M. Randolph. Il ne cesse pas de nous harceler, Molly et moi, pour que nous lui remettions un rapport préliminaire, que je suis d'ailleurs censée lui fournir avant demain.

Elle jeta un coup d'œil à sa montre. *Merde.* Elle avait complètement zappé.

— OK, le mieux est de dresser une liste. D'abord, l'argent disparu depuis 2005, disons. Ensuite, les débris d'un avion militaire américain et des liasses de 100 dollars sur le site. Et enfin, une fondation dirigée par une entité inconnue, qui veut à tout prix savoir ce qui se trouve dans ce désert et, cerise sur le gâteau, pourrait bien servir de couverture à des fouilles illégales.

— N'oublions pas non plus Malcolm et l'éventuelle disparition de Jason, ajouta Harriet. Sans parler de la zone de vide détectée sur le site par le géoradar.

À peine avait-elle prononcé ces mots que la sonnerie métallique du téléphone de la chambre retentit. Elle se jeta dessus.

— Molly, chuchota-t-elle pour informer Matt.

— Jason a réapparu. Il était sorti avec Katherine de l'équipe de Rapson. C'est vraiment un enfoiré. Je l'ai mis au courant pour le professeur et ça l'a carrément fait flipper. Bien plus que tous les autres. Il est en train de faire ses bagages et il a l'air ravi de partir dès demain.

Sa voix trahissait l'apparente désinvolture de ses paroles. Au fond, elle était contrariée qu'il ait flirté avec une autre.

— Je suis vraiment désolée, Molly. Mais si ça peut te consoler, sache que tu mérites mieux que lui.

Il y eut un silence.

— Je n'ai jamais vu de femme dans l'équipe de Rapson. Il a du flair, l'animal, pour dénicher la seule de l'équipe.

— Ça va aller ? s'enquit Harriet.

— Bien sûr. On apprend tous les jours.

— C'est vrai, répondit-elle automatiquement, en se demandant ce qu'elle avait appris depuis la mort de Danny.

Interdire l'accès de son cœur à ses amis, ses collègues ou ses amants. Se dérober. C'est ce qu'elle avait fait sept années durant : elle s'était dérobée.

Elles se souhaitèrent « bonne nuit », et Harriet raccrocha.

— Jason faisait le joli cœur en ville. Il est revenu et il fait ses valises. On peut donc le rayer de la liste, Dieu merci, dit-elle.

La batterie de la lampe solaire choisit ce moment pour rendre l'âme. Pendant un instant, ni l'un ni l'autre ne firent un geste.

Harriet s'agenouilla sur le lit et tira le rideau pour laisser entrer l'éclat faible de la lune.

Matt se leva et le referma.

— Autant éviter d'être des cibles faciles. Je préfère rester dans l'obscurité plutôt que de flipper chaque fois que je passe devant la fenêtre.

— Tu penses qu'on pourrait nous tirer dessus ?

Un frisson courut le long de son dos. Elle attrapa une couverture et l'enroula autour d'elle.

— Je n'en sais fichtre rien, mais ce serait dommage de tenter le diable le soir où Malcolm a été tué, tu n'es pas d'accord ?

— D'accord ? Ben, pas vraiment. Pas…

Sa voix se brisa. Mais qu'est-ce qui lui prenait ?

En un éclair, il fut à ses côtés. Il la prit dans ses bras et lui caressa le dos.

— Ça fait beaucoup à supporter, je le sais. Je suis désolé que ton ami soit mort, et je suis désolé que tu doives subir tout ça.

— Je ne comprends pas ce qui m'arrive, dit-elle.

Elle essayait d'échapper à son étreinte tout en souhaitant se perdre dans ses bras puissants.

— Il ne t'arrive rien du tout. De quoi parles-tu ?

Elle respira profondément et s'écarta de lui pour s'adosser à la tête de lit, les genoux entre ses bras.

— La première fois que je suis venue en Irak, je redoutais un peu ce voyage, tu comprends. Je craignais de me retrouver dans le pays où il était mort.

Elle l'entendit bouger sur le lit. Était-il mal à l'aise ?

— Si tu ne veux pas que je continue, tu sais, ce n'est pas grave. Je peux arrêter.

Elle ne savait même pas pourquoi elle lui racontait tout ça. Sans doute à cause de ce nœud à l'estomac, cet… enchevêtrement de questions sans réponses et d'émotions refoulées. Elle voulait en parler dans l'obscurité, sans avoir à affronter le regard scrutateur de son interlocuteur, comme cela était arrivé si souvent depuis la disparition de Danny.

— Non, non, ça m'intéresse.

Sa voix grave emplissait la pièce d'une chaleur protectrice.

Bon sang, ma fille ! Reprends-toi.

— Ce premier séjour fut totalement magique. C'était le printemps dans tous les sens du terme. Tout le monde se réjouissait que la guerre soit finie et que Saddam soit parti. Pour la première fois depuis des dizaines d'années, les gens pouvaient prier librement. Nous avons rencontré Mueen et Ain, qui semblaient ravis de voir que l'on revenait visiter leur pays. Il faisait plus de quatre-vingts kilomètres par jour pour nous protéger. C'est pour ça que j'étais contente qu'on me propose un chantier à deux pas de chez eux, cette fois. (Elle fit une pause et soupira avant de reprendre.) J'étais tellement excitée de revenir ici, mais dès l'instant où nous sommes descendus de l'avion, j'ai senti que tout était différent. La joie du peuple irakien avait disparu et avait laissé place à l'anxiété. Au sein même de mon équipe, je devinais qu'il n'y avait plus la même harmonie.

» Le tout premier jour, je découvre ce bout de métal, et depuis, j'ai l'impression que tout va de mal en pis. D'abord – et surtout ne le prends pas mal –, c'est toi qui débarques avec ton lot de réjouissances, ensuite, on trouve ces billets de 100 dollars, et enfin Malcolm. Un vrai cataclysme. L'inverse total de ma vie, qui jusque-là, était limpide et bien réglée. Les premiers soubresauts sont apparus avec Jason, qui s'est permis de séduire Molly pour s'empresser ensuite de la laisser tomber. Sur ce, tu es arrivé avec toutes

tes histoires pour le moins surprenantes, et les reproches qui se sont ensuivis.

— Je suis vraiment navré. Tu peux me croire.

— Ensuite, c'est Malcolm qui a des doutes sur mon boulot. Mon boulot. La seule chose à laquelle j'ai pu m'accrocher pendant toutes ces années… Je ne sais plus quoi penser. J'ai l'impression d'être victime d'un complot.

Elle s'interrompit, sûre d'avoir entendu un rire étouffé.

— C'est ça, ouais. Tout ce qui se passe ici, tout ce qui a mal tourné depuis que je suis ici, ne tourne qu'autour de toi. Toi, toi, et encore toi.

Lorsqu'il entendit son souffle court, Matt se demanda s'il ne s'était pas trompé en voulant détendre l'atmosphère.

Au moment où il fit mine d'ouvrir la bouche pour s'expliquer, il sentit un souffle d'air l'effleurer. Par réflexe, il porta la main à son arme, et un projectile moelleux vint s'écraser sur son visage. Il tomba à la renverse sur le sol.

— Celui qui ose se moquer de ma souffrance s'expose à la colère du ninja de l'oreiller, siffla-t-elle.

À la fois soulagé et un peu choqué, il préparait déjà sa revanche. Il feignit un gémissement de souffrance.

— Oh, mon Dieu. (Il l'entendit se précipiter au pied du lit.) Je suis désolée, tu t'es fait mal quelque…

Il se releva brusquement, enlaça ses jambes et la fit basculer à nouveau sur le lit. Elle s'écroula comme une poupée de chiffon et, lorsqu'elle tenta de se redresser, il lui envoya le coussin qu'il avait pris dans le hall d'entrée de l'hôtel.

— Ouch ! s'exclama-t-elle, estomaquée.

Victoire !

— On fait une trêve ? demanda-t-il en gardant ses distances.

— Je me suis coincé la main dans la tête de lit. (Elle avait le fou rire.) Je jure que ce n'est pas un piège. Je suis une adversaire respectable. Contrairement à toi. Regarde, vérifie par toi-même.

Toujours à distance prudente, il tendit la main pour toucher son épaule. Il sentit quelque chose de moelleux tandis qu'une vague de chaleur montait en lui.

— Bas les pattes, chevalier du ciel. Ce n'est pas mon sein qui est coincé, mais ma main, dit-elle sans pouvoir se retenir de rire.

— Pardon.

Il avait pensé faire remonter sa main jusqu'à son épaule, puis jusqu'à son bras pour trouver la main prisonnière, mais apparemment son corps en avait décidé autrement. Il s'attarda un instant sur son sein, qui se gonflait légèrement sous la pression de sa main. *Merde.* Il étira la main pour que seule sa paume reste en contact et traça des cercles autour du mamelon qui, déjà dressé, lui chatouillait la peau. Ses bonnes résolutions l'abandonnèrent lorsque Harriet se mit à gémir. Il ne lui en fallait pas davantage.

Sa main libre trouva le ventre plat de la jeune femme et il fit courir ses doigts sur sa peau, qu'un frisson parcourait déjà.

— Tu as mal à la main ?

— Non, murmura-t-elle.

Un « non » qui sonnait comme une invite.

Lorsqu'il posa ses lèvres sur son ventre, il le sentit onduler sous ses baisers. Agenouillé sur le lit, il fit aller et venir ses mains de sa taille à ses jambes, en profitant de ces caresses pour se débarrasser de son short. Elle haleta. Il sourit dans l'obscurité.

— Tu es à ma merci, dit-il.

En une seconde, elle glissa ses jambes autour de sa taille et le fit basculer sur le côté. Avant qu'il ne puisse réagir, elle le faisait rouler sur le dos et s'asseyait à califourchon sur lui.

— Pardon ? Tu disais ? reprit-elle.

Dans la pénombre, elle enleva son débardeur, mais il avait du mal à distinguer ses traits. C'était insupportable. Entre la nudité et la mort, il n'hésita pas longtemps. Il l'attrapa par la taille, et, tout en se rasseyant, la fit basculer pour qu'elle s'allonge, tête vers le bas du lit. Il en profita pour ouvrir un pan du rideau qui voilait la petite fenêtre. Et, dans un halo bleuté, il put contempler son corps.

— Je suppose que tu n'étais pas aussi coincée que ça, hein ?

— Non, pas vraiment.

Lorsqu'elle lui sourit, il sut qu'il était perdu. Fébrile, il se débarrassa de sa chemise en la passant par-dessus sa tête et, lorsqu'il s'apprêta à défaire son jean, Harriet le devança.

Ses doigts fins et délicats vinrent jouer avec la fermeture Éclair de son pantalon, taquiner son membre tendu à travers l'étoffe du jean en l'effleurant du bout des ongles. *Une véritable torture.* Il voulait sentir sa peau. Comme si elle avait lu dans ses pensées, elle appuya sa paume contre lui. Il ne put retenir un gémissement et se pressa contre elle. Alors, elle ouvrit sa braguette, et il put enfin sentir la chaleur de ses doigts sur sa chair et, les yeux fermés, savourer pleinement le plaisir intense de ce contact.

C'en était trop. Brûlant de désir, il se leva, retira son jean et d'un geste précis, attrapa un préservatif dans son portefeuille. Alors, il s'allongea sur elle et plaqua chaque parcelle de son corps contre le sien. L'harmonie était totale. Absolue.

— Baise-moi, dit-elle d'une voix enrouée. Baise-moi fort.

Non. Pas cette fois. Mais ce n'était pas le moment de discuter. Il ajusta le préservatif sans attendre, de peur de n'en être très vite plus capable. Il voulait faire l'amour avec elle, et plus rien ne l'arrêterait. Il avait compris que l'audace et la liberté dont elle faisait preuve n'étaient qu'une armure, une manière d'éviter de s'attacher. De ne pas se laisser atteindre. Mais s'il devait affronter ses propres émotions, il faudrait bien qu'elle affronte les siennes, bon sang.

Il s'agenouilla entre ses jambes et l'attira contre lui. Alors, effleurant son clitoris avec une douceur extrême jusqu'à ce que son souffle s'accélère, il pénétra en elle, prêt à exploser lorsque les muscles étroits de sa compagne enserrèrent son membre. Il la fit aller et venir doucement contre lui. Elle prit son visage entre ses mains et approcha sa bouche de la sienne, comme si elle attendait la permission de poursuivre. Lentement, il l'embrassa et fit glisser sa langue entre ses lèvres, goûtant au passage le parfum du dentifrice qu'elle avait dû utiliser avant son arrivée. La langue brûlante de Harriet dessinait des motifs sinueux et langoureux dans sa bouche, caressant sa langue au même rythme que son sexe à l'intérieur d'elle. La passion montait en eux à l'unisson. Son pouce, s'abreuvant langoureusement aux nectars de son intimité, traçait des cercles autour de son clitoris. Leurs deux corps fusionnaient dans le même tempo. La même temporalité. La même séquence de détonation. Bien au-delà d'une simple histoire de cul.

Elle écarta sa bouche de la sienne et l'attira contre elle, les ongles enfoncés dans ses omoplates. Sa respiration s'accéléra en doux soupirs qui l'emportèrent au bord de l'abîme.

Son sexe se contracta autour du sien, l'attirant plus encore en elle. Alors, il accentua la pression de sa main sur son intimité et elle chavira, la tête rejetée en arrière, haletant son nom. La passion s'empara de son bas-ventre qui se contracta, et il s'embrasa tout entier, saisi par la fulgurance de l'orgasme. Elle continuait d'aller et venir contre lui, s'enivrant jusqu'au bout de sa jouissance.

Il la serra contre lui, écrasant ses seins contre son torse, les jambes toujours arrimées à sa taille. En un éclair, il revit le restaurant à Washington. L'air de colère et de défi de la jeune femme face à sa réaction pitoyable la première fois qu'ils avaient fait l'amour. Chacune de leurs conversations. La détermination de son regard lorsqu'elle avait expliqué que l'argent appartenait au peuple irakien.

Pas moyen qu'il la laisse partir. *Jamais de la vie.*

Elle est à moi.

À Danny.

Merde.

Chapitre 18

— Partons de l'idée que la Fondation Megellin connaissait l'existence de ce crash. Et qu'après avoir effectué une dizaine de fouilles le long de la trajectoire de vol, ces gens ont fini par découvrir des preuves qui les ont conduits à l'endroit précis où se trouve mon site.

— Correct. C'est notre meilleure hypothèse, répondit Matt.

L'électricité était revenue au milieu de la nuit et ils avaient été réveillés par les lumières et la radio, qui s'étaient allumées en même temps. Après avoir tenté de retrouver le sommeil, ils avaient décidé de finir d'étudier les documents de Malcolm. Un vrai casse-tête. Dans une poche intérieure de son cartable, ils avaient déniché une clé USB contenant les comptes-rendus des douze derniers chantiers missionnés par Megellin. Il n'y avait aucun commentaire mais, lorsque Matt les avait localisés sur une carte, il était apparu que dix des sites en question dessinaient une ligne droite entre la base aérienne de Koweït City et l'Irak. La zone où travaillait l'équipe de Harriet était leur onzième tentative. Et visiblement, ils avaient trouvé ce qu'ils cherchaient.

Malgré la gravité de la situation, Harriet avait du mal à rester concentrée sur les papiers. Les sourcils légèrement froncés, Matt était assis sur le lit et tentait de remettre de l'ordre dans les documents. Tout son être la poussait vers lui. Elle voulait le toucher, caresser ses tatouages. Était-ce… plus qu'une attirance physique ? Cela faisait si longtemps qu'elle n'avait pas ressenti… Commençait-elle à s'attacher ?

Elle baissa les yeux et se mordit la lèvre. Elle ne pouvait se laisser aller à éprouver quoi que ce soit pour lui. Cela n'était pas du tout prévu au programme. *Bon sang.*

— Cesse de te mordre la lèvre. Tout ça, c'est mon problème, lança Matt avec un large sourire. Viens là.

— Non, répliqua-t-elle en lui décochant un regard dur censé le décourager.

En vain. Son sourire s'élargit encore.

— Viens là, insista-t-il.

Comme elle ne bougeait toujours pas, il s'avança brusquement sur le lit et l'entraîna vers lui, avant de l'installer sans cérémonie sur ses cuisses. Elle s'accrocha à son cou pour ne pas basculer. Ce n'était pas juste. Comment résister à sa force et à sa puissance ? Elle ne pouvait pas lutter.

Il déposa sur ses lèvres un baiser tendre, presque chaste. Cet infime contact suffit à éveiller une sensation inconnue au creux de son ventre. Il l'enlaça et enfouit son nez dans les cheveux de Harriet tout en continuant à lire les documents. C'était tellement… intime. Elle aurait voulu rester là, sur ses genoux, pour l'éternité. Elle l'imagina auprès d'elle dans sa maison, son jardin, tous deux entourés de petits chiens joueurs.

Elle se leva d'un bond, prétextant avoir besoin de papiers oubliés sur le bureau. Les deux mains posées sur la surface irrégulière du meuble, elle respira profondément. Ce n'était pas possible. *Tout simplement.* Elle allait se retourner et lui dire qu'elle ne pouvait pas… que cette intimité… lorsque son Blackberry sonna. Elle l'attrapa et regarda qui l'appelait. Comme ils étaient en Irak, seul un numéro de téléphone apparut. Celui de la fondation. Elle allait devoir parler de Malcolm à son interlocuteur. Elle décrocha.

— Harriet Markowitz à l'appareil, dit-elle.

— Vous n'avez pas envoyé votre rapport hier soir. Je me vois dans l'obligation de résilier notre contrat. Inutile de vous préciser que les vols ont été annulés et remboursés. Les choses sont-elles claires, mademoiselle Markowitz ?

La voix à l'autre bout du fil était glaciale.

Sous le choc, la jeune archéologue sentit une sueur froide remonter du bas de son dos au sommet de son crâne. Elle se laissa tomber sur le lit.

— M. Randolph, le professeur Malcolm Rapson a été assassiné hier soir. Tout l'hôtel était investi par la police. Je ne pouvais…

— Tout cela est bien triste en effet. Mais cela ne justifie en rien l'incompétence lamentable dont vous avez fait preuve en ne fournissant pas ce rapport dans les temps. Vous ne travaillez plus pour nous. Je vous souhaite une très bonne journée.

Il avait déjà raccroché.

— Merde ! s'exclama-t-elle en regardant Matt. Je viens de me faire virer. Apparemment, la mort de Malcolm ne suffit pas à justifier mon retard. On a annulé tous nos vols. Il va falloir que j'en réserve d'autres. Je ne sais même pas s'il faut que j'en prenne un pour Jason. Il faudrait d'abord que je puisse mettre la main sur lui.

— Désolé pour toi, mais au moins, ça nous fait une chose de moins à penser.

Elle lui lança un regard interrogateur.

— Ta mission d'étude. Tu n'es plus obligée de la finir. Tout ce qui m'importe à présent, c'est que tu quittes le pays et que tu rentres aux États-Unis.

Tu nous laisses, David et moi, gérer la situation jusqu'à l'arrivée de mon unité et des officiels de la sécurité, annonça Matt en repliant la carte.

— Pas question. Si je te laisse faire, l'argent n'ira jamais là où il devait aller. Je veux que les gens de ce pays aient un meilleur avenir. Cet argent peut servir à construire des écoles, des puits, et des logements décents. Je ne veux pas que Danny soit mort pour rien. Je n'aime pas ce que je vais dire, mais je ne fais pas confiance au gouvernement, dont les motivations sont avant tout politiques, et pas du tout humaines. Je suis désolée, mais c'est plus fort que moi.

Pourquoi s'obstinait-elle ainsi ? Elle ne comprenait pas pourquoi elle tenait tellement à le faire sortir de ses gonds. Il démarra au quart de tour.

— Je crois que tu ne comprends pas bien ce qui se passe. Tu es tellement butée que tu ne sembles pas avoir conscience du danger. Si mon équipe et moi nous ne mettons pas un terme à cette histoire, tu risques d'être traquée toute ta vie. Est-ce que tu comprends ? Tes proches seront en danger. Inutile de te dire que ce n'est pas de gaieté de cœur que j'insiste pour que tu t'en ailles alors que je voudrais t'avoir à l'œil vingt-quatre heures sur vingt-quatre pour être sûr qu'il ne t'arrive rien. Mais en restant, tu ne me facilites pas le boulot. C'est même plutôt l'inverse.

Il faisait les cent pas dans la petite chambre, comme s'il n'y avait pas assez d'espace pour donner libre cours à sa frustration.

— Ton boulot ? s'exclama-t-elle, malheureusement consciente que le volume de sa voix ne serait pas couvert par le bruit de l'eau. Ton boulot, c'est de t'occuper de Grant, de Mike et de Doug, non ?

— Qui ça ? demanda-t-il en interrompant net ses allées et venues.

— Qu'est-ce que je disais ? Je parle des hommes que tu es censé retrouver. Tu les as déjà oubliés ?

Matt se laissa tomber sur la chaise et se prit la tête entre les mains.

— Merde.

— Peu importe.

Elle se retenait de ne pas le toucher, effrayée de se retrouver trop près de lui. De ce que cela voudrait dire.

— Je ferai tout ce qui est en mon pouvoir pour t'aider à les retrouver, mais pour l'argent, ne compte pas sur moi.

Il leva la tête.

— Le fait que tu sois… ta présence me retourne le cerveau. Je n'arrive pas à faire abstraction de Danny quand tu es là, et j'ai du mal à rester concentré. La nécessité de te protéger me…

— C'est ce que je disais. C'est ton problème. Il faut que tu tires ça au clair. Je ne vais pas rentrer chez moi parce que tu n'arrives pas à faire le tri dans ta tête. On a tous les deux… des trucs à régler, c'est évident, mais ça ne doit pas nous empêcher de faire ce qu'on a à faire, déclara-t-elle d'une manière qu'elle trouva plutôt sensée. Écoute, je dois descendre à la réception pour m'occuper des billets d'avion de Jason et Molly. Pourquoi tu n'en profiterais pas pour réfléchir à un plan qui ne m'oblige pas à quitter le pays ? Et on en reparle autour d'un petit déjeuner.

Il acquiesça silencieusement. Il avait le regard vide, et elle se demanda un instant si elle n'y était pas allée un peu fort.

— Ça va aller ?

Il hocha la tête de nouveau. Elle soupira, un peu exaspérée, et l'abandonna, le laissant s'apitoyer sur… ce qui pouvait le préoccuper. La nuit précédente avait tout simplement été hallucinante, mais il fallait qu'elle en fasse abstraction. En laissant ses pensées ou ses émotions affleurer, elle craignait de ne plus jamais pouvoir les refouler. C'était sa santé mentale qu'il mettait en danger. Et la sérénité de son cœur. Ce cœur qu'elle avait pris soin de verrouiller depuis la mort de Danny. Pas question d'éprouver le moindre sentiment pour qui que ce soit. Ce n'était ni le lieu ni le moment. Elle descendit l'escalier d'un pas lourd en essayant de se rappeler la nature des billets qu'elle avait réservés pour son équipe.

Dans le hall, c'était le chaos complet. Dans un brouhaha insupportable, des gens avec leurs affaires s'efforçaient d'attirer l'attention du réceptionniste ou faisaient la queue devant le téléphone, pendant que d'autres renversaient des bagages pour passer. Elle se rendit compte de ce remue-ménage dès qu'elle posa le pied sur l'avant-dernière marche de l'escalier. À ce moment-là, un homme avec une énorme valise la bouscula pour tenter de rejoindre le hall.

— Désolé, madame, dit-il avec un accent écossais.

— Que se passe-t-il ? s'enquit-elle en s'accrochant à la rampe.

— La police procède à des interrogatoires à la gare. C'est la catastrophe. Apparemment, certains de ceux qui y sont déjà allés ne sont toujours pas revenus. Tout le monde essaie de quitter le pays. Moi y compris. Excusez-moi.

Il se retourna et se fondit dans la foule.

Elle remonta de quelques marches et balaya la foule du regard, espérant apercevoir Molly ou Jason. Ne les voyant pas, elle se fraya un passage entre les différents groupes pour rejoindre le restaurant. Il était vide, en dehors de quelques serveurs qui patientaient autour du buffet en échangeant des propos d'un air anxieux.

Après avoir réussi à traverser le hall en sens inverse, elle s'élança dans l'escalier afin de regagner sa chambre en comptant réquisitionner Matt. Elle se précipita sur la porte, mais des bagages bloquaient l'entrée, et elle réussit à peine à l'entrouvrir et à se faufiler à l'intérieur. Jason était assis sur sa valise de luxe Samsonite tandis que Molly était installée jambes croisées sur le lit. Matt, debout près de la fenêtre, observait la scène à distance.

— C'est l'anarchie totale en bas. Apparemment, la police est sur le point d'arriver, et tout le monde veut se barrer, expliqua Harriet en essayant de passer au milieu des bagages éparpillés sur le sol. Eh bien, dites-moi, j'avais oublié que vous aviez autant de valises.

— Pas tant que ça, mais dans une seule chambre, c'est plus impressionnant, répondit Molly sans se démonter. Et du coup, comment tu vas nous faire sortir d'ici ?

Bonne question en effet.

— Je pense que la meilleure solution est de demander à Mueen de vous conduire à l'aéroport et de voir s'il peut tirer quelques ficelles pour qu'on vous mette dans le premier avion. Inutile d'espérer avoir une ligne extérieure à partir de l'hôtel ou d'aller rendre la chambre à la réception.

Filez sans rien dire, et j'avertirai l'établissement de votre départ un peu plus tard.

— Dans ce cas, je vais descendre attendre Mueen pour le prévenir du changement de programme, déclara Matt, apparemment pressé de quitter la pièce, qui réveillait sa claustrophobie.

— Demande-lui de bien vouloir nous retrouver à l'arrière de l'hôtel. Je n'ai pas envie de retraverser la foule avec tous ces bagages, dit Harriet.

— De plus, je crois que ce n'est pas une bonne idée que l'on vous voie, surtout si la police est sur le point d'arriver.

Jason prit la parole pour la première fois.

— Écoutez, je ne suis pas sûr de vouloir partir. J'ai envie de rester et de donner un coup de main, vous comprenez ?

Un silence s'installa dans la chambre. Molly baissa les yeux, voulant certainement éviter de croiser le moindre regard.

— Je suis désolée, Jason. J'apprécie ton attention, mais tu es sous contrat avec ma compagnie, et j'ai besoin que tu prennes cet avion. Le montant de l'assurance pour couvrir votre voyage ici était astronomique. S'il vous arrivait quoi que ce soit alors que j'aurais pu l'éviter… eh bien, je serais obligée de le payer toute ma vie.

— Je peux te signer une décharge, répliqua-t-il d'une voix froide et résolue.

Ça ne lui ressemblait pas du tout.

Molly leva la tête brusquement.

— Katherine a sans doute besoin d'être assistée maintenant que le professeur n'est plus là, c'est ça ?

— Je ne fais pas ça pour des raisons personnelles, se contenta-t-il de répondre.

— Je ne peux pas t'obliger à prendre cet avion, Jason, mais il faudra effectivement que tu me signes une décharge, tout en sachant que je n'ai pas besoin de tes services. Tu seras payé jusqu'à la fin de la semaine, date à laquelle nous étions censés rentrer.

Venant de Jason, c'était très étrange. Mais après tout, elle ne connaissait pas grand-chose de lui.

— Je te laisse l'écrire, et ensuite, je signerai, dit-il en jouant avec son téléphone portable.

— Est-ce que tu as toujours besoin de ta chambre ?

— Non, ça devrait aller. Je pense m'installer au *Majestic*. Le centre-ville est beaucoup plus vivant.

— OK ? interrogea Harriet en regardant Matt, qui haussa les épaules.

Jason se leva d'un bond, remit son sac en place et tira la poignée rétractable de sa valise.

— C'était génial de bosser pour toi.

— Une seconde, lança Harriet.

Elle prit son dossier de travail et en sortit une liasse d'imprimés d'accords de confidentialité qu'elle avait toujours sur elle au cas où elle aurait besoin d'embaucher des personnes supplémentaires. Elle barra quelques articles et ajouta une ou deux phrases.

— Voilà, tu n'as plus qu'à signer sur les pointillés.

Jason lut le document rapidement et signa.

— Sérieusement, j'ai beaucoup appris. Merci.

— Merci pour ton aide. Peut-être qu'on se recroisera aux États-Unis, répondit Harriet alors qu'il ouvrait la porte.

— Bien sûr, repartit-il d'un ton peu convaincu, avant de disparaître.

Une fois Jason parti, le niveau d'œstrogènes dépassa le seuil de tolérance de Matt. Harriet avait passé un bras autour de Molly pour la réconforter.

— Ne t'inquiète pas. Je demanderai à David de garder un œil sur lui. Il est au *Majestic*, lui aussi. Je vais aller trouver Mueen et lui dire de vous attendre devant la porte de derrière.

Harriet le regarda d'un air peiné, mais il n'avait pas le temps de chercher à comprendre ce qui occupait les deux femmes.

— Ce qui me fait penser qu'il faudra que je vérifie comment il va. Il n'était pas très en forme quand je l'ai quitté hier soir. (Il prit le téléphone satellite de David, son portefeuille, et les clés du SUV.) Je vais emmener Jason là-bas. Surtout, ne quitte pas l'hôtel, tu m'entends ? Tu envoies Molly lorsque Mueen est prêt, mais ne sors pas tant que je ne suis pas revenu, OK ?

— Bien sûr.

Elle paraissait préoccupée, et il aurait aimé la prendre dans ses bras et faire disparaître l'angoisse qui creusait son front. Mais il s'abstint.

Il descendit dans le hall. La plupart des gens rejoignaient l'allée devant l'hôtel en quête d'un taxi. Il trouva Mueen en train de patienter un peu plus bas dans l'allée, de l'autre côté de la route qui menait à l'établissement.

— Est-ce que tu peux conduire Molly à l'aéroport ? demanda-t-il. Harriet lui a dit de t'attendre devant la porte de derrière pour éviter la foule.

D'un geste de la main, il montra les dizaines de personnes qui se bousculaient et poussaient leurs bagages à travers les minuscules portes de l'hôtel.

Mueen se contenta d'un hochement de tête, remonta dans son camion et démarra. Après avoir fait marche arrière, il prit une petite route de service qui menait à l'arrière du bâtiment. Matt devait maintenant s'occuper de Jason. Où était-il passé, bon sang ? Il retourna dans le hall non sans jouer des coudes et le chercha des yeux. *Aucun signe de lui.*

Il n'était pas non plus à l'extérieur. *Tant pis, qu'il se débrouille.*

Matt ramena le SUV au *Majestic* et fit appeler la chambre de David de la réception. *Aucune réponse.* Il regarda sa montre, qui indiquait 9 heures passées. Son ami devait déjà être sorti. MGL Security ne manquait sûrement pas de véhicules blindés noirs et tape-à-l'œil. La dernière fois qu'il s'était retrouvé dans la zone verte à Bagdad, il y en avait plein les rues.

Il décida de traîner dans le hall d'entrée jusqu'à tomber sur quelqu'un ressemblant à un type de chez MGL Security, ou jusqu'à ce que Jason finisse par se pointer. Au moins, Harriet serait rassurée.

Il passa la tête dans le restaurant et jeta un coup d'œil à l'intérieur. David était là, assis à une table, en train d'ingurgiter un petit déjeuner spécial gueule de bois. Sauf qu'il n'avait pas l'air d'être si mal en point que ça. Matt alla s'asseoir en face de lui et prit un toast dans son assiette avant qu'il n'ait le temps de réagir.

— Quoi de neuf, mon vieux ? s'enquit David, en poussant son assiette de toasts vers Matt.

— Et toi ? Tu as pu retrouver ta chambre hier soir ? demanda-t-il assez gentiment, compte tenu qu'il aurait bien aimé l'envoyer balader après son comportement de la veille.

— Yep, je retrouve toujours le chemin, répondit Nitro en affichant un grand sourire. Et toi, tu es bien rentré ?

— Yep, je retrouve toujours le chemin, le singea Matt, surtout quand je conduis une cible ambulante.

— Oh, ouais, je me suis demandé où étaient passés mon téléphone et mes clés, remarqua David en avalant une gorgée de café.

— Le téléphone était éteint, rétorqua Matt, luttant pour garder son calme.

— Oh, ne t'énerve pas. Je voulais passer un peu de temps à picoler avec mon pote.

Soudain, Matt se méfia. Il ne croyait plus que David couvrait ses arrières, et ne pouvait plus douter que son ami était impliqué d'une façon ou d'une autre dans toute cette histoire. Une sensation de trahison vint le frapper à l'estomac. Ils étaient frères… plus proches que des frères de sang, et l'idée que David soit mêlé à ce dont il essayait de protéger la femme de Danny était… incompréhensible, en même temps que tout l'inverse. Il pouvait en effet admettre l'alcoolisme de David et son besoin de mener l'existence dont il avait rêvé, à se soûler à volonté et à faire joujou avec toutes les armes qu'il voulait. Certains anciens militaires adoraient la vie qu'offraient les sociétés de sécurité privées parce qu'on pouvait continuer à être soldat sans la contrainte des règles de l'armée et en touchant des salaires astronomiques. Mais il ne s'attendait pas à ça de la part de David. Sans doute s'était-il trompé sur son compte. Difficile de résister à la tentation. Matt luttait pour que son visage ne trahisse pas ses pensées, pour ne pas dévoiler son jeu. *« Soyez proches de vos amis, et plus encore de vos ennemis. »*

— Je garde ta voiture, mon vieux. Considère que tu l'as perdue en t'effondrant le premier hier soir.

Il essaya de sourire, mais dut dissimuler cette tentative pour le moins maladroite en buvant une gorgée de café de la tasse de David.

— T'inquiète. On a déjà prévu de m'en fournir une autre ce matin.

Matt était partagé entre son désir d'aller retrouver Harriet et celui de découvrir les motivations de David. Il leva la main pour appeler un serveur et commanda des œufs, des toasts et un café, en se faisant un point d'honneur de les faire inscrire sur la note de David.

— Ça m'est égal, dit celui-ci en s'esclaffant. Je suis pété de thunes. C'est quoi, ton programme aujourd'hui ?

— Rien de spécial. Je dois juste mettre des archéologues sur le premier vol en partance, répondit-il en observant la réaction de David.

Ce dernier eut l'air soulagé.

— Très bien, commenta-t-il en poussant un profond soupir et en posant sa fourchette. Très, très bien. Ça m'inquiétait de la savoir là. C'est parfait. Tout se goupille… (Il s'interrompit et secoua la tête.) Enfin, c'est plus sûr pour elle, non ? Ça nous enlève un poids.

Matt se contenta de hocher la tête et, en voyant David rougir légèrement, il se rendit compte à quel point son compagnon était pâle.

Une femme s'approcha de leur table. Elle avait une trentaine d'années, de longs cheveux noirs tressés, et une silhouette très athlétique. Elle se glissa sur la banquette à côté de David, qui continua à manger.

— Matt, Maggie. Maggs, Matt.

Matt s'essuya les mains sur sa serviette et tendit le bras pour lui serrer la main. Sa poignée était ferme et sa paume, sèche.

— Tu bosses aussi pour MGL ? demanda-t-il.

— Yep, répondit-elle en attirant l'attention d'un serveur. Et je suppose que tu es son pote de l'EOD, c'est ça ?

Elle le jaugea tout en parlant, avec un fort accent londonien.

— Britannique ? questionna-t-il.

Elle eut un large sourire.

— Ça dépend des jours, dit-elle avec un accent du sud des États-Unis plus que convaincant.

David se mit à rire.

— Ex du renseignement militaire britannique, dit-il. Recrue de choix pour MGL, tu peux me croire.

Maggie ignora le compliment.

— Les services secrets ? Pourquoi as-tu décidé de partir ? Je croyais qu'on pouvait y faire toute sa carrière.

— Je te retourne la question, répliqua-t-elle. D'après David, tu faisais partie d'une troupe d'élite, tu étais un expert dans ton domaine. Et pour faire quoi, maintenant ? Déterrer des cadavres ?

Un éclair de fureur le traversa. Elle tentait de détourner la conversation, mais il ne mordit pas à l'hameçon.

— Et tu es passée au privé parce que… une mission a foiré ? lâcha-t-il. Ou parce que vous avez tué quelqu'un par erreur ?

Elle perdit son air moqueur d'un seul coup.

— Oh, j'ai touché juste ! C'était un de vos collègues ? Fais gaffe à tes fesses, David, insista Matt, incapable de résister.

Lui aussi pouvait jouer à ce petit jeu. Dans quelle branche du renseignement avait-elle bossé ? Pouvait-elle représenter un danger ?

— Ne la cherche pas, Matt. Elle n'est pas aussi sympa quand elle a une dent contre toi.

— T'inquiète, je lui renvoie juste le venin qu'elle vient de me balancer à la gueule, histoire de voir ce qu'elle a dans le ventre. (Il adressa à Maggie un grand sourire.) Sans rancune, Maggs ?

Il avait repris sciemment le diminutif qu'avait utilisé David. *Putain.* Il fallait qu'il se barre de là. Ce n'était pas le moment de se faire des ennemis. Il avait besoin de toute l'aide possible.

Elle haussa les yeux au ciel.

— OK, je dois filer. (Il s'essuya la bouche avec la serviette et se leva.) Vous avez prévu un truc sympa pour la journée ?

David lança un bref coup d'œil à Maggie, mais elle ne se rendit compte de rien, contrairement à Matt. Comme s'il essayait de le mettre en garde.

— On va juste patrouiller un peu, rien de très excitant. On se voit plus tard ?

— Bien sûr. Merci pour le petit déjeuner. Maggie, ravi d'avoir fait ta connaissance.

Il tendit une main conciliante, qu'elle fit mine d'accepter, avant de changer d'avis et de prendre sa tasse de café, le regard vide.

Okaaaay.

Chapitre 19

Mueen revint à l'hôtel avant Matt. Préférant ne pas risquer de voir la police embarquer Harriet, il proposa à la jeune femme de l'emmener sans plus attendre sur le site. Si quelque chose devait arriver, ils pourraient toujours se réfugier chez le cheik. Harriet dissimula le cartable de Malcolm sous son lit, laissa un mot à Matt pour lui dire de la retrouver sur le chantier de fouilles, et monta dans le camion.

— Vous êtes sûre de ne pas vouloir rentrer avec Molly ? interrogea Mueen. Je crains que tout ça ne tourne mal.

— Tu ne vas pas t'y mettre, toi aussi ! soupira-t-elle. Je veux terminer cette mission, rédiger le compte-rendu, et…

Veiller surtout à ce que les millions de dollars arrivent dans les mains des bonnes personnes. Elle se fichait d'avoir été virée, mais tenait à rédiger ce rapport au cas où un futur client le lui demanderait. Puis, d'un seul coup, elle réagit. Elle se souvenait des suppositions de Malcolm.

De sa première hypothèse, surtout. D'après lui, l'objet de toutes les convoitises n'était peut-être pas l'argent, mais une arme, ou un missile, voire une bombe atomique. Un frisson lui parcourut le corps. Comment avait-elle pu oublier d'en parler à Matt ? Elle regretta soudain de ne pas l'avoir attendu à l'hôtel.

— Ce que vous me cachez ne vaut sûrement pas la peine de risquer votre vie, vous pouvez me faire confiance, dit Mueen avec cet accent si particulier, auquel elle avait fini par s'habituer.

Elle resta silencieuse. Elle ignorait quoi lui raconter. Elle avait peur. Enfin, c'est ce qu'elle se disait. Après la mort de Danny, elle n'était plus sûre de savoir ce qu'était cette sensation. Pourtant, ce nœud à l'estomac qui lui coupait l'appétit et lui courbait le dos – à moins qu'elle ne souffre de constipation –, y ressemblait à s'y méprendre. Les seuls moments où elle oubliait cette sensation, c'était dans les bras de Matt.

— Comment se porte Ain ? s'enquit-elle.

Le visage de Mueen s'éclaira.

— Elle prépare son nid pour l'arrivée du bébé, on dirait. Elle nettoie la maison de fond en comble et déplace tous les meubles. C'est un mystère pour moi. Mais elle a l'air heureuse.

— Je crois que c'est normal quand on va avoir un enfant, répondit-elle. C'est hormonal.

Enfin, c'est ce que qu'elle avait entendu dire. Personne dans son entourage n'avait eu de bébé. Elle se rendit compte que son existence n'était pas très normale. Sa meilleure amie, Sadie, bossait pour le gouvernement et n'en parlait jamais. Et il y avait Molly. Mais depuis des années, elle n'avait jamais été proche de qui que ce soit. Pas de mariages, pas de fêtes prénatales. Sa vie était-elle bien réelle ? À part le boulot et… quoi d'autre ? Les rencontres d'un soir qui, par définition, ne signifiaient rien ? Elle secoua la tête. Elle repenserait à tout ça lorsqu'elle serait rentrée chez elle. Seule.

Ils arrivèrent sur le site, et tandis qu'ils s'approchaient de la caravane, elle regarda les dunes. Y avait-il vraiment trois soldats sous ce sable ? Une vague de chagrin s'abattit sur elle lorsqu'elle songea à leurs familles, ou à leurs femmes et leurs enfants, peut-être. Elle frissonna malgré l'air sec et brûlant.

— Mademoiselle Harriet ? Avez-vous donné la permission de creuser à quelqu'un ?

Elle s'était retournée pour chercher son sac sur la banquette arrière.

— Non. Moi-même, je n'ai même pas l'autorisation de creuser. Pourquoi ?

Elle se redressa et vit au loin deux silhouettes toutes de noir vêtues. Impossible à cette distance de distinguer le moindre trait ou leur taille. Difficile d'évaluer correctement les proportions quand on est dans le désert.

— Peut-être que ces gens ne font que passer ? dit-elle. Seuls les drapeaux marquent le site. Comme on ne fait pas vraiment de fouilles, on n'a pas jugé nécessaire de poser un panneau « Défense d'entrer. »

Mueen alla prendre sa position habituelle sur le toit de la caravane.

— Je vais les surveiller de près.

— Merci.

Harriet ouvrit son portable et chargea le programme de traitement des données géoradar qu'elle avait utilisé la veille. Avec tout ce qui s'était passé, elle avait l'impression qu'une semaine entière s'était écoulée. Mais non, c'était bien la veille que Molly et Jason avaient découvert la zone de vide.

Elle relia les différents points de façon plus précise sur l'ordinateur, puis rechercha les cartes qu'elle avait marquées rapidement la veille. En général, elles étaient rangées dans l'étui de l'ordinateur, mais elles avaient disparu. *Hein ?*

Ce n'était pas possible. Elles étaient contre l'ordinateur. Elle se laissa tomber sur la glacière en essayant de trouver une explication. Le seul moment où elles auraient pu disparaître était lorsqu'elle dînait avec Malcolm.

Prise un instant de panique, elle imagina ce qui lui serait arrivé si elle avait dû retourner dans sa chambre chercher quelque chose qu'elle avait oublié pendant que le voleur s'emparait des cartes. Elle aurait pu être tuée, elle aussi. Elle songea à Molly. Dieu merci, elle était loin d'ici.

Harriet leva la tête et observa Mueen, qui regardait à travers une sorte de longue-vue.

— Tu vois quelque chose ?

— Ils ne sont pas irakiens, répondit-il simplement.

— Comment le sais-tu ?

Elle se redressa et regarda au loin.

— À part dans les films américains, personne ne s'habille comme ça dans le désert. Dans *La Momie* ou *Sahara*, peut-être. Mais, pas ici.

Harriet retint un éclat de rire. Que des Occidentaux s'habillent comme dans les productions hollywoodiennes était hilarant. Mais, alors que ses dents s'entrechoquaient sous l'effet du rire, elle redouta de basculer dans l'hystérie.

— Rentrez dans la caravane et ne bougez pas tant que je ne viens pas vous chercher.

Il était aussi autoritaire que Matt. Pourtant, elle obtempéra sans mot dire.

Elle passa plusieurs minutes à se ronger les ongles, accroupie sous une fenêtre. Un flot d'adrénaline étrange la submergea, différent de celui qui l'avait assaillie lorsqu'elle avait descendu de nuit l'Amazone en canoë ou était passée d'un col à un autre dans les Alpes, suspendue à une corde.

À cette poussée d'adrénaline s'ajoutait une sensation nouvelle, une sorte de fourmillement au creux de l'estomac… Elle secoua la tête. C'était une impression inconnue, peut-être, mais qui lui donnait envie de s'enfuir. Pourtant, elle n'avait jamais tourné bride devant l'adversité ni le danger.

Elle jeta un coup d'œil à la grande glacière bleue qui servait de réserve d'eau fraîche ou de fauteuil improvisé. Elle pourrait sûrement réussir à s'y dissimuler en cas de nécessité. Elle risquait d'être déformée à vie, mais c'était sans doute possible.

Mueen entra brusquement dans la caravane.

— Je vous conduis chez Son Altesse. C'est le seul endroit où je pourrai vous protéger. Les deux intrus sont armés et ils ont une carte à la main. Ils recherchent quelque chose et sont prêts à ouvrir le feu pour l'obtenir.

Un froid glacial l'envahit. Jusque-là, elle avait toujours fait confiance à Mueen, mais c'était la première fois qu'il lui proposait de l'emmener chez le cheik. Ou n'importe où d'ailleurs, sans personne d'autre. Elle lutta pour ne pas laisser transparaître les doutes qui l'agitaient.

— Non… non. Il vaut mieux attendre ici que Matt nous rejoigne. Au moins, il saura où nous sommes.

— Nous devons partir tout de suite. J'insiste. Si je ne me trompe pas, l'une de ces personnes est Matt.

Il prononça son nom d'un ton dur, qu'elle n'avait jamais entendu dans la bouche de cet homme d'ordinaire si bon. Elle était terrifiée.

Soudain, il aboya une phrase en arabe dans une radio qu'elle n'avait encore jamais vue. Elle était tétanisée par le tour que prenaient les événements et se dit qu'elle serait peut-être davantage en sécurité avec ces deux hommes au loin. Elle serra les poings en évaluant le temps qu'il lui faudrait pour sortir de la caravane.

À l'extérieur, le bruit d'un moteur diesel la fit se lever d'un bond.

— Il est là. C'est bon.

Avant que Mueen ne puisse réagir, elle ouvrit brusquement la porte. Ce fut comme si elle avait déclenché une explosion. De puissantes détonations surgirent du SUV qui venait de se garer. Était-ce David ? Elle se recroquevilla, tête baissée, tandis que la porte se refermait derrière elle. *Merde.*

— Bon Dieu, retourne dans la caravane ! hurla Matt du véhicule.

Elle secoua la tête. Pas moyen qu'elle se retrouve seule à l'intérieur.

Matt ouvrit brusquement la portière et sauta au sol, en l'attrapant au passage par la veste pour la pousser à l'abri derrière la voiture.

— Elle est blindée.

Elle eut l'impression que sa colonne vertébrale se liquéfiait lorsque les tirs commencèrent à fuser autour d'eux. C'était comme dans un film. Qui pouvaient être ces hommes ? Avaient-ils un quelconque lien avec Mueen ? Le bruit était trop assourdissant pour qu'elle puisse tenter de rassembler les pièces du puzzle. Ensuite, elle sentit comme une brûlure lui traverser la peau, comme si elle venait de toucher un fer à repasser chauffé au rouge.

Nom de Dieu ! Pourquoi n'était-elle pas restée sans bouger comme il le lui avait demandé ? Il ne savait pas exactement ce que les deux hommes visaient avant qu'ils ne vident littéralement leurs chargeurs sur l'un des flancs de la voiture.

Des amateurs.

Matt se servit de la portière comme bouclier. Les deux individus étaient trop loin et, vu la portée de leurs tirs, ils étaient mieux équipés que lui. Cela dit, ils tenaient leurs armes à hauteur de taille. Seuls les voyous tiraient de cette façon, à l'aveugle.

Matt s'attaqua d'abord à l'homme à gauche, sans faire mouche. Il prit le temps de viser soigneusement, les battements de son cœur ralentissant au même rythme que sa respiration. Lorsqu'il tira une seconde salve, sa cible tomba à genoux et fit profil bas. Visiblement, c'était moins amusant de vider son chargeur quand on se faisait tirer dessus.

— Il y a des gens avec toi ? cria-t-il à Harriet.

Pas de réponse.

Il se baissa et regarda autour de lui. Elle avait la tête tournée vers la caravane. Il devait y avoir quelqu'un à l'intérieur.

— Va les chercher et fais-les monter dans la voiture. Ces enfoirés tirent à ras de terre, fais attention. Je n'ai pas envie qu'une balle passe sous le véhicule et t'atteigne, OK ?

Elle hocha la tête.

— À trois, je te couvre. OK ?

Merde, qu'est-ce qui lui arrivait ? On aurait dit qu'elle avait vu un fantôme.

Elle hocha la tête une nouvelle fois, étrangement passive, comme absente. *Pourvu qu'elle ne soit pas en état de choc.*

— Allez, Harry. J'ai besoin de toi.

— À trois, répondit-elle d'une voix fluette, recouvrant enfin la parole.

Là, il la retrouvait.

— Un, deux… trois.

Il se redressa d'un coup et se mit à tirer sur les deux assaillants pour les empêcher d'avancer. En même temps, s'ils pouvaient se rapprocher, il aurait peut-être une chance de les toucher. Que David et l'arme de merde qu'il lui avait passée aillent au diable !

Il entendit claquer la porte de la caravane, et, un instant plus tard, il aperçut Harriet en sortir, suivie de Mueen.

— Montez dans la voiture ! hurla-t-il.

Mueen ouvrit la portière arrière et poussa littéralement Harriet sur la banquette. Matt bondit derrière le volant et fit vrombir le moteur. Il enfonça l'accélérateur et les roues s'emballèrent, projetant des gerbes de sable sur la caravane.

— Par là, dit Mueen, en tendant la main entre les deux sièges avant.

Ce n'était pas un chemin que Matt connaissait, mais il faisait confiance au garde pour les diriger sans encombre dans le désert.

Tandis qu'ils filaient à la perpendiculaire des tireurs, Matt tira deux derniers coups, pour le plaisir. Plaisir redoublé lorsque l'homme de droite se retourna, bras tendus, sous l'impact de la balle. *Bingo !*

Matt et ses passagers furent rapidement hors de portée. Son cerveau était en ébullition maintenant qu'ils étaient hors de danger. Qui étaient ces types ? Et qui leur avait donné l'ordre de déloger Mueen et Harriet ? Ou avaient-ils commencé à tirer seulement lorsqu'il était arrivé ? Il ne s'en souvenait plus. Voilà qui mettrait au moins un terme aux subterfuges, aux micros et aux fouilles. Les hostilités étaient ouvertes. Ce qui ne le dérangeait pas vraiment. Il était toujours plus efficace lorsqu'il savait contre qui il se battait.

— OK, je vous ramène à l'hôtel. Il faut qu'on découvre qui sont ces hommes et comment nous pouvons sécuriser le site.

— J'ai peur que ça ne soit pas possible, répondit Mueen, d'une voix douce, inversement proportionnelle à la dureté du pistolet qu'il pointait sur la nuque de Matt.

— Qu'est-ce que…, balbutia Matt. Harriet ? Harriet, tu vas bien ?

Il essaya de regarder dans le rétroviseur, mais ne la voyant pas, il voulut se retourner. Mueen accentua la pression de son arme.

— Ne me tente pas, lança Mueen. Ça me démange depuis le jour où tu es arrivé.

Matt ne l'avait jamais vu aussi énervé et se demandait qui était cet homme qu'il ne parvenait pas à cerner. Mueen cachait bien son jeu !

— Pourquoi ? dit-il. Qu'est-ce que je t'ai fait ?

Mueen laissa échapper un rire dénué de toute trace d'humour. Dans le rétroviseur, Matt le vit essuyer des larmes. *Oh, merde!* Ça n'annonçait rien de bon.

— Je m'inquiète pour Harriet. Est-ce qu'elle va bien ?

— Elle a été touchée. Je pense qu'elle est en état de choc.

— Quoi ? Espèce de salaud ! Espèce de…, fulmina Matt.

Il frappa du poing le volant, et nom de Dieu, s'il avait pu tuer Mueen à mains nues, ça l'aurait soulagé ! Il écrasa la pédale de frein. Il avait besoin de respirer. Besoin de la voir. *Oh, mon Dieu, faites qu'elle s'en sorte.* Il voulait se retourner, mais redoutait ce qu'il allait voir. Si elle mourait… s'il n'avait pas réussi à la protéger, à garantir sa sécurité… La colère et l'angoisse lui montaient à la tête, et son cerveau, assailli par un flot d'émotions irrépressible, était au bord de l'explosion.

Il sentit une nouvelle pression de l'arme sur son cou.

— Je te conseille de continuer. Plus vite nous rejoindrons la maison du cheik, plus vite nous pourrons l'aider.

Déchiré entre le désir de ne plus bouger et celui d'obéir, Matt appuya sur l'accélérateur.

Harriet avait besoin d'aide, c'était une question de vie ou de mort.

— Il nous faut combien de temps pour y arriver ?

Il regarda dans le rétroviseur et vit que la sécurité du revolver était enclenchée. C'était bon signe. Il était prêt à se raccrocher à n'importe quoi pour garder espoir.

— Tourne à droite, répondit Mueen.

Au milieu de la route couverte de sable, il vit un poteau assez grossier pointant la direction qu'ils prenaient. Si seulement il avait pu comprendre ce qui était écrit.

Chapitre 20

Lorsque Harriet se réveilla, elle prit conscience de plusieurs choses en même temps. Elle ignorait totalement où elle se trouvait et une douleur aiguë lui déchirait le bras. Elle tenta de se lever du lit, mais elle ressentit une telle souffrance lorsqu'elle voulut plier le bras, que son cerveau mit un certain temps à enregistrer l'information. Lorsqu'il le fit, tout se mit à tourner dans la chambre inconnue où on l'avait transportée.

Le malaise disparu, elle put observer ce qui l'entourait. Elle était allongée sur un lit bas en bois. Les draps blancs étaient frais au toucher, non parce qu'ils étaient neufs, mais plutôt parce qu'ils avaient été lavés à de nombreuses reprises.

La fusillade. Oui, voilà. Mueen l'avait poussée dans la voiture de Matt en la menaçant pratiquement de son arme. *Oh, mon Dieu, Matt!* Que lui avait fait Mueen ? Elle se souvenait d'être allongée sur la banquette arrière et d'avoir entendu l'écho d'une détonation autour de leur véhicule. Son cœur se serra d'une angoisse épouvantable.

Agrippée aux draps et tête baissée, elle ne s'était jamais sentie aussi faible. Des sanglots sans larmes secouèrent soudain son corps, et son âme s'effondra, aspirée par la poussière du plancher. Il était mort à cause d'elle. À cause de son entêtement à rester en Irak, entre autres parce qu'elle savait qu'il ne l'abandonnerait jamais seule dans ce pays. C'était de l'égoïsme. Elle avait mis la vie de Matt en danger comme s'il s'était agi de la sienne. Mourir n'avait jamais eu aucune importance pour elle, mais à présent…

Elle relâcha les draps et posa tout doucement les doigts sur sa blessure qui, à travers le pansement, avait une couleur rose. Lorsqu'elle accentua légèrement la pression de sa main, un vague de nausée la saisit. Elle appuya encore, un peu plus fort cette fois, et la douleur l'emporta, incandescente et diffuse. Il n'y avait plus de pensée, plus d'inquiétude ni de chagrin. Juste cette souffrance, à la fois magnifique et étourdissante.

La porte de la chambre s'ouvrit brusquement.

— Harriet ! Qu'est-ce que tu… Arrête ça tout de suite ! Tu te fais du mal !

On s'empara de sa main pour la retirer du pansement.

— Molly ? soupira-t-elle. C'est sûrement un rêve… (elle retomba sur l'oreiller) ou un cauchemar…

Lorsqu'elle rouvrit les paupières, Molly était assise à côté du lit et la regardait d'un air préoccupé.

— Ça va mieux ? demanda-t-elle en pressant un linge humide et frais sur son front.

— J'ai rêvé que…

Elle posa les yeux sur son bras mais, assaillie derechef par le chagrin, les referma aussitôt.

— Ce n'était pas un rêve, ma chérie. On t'a vraiment tiré dessus. Enfin, une balle a ricoché. Mais tu es tirée d'affaire. Mueen dit que…

— Non ! chuchota-t-elle alors qu'elle aurait voulu crier. Il nous a menacés de son arme. Matt…

Des larmes se mirent à couler le long de son visage, qu'elle détourna.

— Je sais, ma chérie. Je sais. Mais ne t'inquiète pas…

Le cerveau de Harriet enregistra à peine ces mots. Rien n'allait plus. On lui avait tiré dessus en Irak. Le pays où Danny était mort. Où Matt était mort. Molly était dans l'avion qui la ramenait chez elle. Elle ne pouvait pas être ici. En même temps, Harriet ne savait pas où était cet « ici ». Cela faisait beaucoup trop. Elle n'en pouvait plus. Elle aurait voulu disparaître. Faire comme si elle n'avait jamais existé. Elle respira profondément.

Elle était de nouveau dans la voiture mais cette fois, elle voyait ce qui se passait. Matt tirait par la fenêtre. Elle essayait de dire quelque chose, mais le bruit était tellement assourdissant, et Mueen pointait le canon de son arme contre son ventre. Puis, il le braquait sur la nuque de Matt et pressait la détente. Dans l'odeur de poudre à canon et le bruit impressionnant de la détonation, elle voyait Matt disparaître dans une brume rose et légère.

Elle hurlait. « Matt. Matt. Où es-tu ? Où es-tu parti ? Matt ! »

Harriet se redressa d'un seul coup sur le lit, réveillée en sursaut et le cœur battant la chamade. Molly était assise à son chevet, les yeux écarquillés.

— Tout va bien, dit-elle d'une voix douce.

Pourtant, derrière la porte, Harriet entendit une autre voix lui répondre.

— Harry ? Harry ?

— Matt ? murmura-t-elle.

Molly fronça les sourcils.

— Il n'a pas le droit d'entrer. Seules les femmes sont autorisées à...

Cela faisait des heures qu'il attendait ce foutu cheik. Il n'avait pas le droit de voir Harriet. On l'avait simplement rassuré sur son état. Molly, dont le vol avait été annulé, avait été capturée elle aussi, et veillait sur la jeune femme. Il ne savait que penser de la situation mais, d'expérience, il savait qu'il devait rester calme et ne pas quitter les êtres qui lui étaient chers, ou du moins éviter le plus possible de s'éloigner d'eux.

En toute honnêteté, personne ici ne semblait vouloir leur faire de mal, mais il avait vu tellement de visages souriants et apparemment sympathiques regarder passer les véhicules militaires américains pour ensuite les faire exploser après y avoir posé des bombes artisanales, qu'il demeurait sur ses gardes.

Et pour couronner ce merdier monumental, il n'avait trouvé aucun impact de balles sur le SUV. Pas une seule égratignure. C'était incompréhensible. L'homme de droite, celui qui leur tirait dessus, n'avait pu rater la voiture. Avec le nombre de balles qu'il leur avait balancées, la carrosserie aurait dû ressembler à une passoire. *Mais non. Rien. Rien du tout.*

Pourtant, l'autre tireur avait tellement mitraillé la caravane qu'elle n'avait plus besoin d'être climatisée.

Alors, face à l'incertitude de la situation, il faisait les cent pas. Il allait et venait depuis plus d'une heure sous le regard vigilant de Mueen. Pas moyen qu'il lui adresse la parole, nom de Dieu. L'homme pouvait bien continuer à le regarder pendant des heures s'il le fallait. Avec un peu de chance, il crèverait d'ennui.

Au bout d'un certain temps, Matt s'assit. Au plus profond de lui, il sentait que Harriet avait besoin de lui, mais il n'était pas autorisé à la voir. Il couvrit son visage de ses mains et essaya de démêler les événements de ces derniers jours.

C'est à ce moment-là qu'il entendit ses cris. Elle l'appelait. Il passa instinctivement en pilote automatique. Il allait la trouver, quoi qu'il arrive. Il tuerait ou écorcherait vif quiconque oserait s'interposer.

Rien ne pourrait les séparer. Au diable toutes ces règles de séparation des sexes. Il se leva brusquement du sac de grains de café sur lequel il était installé et s'avança vers Mueen.

— Ne m'oblige pas à te faire de mal, je vais la retrouver. Tu peux essayer de m'en empêcher si tu veux, mais ça ne sera pas beau à voir. Toi non plus, d'ailleurs.

Il serra les poings, prêt à donner une raclée à cet enfoiré s'il le fallait. Contre toute attente, un petit rictus apparut sur les lèvres de son ravisseur et il le laissa passer, une lueur amusée dans les yeux.

Matt traversa en courant le couloir qui conduisait aux quartiers des femmes. À l'extrémité se trouvaient deux gardes assis à une table, en train de jouer aux cartes pour des allumettes. Ils se levèrent dès qu'ils l'aperçurent. L'un des deux sortit un couteau. *Enfin, un truc qui ressemblait plus à une faucille.* Voilà pourquoi Mueen l'avait laissé passer aussi facilement. *Quel idiot!*

Matt savait combien la vertu des femmes était sacrée dans ce pays. Pour autant, il n'allait pas laisser un homme armé d'une serpette ridicule l'empêcher de voir Harriet. L'autre garde essaya de lui balancer un coup de poing, mais Matt l'esquiva aisément et lui décocha un uppercut violent au plexus solaire. Le souffle coupé, son adversaire s'effondra sur sa chaise. Cet homme manquait vraiment d'entraînement.

Son acolyte au couteau afficha un grand sourire, qui dévoila les trois dents qui semblaient lui rester. S'il ne passait pas à l'attaque dans trois secondes, Matt le démolirait. Au bout de deux secondes, l'homme s'avança vers lui en pas chassés, battant l'air de son couteau. *Un vrai mousquetaire d'opérette!*

Matt aurait adoré dégainer un flingue et le descendre, mais on l'avait dépouillé de toutes ses armes à son arrivée. Il n'avait pas protesté, de peur de retarder les soins nécessaires à Harriet.

Alors il s'élança sur son assaillant et repoussa violemment sa main. Lorsque le couteau valdingua sur le sol, Matt assena un coup de poing dans la mâchoire de son ennemi. À l'entraînement au combat à mains nues, on appelait ça un « coup de grâce. » C'était imparable. Il sentit une main sur son épaule, et, quand il se retourna, Mueen lui décochait un coup de poing dans la figure. Pas assez puissant cependant pour l'étourdir. Il en profita pour se retourner et lui balayer les jambes pour le faire tomber. Dans sa chute, la tête de Mueen vint percuter le mur, et il s'affala sur le sol.

Matt se précipita en direction de la chambre de Harriet et enfonça la porte.

Chapitre 21

Harriet avait les yeux rivés sur la porte. De l'autre côté lui parvenaient des bruits de coups et de chutes. Des grognements. Soudain, le battant s'ouvrit violemment en frappant le mur. C'était Matt. Debout dans l'embrasure, un filet de sang sur le visage.

Elle sentit son regard s'embuer et sa vision se troubler.

— Tu es vivant ? s'exclama-t-elle.

Oubliant sa douleur, elle sauta du lit et se jeta dans ses bras. Il l'enveloppa de son corps puissant, et elle se sentit en sécurité. À sa place.

— Et comment. (Il recula d'un pas pour la regarder dans les yeux.) Pourquoi croyais-tu que j'étais mort ?

— À cause de Mueen. Il avait son arme pointée sur ta nuque. C'est tout ce que je pouvais me rappeler… (Sans compter le cauchemar dans lequel Matt éclatait en mille morceaux.) Je crois que j'ai rêvé. Il te tirait dessus et tu explosais.

Sa lèvre inférieure se mit à trembler malgré elle. Ce n'était qu'un rêve. Elle revoyait la « jolie brume rose », celle qui enveloppait Danny lorsqu'il explosait, celle qui, selon les soldats démineurs, surgissait toujours lorsqu'un homme sautait sur une bombe. Et maintenant, dans ses rêves, c'était Matt qui, tout comme Danny, se désintégrait à son tour.

— Oh, mon cœur. Tout va bien…

Il la reprit dans ses bras et elle se blottit contre lui, la tête sur son torse.

Molly sortit discrètement de la chambre en refermant la porte derrière elle.

— Comment te sens-tu ? s'enquit-il, en repoussant légèrement Harriet pour l'observer avec attention.

Il remarqua le pansement blanc rudimentaire qui couvrait sa blessure.

— Je crois que tu as été touchée par une balle qui a ricoché contre la paroi de la caravane, expliqua-t-il en caressant doucement le pansement.

— Et Mueen ? demanda Harriet en reniflant. Il m'a menacée de son arme.

Elle ne commandait plus son corps, tant il était engourdi. Son bras était devenu insensible. Elle avait failli mourir. Et cette pensée était insoutenable. Pour la première fois depuis des années, elle frémit d'angoisse à l'idée d'avoir frôlé la mort. Cette sensation de peur était tellement violente, qu'elle était incapable de l'analyser.

— Ouais. Moi aussi. Mais je crois que je l'ai cogné assez fort, annonça Matt d'une voix pleine de fierté.

Elle esquissa un sourire.

— Très bien. Que s'est-il passé ? Où sommes-nous ?

— Dans la maison du cheik. (Matt regarda autour de lui et haussa les épaules.) Enfin, il me semble.

— C'est bien, je crois. Au moins, il m'a sauvée des mains de la police, hier soir. (Harriet fut soudain prise d'un bâillement irrépressible.) Mon Dieu, j'ai tellement sommeil.

— Allonge-toi, lui dit Matt d'une voix douce. On reparlera de tout ça à ton réveil.

— Tu restes là ? demanda-t-elle, les paupières déjà presque closes.

Quand il acquiesça d'un signe de tête, elle se glissa sous les couvertures. Matt était là. Tout allait bien. Matt et Molly allaient bien. Elle était en vie…

Elle ne voulait plus bouger. *Rester ici. Au chaud, à l'abri de tout… Pour toujours. Sauf que… non.* Harriet se réveilla en sursaut. Non, elle n'avait pas rêvé.

Enfin, pas totalement. La tête de Matt reposait sur l'oreiller près de la sienne, mais il était tout habillé et sur les couvertures. Apparemment, elle s'était arrangée pour se blottir sous son bras et dormir contre lui. Elle prit une longue inspiration, s'enivrant de l'odeur de savon de sa peau.

Complètement éveillée, elle se redressa sur son coude valide. Son autre bras était encore engourdi par la douleur. *Merde !* Elle remarqua les traces de sang sur le visage de Matt. Elle avait oublié qu'il saignait lorsqu'il avait surgi dans sa chambre. Elle ne pensait qu'à elle, bon sang ! *Quelle égoïste !* Elle regarda autour d'elle dans la chambre, mais ne vit rien pouvant servir à nettoyer la blessure.

Elle baissa les yeux sur Matt. Qu'allait-elle bien pouvoir faire de lui ? Leur histoire avait commencé comme un jeu, une manière de se distraire. Mais Harriet n'était pas prête à recommencer. Elle ne pouvait se permettre ce genre d'intimité. L'angoisse affreuse qui l'avait envahie lorsqu'elle l'avait cru mort ressemblait trop à celle qui l'avait saisie au décès de Danny. *Ce vide atroce à l'intérieur. Un abîme de terreur.* Elle ne voulait plus jamais revivre ça. Pourtant, ce qu'elle avait ressenti en le pensant mort était tout aussi intense et, malgré tous ses efforts pour se protéger, Matt avait réussi à toucher son cœur. Elle redoutait cette douleur autant qu'elle redoutait qu'on lui tire dessus.

Elle songea à la dernière fois où ils s'étaient retrouvés dans le même lit… pas plus tard que la veille. Il s'était passé tellement de choses depuis ! Elle aurait dû rester sur ses gardes, c'était bien trop dangereux. Elle ne pouvait se permettre ce genre d'intimité, si naturelle soit-elle. Après Danny, il était impensable d'envisager une nouvelle relation avec un militaire, surtout s'il côtoyait le danger. Ce n'était plus possible. Elle ne pourrait jamais supporter de perdre de nouveau un être aimé. C'était au-dessus de ses forces.

Elle s'extirpa de l'étreinte de Matt, se leva, et recula lentement.

— Qu'est-ce qui ne va pas ? demanda-t-il. On dirait que tu as vu un fantôme.

— Je… quoi ? Non, rien. Tu saignes, observa-t-elle en attrapant un coin de drap.

Elle tira dessus en vain et, comme Matt ne semblait pas vouloir bouger, elle haussa les épaules et le laissa retomber.

— Je sais. Ton ami Mueen m'a frappé.

Elle s'assit sur le lit.

— Que se passe-t-il ? Comment Molly est-elle venue jusqu'ici ? Est-ce qu'elle est avec Mueen ?

Un frisson glacé la traversa, et elle s'emmitoufla dans une couverture. Tous ceux qu'elle connaissait paraissaient évoluer en eaux troubles. *Sauf Matt.* Qui désormais formait une nouvelle catégorie à lui seul. Il fallait qu'elle prenne ses distances. Elle n'avait pas le choix.

— Inutile de virer parano. Le vol de Molly a été annulé et Mueen est allé la récupérer pour la conduire jusqu'à nous. Elle ne sait pas non plus ce qui se passe.

— Alors, il est temps de le découvrir. Je n'en peux plus. J'ai besoin de comprendre, et tout de suite.

— Je peux déjà te dire que le quartier des femmes est sous bonne garde, lança Matt en essuyant les traces de sang sur son visage.

— Sans blague ! répondit-elle en ne pouvant s'empêcher de sourire. Est-ce que ça signifie que nous sommes ici à notre corps défendant ? Qu'on nous a kidnappés ?

Elle ne se sentait pas prisonnière, mais savait que ça ne voulait rien dire.

On frappa à la porte. Mueen ouvrit mais resta sur le seuil.

— Autant s'informer à la source, repartit Matt. Est-ce que nous pouvons partir, ou est-ce que nous sommes prisonniers ?

— Non, vous êtes libres de partir. Mais je ne vous le conseille pas, répondit Mueen en se balançant d'un pied sur l'autre. Les hommes en noir patrouillent sur le site. Vous aurez du mal à retourner à l'hôtel sans qu'ils vous voient.

— Tu nous excuseras si nous avons du mal à accepter tes conseils, rétorqua Matt furieux.

— Son Altesse sera bientôt de retour, et pourra nous dire ce qu'elle a appris. Enfin, peut-être, répliqua-t-il, avec un petit ricanement.

— Je ne comprends pas, Mueen, intervint Harriet d'une voix douce.

Il hésita et les regarda chacun tour à tour.

— Je suis navré. Je ne voulais pas vous inquiéter. On m'a demandé de vous conduire ici sans perdre de temps. Pour vous protéger. J'ai eu peur que vous n'acceptiez pas de me suivre sans… y être encouragés. Son Altesse essaie d'obtenir des informations pour vous. Pour nous.

Il tendit le bras, et Ain vint se blottir contre lui.

— Ain, que fais-tu ici ? Tu vas bien ? s'écria Harriet en se levant.

— Tout le monde va bien, dit-elle, avant de se tourner vers son mari. Le cheik est revenu. Rejoignons la grande salle pour voir ce que Sa Majesté va nous dire.

Le cheik ne ressemblait pas du tout à ce que Matt avait imaginé. Loin de là. Il resta sans voix.

Un homme mûr, d'une cinquantaine d'années, était assis dans un fauteuil d'angle à l'intérieur d'une pièce beaucoup plus solennelle que celles qu'il avait vues dans la maison. Il portait un costume trois-pièces un peu vieillot mais encore très classe, des chaussettes rouges et des chaussures de ville. Il sourit et se leva prestement de son siège lorsqu'ils entrèrent. Il n'était pas très grand – un peu moins d'un mètre soixante-dix selon Matt –, mais son autorité était indéniable.

— Mademoiselle Markowitz. Je suis ravi de vous rencontrer.

Harriet afficha un sourire lumineux.

— C'est un honneur de faire enfin votre connaissance, Votre Altesse. Merci infiniment de faciliter notre travail… (son visage s'assombrit) enfin…

— Je sais, je sais. Eh bien, nous verrons ce que nous pouvons faire pour régler vos problèmes, n'est-ce pas ?

— Je vous présente Matt Stanning, dit Harriet.

Matt tendit la main, et le cheik la serra d'une poigne ferme.

— C'est donc vous l'homme de l'armée de l'air, déclara ce dernier.

Matt hésita un instant, le cerveau en ébullition. Le secret n'était plus de mise.

— Oui, monsieur.

Le cheik jeta un coup d'œil à Mueen qui, visiblement mal à l'aise, détourna le regard. Mueen avait-il fait état de son animosité envers lui ?

— Hmmm, intéressant, répondit le cheik.

Harriet lui présenta ensuite Molly.

Lorsqu'ils furent tous assis, le cheik sourit et regarda Matt.

— Je vois que mon apparence vous trouble, je me trompe ? Vous vous attendiez à voir surgir Omar Sharif dans *Lawrence d'Arabie*, n'est-ce pas ?

— Je crois que oui, avoua Matt. En fait, je ne savais pas vraiment à quoi m'attendre.

— J'ai été éduqué en Angleterre jusqu'à mes dix-huit ans. À Eton, pour tout vous dire. Lorsque je suis revenu pour aider mon père dans ses fonctions au service de la communauté, j'ai rapporté avec moi une certaine sensibilité occidentale, comme mon père le souhaitait. Quand je rencontre le préfet de police, ma façon de m'habiller produit son petit effet. J'aurais tort de ne pas en profiter.

— Quel est votre rôle, exactement ? demanda Molly.

Si Matt parut amusé de la question, Harriet ne put s'empêcher de grimacer. Quant au cheik, il plissa les yeux et sourit en regardant Molly.

— Je veille sur les gens qui habitent dans cette région, je leur trouve du travail... (Il eut un hochement de tête bienveillant en direction de Harriet.) Je m'assure que les familles aient de quoi se nourrir, ou je règle les conflits de voisinage, qui, heureusement, sont très rares. J'aime comparer ma fonction à celle qu'avait le directeur d'Eton, ou que remplit n'importe quel directeur d'établissement scolaire. Je m'efforce de maintenir la paix, je veille sur le peuple, en assurant, si possible, sa protection.

— C'est un excellent chef, déclara Ain, en inclinant légèrement la tête.

Le cheik resta silencieux, mais la gratifia d'un sourire lumineux. Matt eut l'impression qu'on pouvait lui faire confiance. De toute façon, ils n'avaient pas le choix.

— Qu'a dit la police ? interrogea Matt.

Le cheik prit un ton solennel.

— J'ai le regret de vous annoncer que le professeur Rapson, votre collègue, a bien été assassiné. D'une balle dans le ventre. La police pense qu'il a dérangé un cambrioleur. Selon son équipe, son porte-documents a disparu.

— Hem..., bafouilla Harriet en se mordant la lèvre. C'est moi qui suis en sa possession. Si l'on parle bien de la même chose.

— Comment est-ce possible ? demanda le cheik calmement.

— Nous étions en train de dîner lorsqu'il a dû retourner dans sa chambre pour récupérer des papiers qu'il voulait me montrer. Il a laissé son cartable avec moi. Et, oh, mon Dieu ! je l'ai laissé dans ma chambre. Si on la fouille et qu'on le découvre, on va sûrement penser que j'ai quelque chose à voir avec sa mort.

Le cheik inclina légèrement la tête en direction de Mueen, qui quitta aussitôt les lieux. Matt se demanda ce qu'ils pouvaient bien mijoter. Peut-être ne croyaient-ils pas l'histoire de Harriet. Pourtant, Mueen était à l'hôtel ce soir-là.

Il allait prendre la parole, lorsque le garde revint.

— J'ai envoyé quelqu'un récupérer la serviette, si elle est encore là, dit-il.

— Très bien, Mueen, mon fils. Puisque nous connaissons tous les deux les tenants et les aboutissants de toute cette histoire, peut-être est-il temps que vous racontiez la vôtre à nos hôtes.

Mueen faillit s'étouffer en avalant sa langue, et Matt s'avança sur sa chaise, curieux de savoir ce qui le mettait aussi mal à l'aise.

— Très bien, reprit le cheik, en se calant dans son fauteuil. Dans ce cas, votre épouse pourrait peut-être commencer par la sienne ?

Chapitre 22

Ain prit Mueen par la main et inclina la tête en direction du cheik. Harriet se demanda ce qui pouvait les perturber à ce point.

— C'était un soir du mois de juin, il y a dix ans. La soirée était magnifique. Avec ma famille, nous avions mangé dans un campement bédouin, près du site où vous travaillez. Nous faisions nos adieux à nos hôtes, lorsque nous avons entendu une détonation, comme celle d'un feu d'artifice. Je me souviens d'avoir pensé que c'était une soirée idéale pour un feu d'artifice, la nuit était chaude et calme, et la lune brillait dans le ciel. Mais, alors que nous nous apprêtions à profiter du spectacle, nous avons entendu le bruit d'un avion qui se rapprochait, à une altitude inhabituellement basse. Nous avons pu le distinguer seulement lorsqu'il s'est retrouvé au-dessus de nous.

Elle rit doucement.

— J'étais tellement effrayée. En tendant la main, j'aurais presque pu le toucher. Même s'il n'y avait pas eu de combats dans le coin, je n'oubliais pas que nous étions en guerre. Ensuite, il y eut une autre détonation, et on aurait dit que la moitié de l'appareil se détachait et se mettait à tomber dans une gerbe d'étincelles. Puis tout est redevenu silencieux, jusqu'à ce que l'avion s'écrase sur le sable.

Ain se frotta les bras, comme si le souvenir de cette nuit lui donnait la chair de poule.

— Les chefs de la tribu se sont rendus sur les lieux du crash à dos de chameau. Les plus jeunes ont enfourché leur vieille moto, et mon père et moi avons rejoint notre camion. Je priais pour qu'il n'y ait pas de victimes. Je n'avais jamais prié aussi fort.

Matt se pencha vers l'avant.

— De quel type d'avion s'agissait-il ?

— C'était un avion militaire. C'est tout ce que je sais, répondit-elle en jetant un regard interrogateur à Mueen.

— C'était un C-130, dit-il, le regard rivé au sol.

— Tout ce que je peux dire, c'est qu'il y avait de petits drapeaux américains sur sa queue, poursuivit Ain. Le temps que nous arrivions sur place, deux hommes en uniforme avaient été sortis de l'appareil et étaient allongés sur le sable.

— Morts ? demanda Matt, en déglutissant distinctement.

— Non, vivants, mais à peine, répondit Ain.

Matt se renfonça contre le dossier de sa chaise, un air incrédule sur le visage.

Que pouvait-il bien penser ? Peut-être attendait-il qu'Ain lui dise où avaient été enterrés les corps ? Cela aurait mis un terme à sa mission.

— Son Altesse est arrivée sur les lieux en même temps que nous. Elle a donné des ordres à chacun. Nous étions chargés de transporter les deux blessés chez nous dans notre camion.

— Oh, mon Dieu, Ain ! Vous les avez vus ? Je dois les retrouver afin de les ramener à leurs familles, expliqua Matt.

Harriet sentit son regard s'embuer lorsqu'elle vit briller celui de Matt, à l'idée qu'il allait enfin pouvoir ramener ces hommes au pays.

Mueen reprit place sur sa chaise, le regard toujours fuyant, et Ain poursuivit son récit.

— Nous les avons chargés sur la banquette arrière du camion et ramenés au village. Nous avons fait venir la doctoresse, et avons réussi à les maintenir en vie jusqu'au lendemain. Ils avaient tous les deux les jambes cassées et des côtes brisées. Le plus âgé des deux avait eu le poumon perforé. J'ai fait tout ce que j'ai pu pour les sauver. (Des larmes se mirent à couler sur son visage, sans qu'elle les essuie.) Tout ce que j'ai pu.

— Merci. Merci infiniment d'avoir essayé. (Matt lui prit la main et la serra.) Vous ne pouvez imaginer à quel point c'est important pour moi que quelqu'un ait pris soin d'eux jusqu'au bout.

— Je ressens exactement la même chose, dit Harriet, en essayant de retenir ses larmes.

Elle se demandait si l'histoire que racontait Ain libérait ses émotions ou les amplifiait.

— Il est mort le lendemain matin. Nous n'avons rien pu faire. L'hôpital le plus proche encore en activité, et qui ne soit pas sous l'emprise de Saddam Hussein, était bien trop loin. Nous savions que si nous les emmenions ailleurs, ils risquaient de se faire arrêter et d'être abandonnés sans aucun soin. Nous… Je me suis dit qu'il valait mieux qu'ils meurent avec nous qu'avec les troupes du président. Je ne sais toujours pas si j'ai pris la bonne décision pour cet homme. J'y pense tous les jours.

« Cet homme » ? Elle voulait sûrement dire « ces hommes » ? *Une minute…* Harriet jeta un coup d'œil en direction de Matt pour voir s'il avait saisi ce qu'Ain venait de dire.

— Et l'autre homme, alors ? interrogea Harriet d'une voix douce.

Les pièces du puzzle s'assemblaient comme des aimants.

— Il a repris connaissance trois semaines plus tard. Il avait oublié son nom et ne se souvenait pas comment il était arrivé là. Il ne pouvait pas marcher, et j'étais la seule personne dans le village à parler anglais. J'ai veillé sur lui pendant des mois. Nous discutions, je lui ai appris l'arabe, et au fur et à mesure que sa mémoire revenait, nous…

— … sommes tombés amoureux, intervint Mueen, levant les yeux pour la première fois et les posant sur Matt, qui secouait la tête.

— Quel est ton vrai nom ? demanda Matt d'une voix calme.

— Capitaine Douglas Carpelli, de Pittsburgh, en Pennsylvanie, répondit Mueen.

Stupéfaite, Harriet comprit enfin pourquoi elle avait si souvent eu l'impression qu'il était américain.

— Tu n'as pas cherché à prendre contact avec quelqu'un ? questionna Matt. Quand tu t'es senti mieux ?

— Au début, si, mais personne n'est venu me chercher. Nous chercher. Tu comprends ? dit Mueen en soutenant le regard de Matt, sans le moindre remords. Personne n'est venu.

Matt comprenait tout à fait. L'armée n'avait envoyé personne pour leur porter secours ou essayer de les retrouver. Le transport de l'argent n'était pas officiel, il s'agissait d'une opération secrète. Le credo de l'armée américaine était pourtant clair à tous les niveaux : on ne laissait jamais tomber un soldat. Il était inconcevable que l'organisation à laquelle il avait dédié sa vie ait pu prendre la décision d'abandonner ces trois hommes en pleine guerre.

— C'était pourtant ton devoir de..., commença Matt, en s'acharnant désespérément sur l'homme plutôt que sur l'institution.

Il s'interrompit, conscient qu'il n'avait pas le droit de rejeter la faute sur Mueen.

— Mon devoir était de protéger le chargement jusqu'à ce qu'il arrive à destination. Si je tombais dans les mains ennemies, mon seul devoir était de servir avec honneur et de ne pas ouvrir la bouche.

— Et c'est ce qu'il a fait, confirma Ain. Il a caché le conteneur dès que nous l'avons trouvé et, à ce jour, il ne m'a jamais révélé ce qu'il y avait à l'intérieur.

Matt arpentait la pièce de long en large.

— Tu es encore membre de l'armée américaine et tu dois...

— Dans ce cas, hurla Mueen, appelle-moi « monsieur » ! Mon rang est supérieur au tien, et je ne tolérerai pas que tu t'adresses à moi de cette façon.

Matt ouvrit la bouche pour répliquer sur le même ton, avant de se rendre compte que Mueen avait raison. Il ne pouvait continuer à jouer sur les deux tableaux. Soit il considérait Mueen comme un civil, et dans ce cas il pouvait lui donner des ordres, soit comme un capitaine, et bon sang, il devrait lui obéir. Il eut un petit rire et secoua la tête.

— Admettons.

En théorie, le capitaine était un déserteur. En même temps, qu'était-il censé faire en plein milieu du désert, dans l'état où il était et en sachant qu'aucun secours ne viendrait ? Qu'aurait-il fait lui-même à sa place ? D'après son dossier, le capitaine n'avait aucune famille qui l'attendait... Qui était-il pour se permettre de le juger ? Il regarda le couple au milieu de la pièce. Puis Harriet. Bon sang, il ne pouvait en vouloir à Carpelli d'être tombé amoureux. Après tout, c'était exactement ce qui lui était arrivé. Il se passa une main dans les cheveux. *Merde, alors.* Il n'en revenait pas de ce qu'il venait de s'avouer à lui-même.

— Tu sais ce qu'il y avait dans le conteneur ? interrogea Matt.

— Oui, et le cheik le sait aussi, répondit le capitaine.

— Si vous êtes au courant tous les deux, pourquoi n'avez-vous rien fait de cet argent ? s'exclama Matt, étonné.

D'un air incrédule, il regarda les deux hommes tour à tour.

— Une minute. Revenez en arrière, s'exclama Molly. C'est quoi, cette histoire d'argent ?

Harriet lui expliqua rapidement la situation, avant d'adresser un signe de tête à Carpelli pour qu'il poursuive son récit.

— Je ne savais pas à quoi cet argent était destiné, ni à qui. De plus, le conteneur était prévu pour exploser au cas où on essaierait de l'ouvrir. C'est pour cette raison que nous avons préféré l'enterrer et l'oublier.

— Prévu pour exploser ? demanda Matt.

Intérieurement, il était ravi à l'idée d'avoir de nouveau affaire à des explosifs. Une vague d'adrénaline le traversa.

— Des charges étaient fixées de chaque côté du conteneur. Le sergent technicien Ranger était en train de sécuriser la palette alors que nous franchissions une turbulence en air limpide lorsque l'une des bombes a éclaté. Il est mort sur le coup. (Mueen regarda ses mains, qui tripotaient nerveusement les perles autour d'un cordon épais.) La déflagration a provoqué un trou dans le fuselage, et c'est ce qui a précipité notre chute.

Matt avait l'impression que sa tête allait exploser. Il n'arrivait toujours pas à croire qu'on n'ait pas envoyé une équipe pour retrouver ces soldats. En même temps, vu qu'aucune perte n'avait été signalée officiellement, qui aurait pu s'en occuper ? Il avait également du mal à croire qu'on puisse avoir l'idée de piéger une cargaison dans un foutu avion. Il comprenait que le capitaine n'ait pas essayé d'entrer en contact avec sa base après une telle infamie.

La voix du cheik brisa le silence.

— Maintenant que toutes les cartes sont sur la table, je dois vous dire que des Américains dans de grosses voitures noires patrouillent sur votre site et celui du professeur. Le préfet de police m'a fait savoir qu'il avait accéléré la procédure d'obtention de visas pour vingt hommes devant arriver demain. Pour… (il sortit un bout de papier de la poche de sa veste) MGL Security.

Le cheik avait souligné les lettres MGL, et Matt songea immédiatement aux papiers de Rapson. Ceux provenant de Megellin avaient tous des lettres soulignées. Il avait d'abord pensé à des gribouillages, mais non. Rapson avait souligné les « M », les « G », et les « L » du nom Megellin. *Bon sang!* La Fondation Megellin était-elle une couverture pour MGL Security ?

— Il ne nous reste plus qu'aujourd'hui pour empêcher cet argent de tomber dans les mains de MGL. Qui me suit ? lança Matt, en plaisantant à moitié.

Harriet et Molly levèrent immédiatement la main, imitées de Carpelli.

Matt les regarda et vit leurs visages déterminés… enfin, en dehors de Carpelli, qui affichait le même air impassible qu'à son habitude.

Matt inspira profondément.

— Est-ce que vous avez un téléphone satellite ? dit-il au cheik.

Il y eut un court silence, et Matt se demanda un instant s'ils étaient vraiment prisonniers.

Le cheik adressa un signe de tête à Mueen qui, à son tour, hocha la tête en direction de Matt, lui indiquant de le suivre. Ils traversèrent un couloir parallèle aux quartiers des femmes, gardé par une seule sentinelle, cette fois. Matt grimaça lorsqu'il reconnut l'homme à la serpette. Il lui décocha un grand sourire en passant devant lui.

— J'ai toujours cru que tu me détestais depuis l'instant où tu m'as vu, observa Matt.

— C'est vrai. Je craignais pour mon avenir au cas où tu découvrirais ma véritable identité. Je m'inquiétais aussi que l'on trouve et vole l'argent. J'en veux encore à l'armée de m'avoir abandonné ici. En plus, j'avais peur que tu me ramènes au pays. Ouais, on peut dire que je te détestais. (Il fit une pause.) Est-ce que tu vas le faire ?

— Te ramener ? Je n'en sais fichtre rien, répondit Matt très sincèrement.

Mueen ouvrit la porte de ce qui était sans aucun doute le bureau du cheik.

— Tu penses qu'il faut vérifier s'il y a des micros ?

— Je ne crois pas. Les risques qu'on ait mis sur écoute le téléphone du cheik ou la personne que je vais appeler sont plus qu'infimes.

— Par là, alors… (Il balança à Mike un téléphone de la taille d'un livre.) C'est tout ce que nous avons.

— Eh bien, dites-moi, vous êtes vintage dans le coin !

Mueen leva les yeux au ciel et s'assit sur un vieux fauteuil cabossé.

— Un peu d'intimité serait trop demander, j'imagine ? lança Matt qui hésitait à composer le numéro.

— Tu as tout compris, dit Mueen en tapotant l'accoudoir du fauteuil. On n'a pas de temps à perdre.

Matt sortit un bout de papier de son portefeuille. *Règle essentielle lorsqu'on voyage : toujours avoir sur soi les coordonnées personnelles des gens dont on pourrait avoir besoin.* Il composa le numéro de son commandant, qui décrocha après deux sonneries.

— Jenks.

Matt ne put s'empêcher de se sentir soulagé d'entendre sa voix.

— Ici Stanning, monsieur.

— Dieu merci. J'ai donné l'ordre à l'équipe de rejoindre votre position, mais avec le temps que prend l'obtention de visas officiels, les renforts risquent de ne pas arriver avant une semaine.

Bon sang! Dans une semaine, ils arriveraient après la bataille. Ce qui se trouvait dans le conteneur serait déjà certainement tombé entre les mauvaises mains.

— Dans ce cas, je vais devoir... me passer d'eux.

— J'en ai conscience.

Il y eut un silence.

— Est-ce que vous savez exactement ce qui se trouve dans ce conteneur ? interrogea Matt.

— Ce que nous suspections, répondit son supérieur, en essayant visiblement d'être le plus discret possible. Dès que je t'ai envoyé ton ordre de mission, j'ai commencé à recevoir des appels de certaines personnes qui me demandaient où tu étais et ce que tu faisais. Au début, je me suis contenté de dire ce que je savais. Qu'une archéologue avait trouvé des morceaux d'avion militaire en Irak. Ensuite, j'ai préféré ne rien révéler sur ta destination. Je pensais que tu te débrouillerais mieux tout seul. J'ai eu raison ?

— Ça reste à voir. Mais vous avez bien demandé à MGL Security d'assurer ma protection, non ?

— Qui ça, fiston ?

Matt se demanda si la communication n'était pas mauvaise.

— MGL Security ?

L'angoisse se mit à monter en lui.

— Non, je n'ai dit à personne où tu étais. Les rumeurs allaient bon train, et ça m'inquiétait. Tu connais comme moi le nombre de soldats qui rejoignent directement des agences de sécurité privées dès qu'ils quittent l'armée. Ils gardent des contacts. Si tu as été approché par quelqu'un de MGL...

La voix du commandant prit une tonalité étrange.

— C'est déjà fait, mais c'est un ex-collègue à moi. Je suis capable de m'en occuper. Pourriez-vous effectuer quelques recherches sur les liens qu'entretient MGL avec les compagnies ou organisations qui opèrent en Irak ?

Il se doutait de la réponse : la Fondation Megellin. Il en était même arrivé à le souhaiter. Non seulement c'était ce qu'il y avait de plus logique, mais en plus, cela permettait de résoudre la plus grande inconnue de leur équation.

— Je m'en occupe, Stanning. Je te rappelle dès que possible. Écoute..., ajouta Jenks en baissant la voix. D'après mes sources, je sais que des satellites sont chargés de surveiller votre position. L'ordre est à la fois interne et externe. Un vieil ami à moi qui bosse pour la NASA me l'a confirmé. Le gouvernement, et… d'autres groupes d'intérêt utilisent des satellites privés pour recueillir des renseignements. Et comme par hasard, tout le monde se met à réclamer des images satellites de ton site pour voir ce qui s'y passe. Tout ce que je peux te dire, c'est quand ils seront mis en service. Le moment où ils seront au-dessus de vos têtes.

— Bien reçu, monsieur. Merci. Appelez-moi dès que vous en saurez davantage.

Il appuya sur une touche pour raccrocher. *Merde.* Pourtant, un plan se dessinait déjà dans sa tête. Un plan qui réussit même à le faire sourire.

— Alors ? s'enquit Mueen en se levant.

— David, mon ex-collègue, était là pour me surveiller plus que pour me protéger.

Matt jouait franc-jeu avec le capitaine Carpelli, même si c'était toujours Mueen qu'il voyait en le regardant.

— Si nous parvenons à récupérer l'argent avant tout le monde, et si tu connais des personnes pouvant nous aider à le remettre entre de bonnes mains, le cheik peut s'arranger pour les faire entrer en Irak sans visas, à condition qu'elles soient munies d'un passeport personnel et non d'un passeport officiel, dit Mueen tandis qu'ils chargeaient l'équipement dans le camion à proximité des tentes. Avec un passeport personnel, ce n'est pas un problème. Il suffit de laisser au cheik le temps de graisser les bonnes pattes.

— Quand tu dis « les bonnes mains », je suppose que tu ne penses pas au département du Trésor des États-Unis, repartit Matt.

— Je sais me servir de Google. Harriet avait raison. Cet argent appartient au peuple irakien, pour construire des écoles et des hôpitaux.

Matt soupira. Son point de vue sur l'obéissance aux ordres n'était plus aussi clair.

— Pourquoi ne pas se servir des hommes du cheik ? demanda-t-il.

— Il veut éviter de les soumettre à la tentation. Si l'un d'eux s'avisait de détourner l'argent destiné à telle ou telle région, Son Altesse se verrait dans l'obligation de le punir, et il n'en a aucune envie.

— Je comprends. Je ne vois qu'une équipe en qui je puisse avoir confiance pour ce genre d'affaire, conclut Matt. Je crois qu'il est temps de reformer mon ancienne unité. Un dernier coup de fil, et on ira retrouver les autres.

Chapitre 23

Alors que Matt faisait le point sur la situation, dévoilant tout ce qu'il savait ou soupçonnait, Harriet se demanda depuis combien de temps il était au courant de tous ces éléments et surtout, depuis combien de temps il les lui dissimulait. Elle lui en voulait de l'avoir tenue à l'écart. Il était quand même censé la protéger…

Alors qu'il leur parlait de MGL, il se prit la tête à deux mains et poussa un grognement. Qu'est-ce qui lui prenait ? Les autres avaient également remarqué son malaise. Matt bondit de sa chaise et se mit à faire les cent pas.

— Matt ? Que se passe-t-il ? s'enquit Harriet.

Il s'immobilisa et regarda ses compagnons en silence, comme s'il essayait de trouver ses mots. Harriet lui jeta un regard noir.

— C'est à propos de David. Je viens de me souvenir d'un truc. Juste après la mort de Malcolm, il m'a emmené à son hôtel et, alors que nous discutions, il a fait référence à lui en utilisant l'expression « le vieux monsieur ».

Il y eut un instant de silence. Molly leva la main pour prendre la parole.

— Je m'excuse, mais je ne comprends pas.

— Il n'a jamais rencontré Rapson. Comment pouvait-il connaître son âge ?

Nouveau silence. Harriet ne pouvait croire que l'un des amis de Danny et de Matt puisse faire du mal à quelqu'un, encore moins à un vieil homme inoffensif. Dans son souvenir, les gars de l'EOD se serraient les coudes, ils n'étaient pas du genre à se tirer dans les pattes. Elle se rendit compte de l'ironie de l'expression.

— Il nous faut un plan pour récupérer cet argent avant que les types de Megellin-MGL ne s'en emparent, et pour s'assurer qu'il retourne à ceux qui en ont besoin. Je ne supporte pas l'idée de voir une compagnie américaine mettre la main sur les fonds du peuple irakien, et… en toute honnêteté, c'est tout ce qui m'importe à présent. Ne le prends pas mal, ajouta-t-elle en regardant Mueen.

— Pas du tout. Mais avant d'élaborer un plan pour distribuer cet argent à qui de droit, il nous faudrait d'abord en trouver un pour le découvrir avant MGL.

— Ces gens ont volé mes cartes, dit Harriet. J'aurais dû m'en rendre compte plus tôt, je suis désolée, mais je me suis aperçue qu'elles avaient disparu de l'étui de l'ordinateur juste avant qu'on nous tire dessus. Quelqu'un est venu les prendre dans ma chambre, probablement au moment où Malcolm…

Matt lui pressa la main, et la chaleur de ce contact l'apaisa. Elle se sentait en sécurité. *Non.* Ce n'était pas possible. Son bien-être ne dépendait que d'elle. Elle ne pouvait compter sur personne. Elle retira doucement sa main.

— La carte n'était pas dessinée très précisément, mais elle montrait les emplacements approximatifs donnés par le géoradar. Et…

Merde. Elle avait laissé son portable dans la caravane.

— Mon ordinateur est resté dans la caravane avec toutes les coordonnées précises. Le mot de passe est protégé, mais…

— Les mots de passe n'arrêtent pas les agences de sécurité militaires, l'interrompit Matt en hochant la tête pensivement.

Puis il se redressa et les regarda fixement. On aurait dit un commandant en chef.

— J'ai un plan. Il faut nous rendre sur place. Passer à l'action avant l'arrivée de leurs renforts. L'urgence est de mettre cet argent en sécurité.

Jenkins appela trois heures plus tard. Il lui apprit que le satellite effectuait une rotation autour de la Terre toutes les quatre-vingt-dix minutes. Le programmer de façon précise sur le point qui les intéressait prendrait un peu plus de temps. Il leur restait donc deux heures et vingt-trois minutes pour tout préparer. Matt avait pensé à tout. Il espérait juste n'avoir oublié aucun détail. David et Maggie, l'ex des renseignements britanniques, étaient les seuls points noirs de son plan. Il régla l'alarme de sa montre. Il fallait vraiment que tout soit prêt, le temps leur était plus que compté. Il ne lui restait plus qu'à faire du mieux qu'il pouvait.

C'était ça, sa vie. Comment avait-il pu demeurer aussi longtemps au sein du JPAC ? C'était certes le boulot le plus gratifiant qu'il n'ait jamais eu, mais il avait fini par comprendre que son corps et son esprit étaient plus efficaces face aux situations d'urgence. Il n'était jamais aussi lucide et aussi efficace que sous l'effet d'une bonne décharge d'adrénaline. À aucun moment, il ne regrettait le temps passé à réunir les familles avec leur héros tombé au champ de bataille. Mais sa place était là, même si c'était un peu égoïste. Il ne s'était pas senti aussi vivant depuis son travail au sein de l'EOD avant la mort de Danny. C'était comme si on lui accordait une seconde chance professionnelle. Et il comptait bien en profiter au maximum.

Matt, Harriet, Molly et Mueen s'étaient rendus dans le même véhicule sur le théâtre des opérations prévu par le cheik. Il avait remis à Mueen une liste du matériel dont il allait avoir besoin et, comme par magie, ce dernier avait réussi à le lui procurer en moins de deux heures. Matt ne savait toujours fichtre rien de ce qu'il allait faire de lui. Il y penserait plus tard, une fois qu'ils se seraient tirés de ce mauvais pas.

Ils ne partaient pas gagnants, mais sa détermination était sans faille. Il regarda ses camarades, qui avaient l'air tout aussi impatients et déterminés que lui. Une équipe improbable : un soldat des forces aériennes de combat, une archéologue, une étudiante de troisième cycle, et un déserteur. Il aurait préféré voir les femmes rester en retrait, mais il avait besoin d'elles.

Il laissa Mueen prendre le volant, puisqu'il était son homme de terrain. Ce qui était assez ironique en soi. Mais surtout, parce qu'il connaissait les dunes comme sa poche. Ils devaient absolument arriver à la perpendiculaire du théâtre des opérations que le cheik avait pu mettre en place en tirant quelques ficelles. Ceux qui se trouvaient sur le site de Harriet, qui qu'ils soient, ne devaient voir qu'une série de tentes. L'équipe arriverait à bord du SUV sans être vue.

Mueen ralentit à l'approche des tentes pour éviter la formation de nuages de sable. Ils sortirent du véhicule en silence et se glissèrent à l'intérieur de la structure en toile. Il n'y avait personne, mais on y avait déposé de la nourriture et de l'eau, ainsi que des armes et des munitions. Des trucs un peu vieillots, recueillis tant bien que mal au cours des dernières décennies, presque inutilisables, tellement ils étaient rouillés. Matt et Mueen durent faire le tri.

— S'il vous plaît, essayez de ne tuer personne, dit Molly en s'asseyant près de Harriet tandis qu'ils vérifiaient les chargeurs et les mécanismes de sûreté.

Mueen ignora sa remarque, mais Matt leva les yeux.

— Ce n'est pas le but de l'opération, tu sais, mais je suppose que tu préfères nous voir revenir vivants plutôt que ce soient eux qui viennent vous chercher, non ?

— Bien sûr, bien sûr, répondit-elle d'une petite voix.

— Je crois qu'elle voulait dire qu'il fallait éviter de tirer avant d'avoir tenté de discuter, intervint Harriet, sourcils froncés.

— Vous voulez récupérer cet argent avant MGL, oui ou non ? répliqua Matt en remplissant ses poches de chargeurs.

Elle le regarda sans répondre. Il ne pouvait s'empêcher d'être un peu dur. Son plan était pour le moins… gonflé et, à coup sûr voué à l'échec, à moins que tout ne se déroule comme il l'avait prévu. Ce qui, dans la vraie vie, n'arrivait presque jamais. Si par hasard ils réussissaient à s'en sortir, il s'occuperait de Harriet, et il la garderait auprès de lui, quoi qu'il advienne.

Ouais, quand toute cette histoire serait finie… Il ne pouvait pas se permettre de se laisser distraire. *Reste concentré, Stanning.* Il regarda sa montre. Ils ne disposaient que d'une heure. Il n'y avait pas de temps à perdre.

— Vous êtes tous prêts ?

Molly et Harriet hochèrent la tête.

— Alors, on y va.

Chapitre 24

Mueen avait repéré les deux véhicules en train de patrouiller sur les deux kilomètres environ que les sites de Harriet et Malcolm formaient. Ils restaient en bordure, ayant certainement reçu l'ordre de ne pas s'y introduire.

L'équipe pénétra sur le chantier, accompagnée d'un homme tirant un chameau. C'était le camouflage idéal. Ils étaient tous déguisés en Bédouins, tels que les Occidentaux les imaginaient.

Tandis qu'ils s'approchaient du site, Matt adressa un signe de tête à Harriet. Lorsqu'ils passèrent devant la caravane, Harriet et Molly se séparèrent des autres et se mirent à courir pour se dissimuler derrière. Leur mission était de récupérer l'ordinateur, s'il était encore là. L'homme que le cheik leur avait fourni descendit leur équipement du chameau et le stocka derrière la caravane.

Mueen et Matt devaient neutraliser les deux voitures de patrouille l'une après l'autre. C'était la partie la plus délicate du plan. Les hommes dans le véhicule qu'ils prévoyaient d'attaquer en dernier s'apercevraient forcément que l'autre s'était arrêté. Cela dit, vêtus comme ils l'étaient, ils pourraient certainement se rapprocher suffisamment pour réussir à immobiliser un véhicule sans éveiller les soupçons.

Matt vérifia sa montre.

— Prêt à y aller, capitaine ?

— Cinq sur cinq.

Mueen prit la bride du chameau des mains de son ami et, à voix basse, lui dit de retourner les attendre près des tentes. Mueen regarda Matt comme s'il redoutait de ne jamais revoir le campement. Matt se contenta d'un grand sourire.

— Soit on fonce, soit on rentre chez nous, dit-il au pilote.

— Facile à dire pour toi, grommela Mueen. Allons-y.

Ils approchaient du SUV noir.

Matt alla se poster en travers de la route, tête baissée. Le conducteur klaxonna, mais décida de s'arrêter, certainement à cause de la présence du chameau. Écraser un homme était une chose, mais un chameau, c'était une tout autre histoire.

Dirigeant l'animal de manière à dissimuler l'arme attachée au harnais, Mueen avança vers le véhicule comme s'il voulait dire quelque chose à ses occupants. Leur attention ainsi mobilisée, Matt en profita pour se glisser entre les jambes de l'animal et s'accroupir, avant de planter son couteau dans une des roues avant du SUV. C'était le seul moyen de faire sortir les hommes. Il s'assura que le pneu était bien crevé, puis fit avancer le chameau en se dissimulant derrière lui. Mueen et lui dépassèrent ensuite lentement le véhicule, qui n'arrivait plus à repartir. Sur une route, ils auraient pu continuer à rouler, mais dans le sable, c'était impossible.

Matt donna une claque sur l'arrière-train du chameau, et l'animal partit à vive allure en direction des tentes. Les deux individus sortirent de leur véhicule, sans même vérifier que Matt et Mueen se soient éloignés. *De vrais amateurs, ces deux-là.* Matt se débarrassa de sa robe de Bédouin et brandit son revolver.

— Hé, les mecs ? dit-il.

Les ennemis se retournèrent en portant la main à leurs armes. L'un des deux avait la sienne, mais l'autre ne trouva qu'un étui vide. Il l'avait apparemment oubliée dans la voiture : Mueen s'était faufilé à l'intérieur et l'agitait.

— Lâche ton flingue, ordonna Matt d'une voix calme, en pointant de son arme l'homme qui éructa quelques mots dans une langue qu'il ne connaissait pas.

Celui-ci s'exécuta et mit les mains sur sa tête sans que Matt n'ait à le lui demander. *Parfait.*

— On a de la compagnie, avertit Mueen.

Bon sang ! Il avait espéré avoir une minute ou plus avant que les occupants de l'autre véhicule ne remarquent que quelque chose ne tournait pas rond.

Il n'eut pas le temps de répondre. L'homme à la barbe et au sourire méprisant se pencha vers l'avant, posa ses mains au sol, et décocha un coup de pied qui, s'il manqua sa tête de quelques millimètres, réussit à faire tomber son revolver. Ce fut tellement rapide que Matt esquiva cet assaut en basculant brusquement vers l'arrière, évitant ainsi de se retrouver étalé sur le sable en plus d'être désarmé. *Putain de merde !* Son flingue était hors de portée, tout comme celui de son assaillant.

Son adversaire se précipita sur lui bras tendus, comme s'il était armé d'une épée, ce qui le prit de court un instant. Qu'est-ce qu'il foutait, bon Dieu ? Tandis que l'un des avant-bras de l'homme s'écrasait sur son visage, il se rendit compte que celui-ci portait de lourdes protections en métal. Aveuglé, Matt eut l'impression de sentir son cerveau exploser sous l'impact, comme si on venait de le frapper avec un pied-de-biche.

Étourdi, il resta allongé quelques secondes avant de tenter de se relever. Le sable blanchi par le soleil se déroba sous ses pieds et tout se mit à tourner autour de lui. Il réussit à se mettre à genoux, mais il savait que s'il ne se levait pas, il devenait une cible idéale pour un…

… second coup de pied, que l'homme lui assena dans les côtes. Matt s'effondra de nouveau. Cette fois, il parvint à rouler sous la voiture et esquiver une nouvelle attaque.

Impossible de distinguer ce que faisait Mueen. Matt tenta de calmer sa respiration, espérant faire disparaître les motifs lumineux étranges qui se dessinaient devant ses yeux et qui l'empêchaient de voir correctement. Il roula de l'autre côté de la voiture avant que Bras-d'Acier ne retrouve son arme. Lorsqu'il ouvrit les yeux, il aperçut un homme vêtu de noir tomber au sol. Mueen venait de lui décocher le « coup de grâce » imparable qu'il lui avait fait goûter quelques heures auparavant.

— Il va falloir penser à se lever ! Ce n'est pas le moment de faire la sieste. L'autre véhicule est déjà là, lança Mueen en lui tendant la main.

Matt accepta son aide sans prendre la peine d'expliquer qu'il ne se cachait pas sous la voiture pour le plaisir.

Des coups de feu éclatèrent autour d'eux, faisant voler des gerbes de sable. Ils plongèrent derrière le véhicule.

— Est-ce que nous sommes autorisés à attaquer avant de discuter s'il est clair qu'ils nous tirent dessus ? demanda Mueen.

— OK pour moi, répondit Matt en cherchant son arme.

Mueen vérifia le chargeur de la sienne. Puis Matt jeta un coup d'œil dans la voiture et se mit à rire. *Sans blague !* Il ouvrit le coffre, se procurant ainsi une protection supplémentaire.

— Regarde ça.

Comme dans tout engin blindé digne de ce nom, le coffre était divisé en compartiments permettant de caler les objets qui s'y trouvaient. À l'intérieur de chacun d'eux, il y avait des flingues. *Des tas de flingues. Et des munitions.* Mueen regarda son revolver et le balança par terre. Il attrapa un SIG Sauer et contrôla le chargeur.

— Ces mecs commencent vraiment à me plaire, lança-t-il en glissant un autre pistolet dans sa ceinture.

— Ils se préparaient à une invasion de zombies, ma parole ! renchérit Matt en prenant un fusil M16.

Les coups de feu se calmèrent et l'on entendit claquer des portières. Les hommes sortaient de la voiture. Ce n'était pas malin de leur part, vraiment pas malin, mais de bon augure pour eux. Matt vérifia l'heure encore une fois. Rien n'était perdu.

Il risqua un coup d'œil de l'autre côté de la carrosserie en regrettant de ne pas pouvoir ouvrir les portes arrière pour se couvrir davantage. *Putain !* C'était Maggie et David. Quelque déterminé qu'il fût de mener à bien son plan, il ignorait s'il serait capable de tuer de sang-froid des personnes qu'il connaissait, si fourbes soient-elles.

— Que se passe-t-il ? murmura Mueen.

— C'est David et Maggie.

Mueen resta silencieux.

Matt jeta un nouveau coup d'œil pour évaluer leur distance. Maggie lui tira dessus, et sa balle vint frôler la peinture du véhicule à quelques centimètres de son visage. Eh ben, il ne fallait vraiment pas l'énerver pendant son petit déjeuner, celle-là !

David tirait lui aussi, mais comme s'il cherchait volontairement à rater sa cible. Maggie, au contraire, semblait prendre un malin plaisir à vouloir les refroidir. Matt roula de l'autre côté pour mieux voir David, qui avait l'air de s'amuser. Soudain, il le vit lui faire signe de la main.

— Qu'est-ce qu'il…

David pointa son arme et tira. Il y eut une détonation, mais aucun impact sur le camion.

Alors, il se mit à rire de nouveau, visa Maggie, et lui tira dessus.

Maggie continua de s'acharner sur l'arrière de la voiture.

Matt s'écarta du véhicule pour être visible de David sans l'être de Maggie. David riait toujours. Il tira sur Matt encore une fois, avant de braquer son arme sur sa tête et d'appuyer sur la détente. Il ne se passa absolument rien. Il tirait à blanc depuis le début, et devait être à court de munitions. Voilà pourquoi la fusillade du matin n'avait laissé aucune trace sur sa voiture.

Maggie tourna la tête un instant pour regarder David, qui recouvra son sérieux et pointa de nouveau son arme sur elle. Imperturbable, elle resta concentrée sur Matt et Mueen, sortit un autre chargeur à grande capacité et se remit à tirer. *Merde.* On aurait dit Terminator. Elle jeta un coup d'œil à David, au moment où il faisait semblant de la tenir en joue. Sans hésiter, elle pivota et le visa à son tour.

Matt se redressa et positionna son fusil à hauteur d'œil. Il inspira et toucha Maggie au bras au moment où elle allait tirer sur David. Juste assez pour la faire tomber et rendre inutilisable la main qui pressait la détente. Dès qu'elle s'effondra, il dirigea son arme vers David.

— Pas un geste.

David balança immédiatement son revolver sur le sable et écarta les bras.

— Elle m'a tiré dessus.

— Ta gueule, rétorqua Matt en l'ignorant et en s'approchant de Maggie. Hé, Mags, ça va comme tu veux ?

— Va te faire foutre, grogna-t-elle en se tenant le bras.

Ils étaient quittes. C'était sûrement elle qui avait touché Harriet un peu plus tôt. Il regarda Mueen, qui tenait toujours en joue les deux autres hommes. En fouillant rapidement Maggie, il trouva un couteau à cran d'arrêt et un petit Beretta fixé à sa cheville. Il les mit dans une de ses poches et retourna vers David, qui était resté planté là et s'apprêtait à parler.

— Je n'ai rien à te dire, sale traître, lança Matt.

— Oh, ça va, Boomer. Tu ne voulais quand même pas qu'en plus, je fasse écrire dans le ciel qu'on essayait de te doubler, rétorqua David en s'efforçant de juguler le mince filet de sang qui s'écoulait de sa blessure.

— De quoi tu parles ? s'exclama Matt.

Il déchira la chemise à col boutonné de David et la lui enroula autour de la jambe.

— Je me suis arrangé pour déranger la position de tes chaussettes et de tes cintres pour que tu saches que ta chambre avait été fouillée. Je t'ai même rencardé discrètement sur le micro… Tu te souviens, quand je t'ai dit qu'il fallait laisser traîner l'oreille ? J'avais des ordres. Impossible de te mettre au parfum, de te dire que tu étais surveillé. Mes petits copains n'apprécient pas vraiment qu'on leur désobéisse. Mais alors, pas du tout.

— Tu as tué un homme. Un vieux professeur qui n'avait rien à voir avec tout ça. Je sais que c'est toi. Tu savais que c'était un vieux monsieur avant même d'avoir entendu parler de lui, ajouta Matt en tirant d'un coup sec sur le bandage improvisé.

David poussa un grognement de douleur.

— Je n'ai rien fait. Demande à ces enfoirés d'Europe de l'Est, dit-il en jetant un coup d'œil aux hommes que Mueen était en train de ligoter. Ils prennent des photos de leurs meurtres. Eh ouais… (Il gémit et s'appuya un instant contre Matt.) C'est pour leur book… Histoire de prouver qu'ils ont bien accompli leur mission. Une sorte d'album souvenir, quoi.

Matt était soulagé. Tout ce qu'avait raconté David lui paraissait crédible. C'est alors qu'il sentit une odeur de…

— Hé, mec, tu n'aurais pas picolé par hasard ?

— Si seulement. Bon Dieu, si seulement, dit David en baissant la tête et en se taisant.

Matt glissa son bras sous le sien pour l'aider à regagner son véhicule. Il le poussa sur la banquette arrière.

— Méfie-toi d'elle… La voilà qui arrive, l'avertit David alors qu'il allait refermer la portière. Et en plus, elle a les clés de ta caisse.

Matt se retourna. Et il vit Maggie qui se rapprochait déjà de la caravane. *Harriet. Molly. Merde.*

Merde. Matt baissa les yeux sur sa montre. Il ne leur restait presque plus de temps.

Pendant que Matt et Mueen détournaient l'attention des hommes qui surveillaient le site, Molly et Harriet se faufilèrent à l'intérieur de la caravane. Quelqu'un les avait devancées.

— Jason ? s'exclama Molly. Qu'est-ce que tu fous là ?

Il était assis sur la glacière, penché sur l'ordinateur de Harriet. Il pleurait.

— Je n'y arrive pas… je n'arrive pas à le déverrouiller. Je ne connais pas ton mot de passe.

— Et pourquoi tu essaies de déverrouiller mon ordi ? demanda Harriet.

— Katherine m'a obligé à le faire. Elle m'a dit qu'elle me tuerait si je ne le faisais pas. Elle est dehors. Sauf que… une minute… comment avez-vous pu rentrer sans qu'elle vous voie ? Je suis un homme mort, c'est ça ?

Son visage se contracta et il semblait sur le point de brailler comme un nouveau-né.

Molly et Harriet échangèrent un regard.

— Tout va bien, Jason. Je suis là, dit Harriet pour essayer de le calmer.

Il n'eut pas l'air de l'entendre. Il sauta de la glacière et fonça droit vers la petite fenêtre.

— Oh, mon Dieu. La voilà.

Il lança dans sa direction un coup d'œil désespéré, puis tourna le dos à la fenêtre.

— Elle arrive, s'écria-t-il d'une voix tremblante. Il faut que vous me sortiez de là.

— Explique-nous pourquoi tu as tellement peur d'une archéologue ? demanda Harriet. Si ma mémoire est bonne, elle faisait partie de l'équipe du professeur Rapson, non ?

En prononçant ces mots, elle se rappela que ni elle ni Molly n'avaient vu de femme dans l'équipe du vieux professeur.

— Elle m'a promis une fortune, elle m'a assuré que sa compagnie me donnerait 50 000 dollars en échange de ta carte. Je ne me rendais pas compte du danger. (Il ne pouvait détacher ses yeux de la fenêtre.) Je croyais qu'elle m'aimait bien.

Harriet se posta derrière lui pour essayer de voir celle dont il parlait. Une femme habillée toute en noir s'approchait de la caravane en se tenant le bras. Elle se tourna vers Molly.

— Je suppose qu'elle était dans une des voitures de patrouille.

— Elle est armée. Et pas qu'un peu. Elle…, hoqueta Jason. Elle m'a enfoncé son flingue dans la bouche et elle a appuyé sur la détente en me disant qu'elle continuerait son numéro de roulette russe à moins que j'accepte de l'aider.

— Il faut qu'on trouve une arme, déclara Harriet en fouillant la caravane du regard. Elle ne sait peut-être pas que nous sommes là.

Molly inspecta les placards vides, dans lesquels on n'avait jamais pensé à mettre quoi que ce soit. En vain. Elle se retourna et haussa les épaules sans un mot.

— OK, il faudra se débrouiller avec ça, dit Harriet.

Elle donna plusieurs coups sous les étagères du placard et réussit à les détacher.

— Nous l'achèverons à coups d'étagère s'il le faut, reprit-elle pour tenter d'apporter un peu de légèreté à la situation, qui se révélait plus que désespérée.

Elle n'en voulut à aucun des deux autres de ne pas rire.

— Ne me laissez pas seule avec elle. Je vous en prie, supplia Jason.

Molly leva les yeux au ciel, et Harriet vit que la jeune étudiante se demandait ce qu'elle avait bien pu lui trouver.

— Pas de panique, Jason. Je t'ai amené ici, et je ferai tout pour te ramener avec moi.

Le premier coup de feu tiré par leur assaillante traversa l'un des murs de la caravane, et passa entre Harriet et Molly. Elles sursautèrent et regardèrent derrière elles le trou laissé par la balle à l'arrière de la caravane, avant de plonger au sol. Molly attrapa Jason par le bras et l'obligea à s'allonger. Et dire qu'ils voulaient achever cette femme à coups d'étagère...

La porte s'ouvrit brusquement et Maggie surgit, armée d'un revolver qui semblait minuscule compte tenu de la puissance de son tir. Les trois archéologues se regroupèrent comme ils le purent et s'assirent sans la quitter des yeux. Elle pressa son arme sur la tempe de Harriet et, sans un mot, fixa son regard sur la porte restée ouverte.

Harriet n'osait pas bouger. Tout son corps se glaça et elle se demanda si elle reverrait un jour son foyer.

Chapitre 25

Le cœur de Matt s'arrêta net lorsqu'il vit le revolver pointé sur la tempe de Harriet. Il songea immédiatement aux images d'otages que l'on voyait parfois passer aux infos. Seulement cette fois, la personne qui grimaçait sous la menace était quelqu'un qu'il aimait.

Qu'il aimait. *Bon sang!*

— Je suis désolée, Matt, mais j'ai des ordres, dit Maggie d'une voix dénuée d'émotion. Je dois récupérer les infos de cet ordinateur et les envoyer à mes patrons, qui seront là dans… (elle regarda sa montre) dix heures.

Matt jeta lui aussi un coup d'œil à sa montre. Il leur restait vingt minutes. Il fallait régler le détail « Maggie ».

— Harriet, donne le portable à Maggie, ordonna Matt d'un ton aussi calme que possible.

En la convainquant de remettre son ordinateur, il espérait que Maggie baisse au moins son arme. Derrière le calme apparent de sa voix, une fureur sans nom lui dévastait le cœur. *Comment ose-t-elle mettre la vie de Harriet en danger ?*

— Je… je croyais qu'elle s'appelait Katherine ! s'exclama Jason.

Harriet ignora sa remarque et tendit l'ordinateur à Maggie.

— Je ne suis pas stupide. Et le mot de passe, c'est quoi ? Il ne le connaissait pas, dit-elle en montrant d'un signe de tête Jason, qui était recroquevillé sur le sol.

Après un instant d'hésitation, Harriet obtempéra.

— « Danny forever ». « For » comme le chiffre « 4 », « four ». Sans espace.

Elle chercha Matt du regard, mais il détourna les yeux. *Merde.* Il n'arrivait pas à croire qu'il ait pu être aussi stupide. Elle était toujours amoureuse de Danny, et rien ne pourrait jamais l'arracher à son passé. Même sous la menace d'une arme. *Stop. Ça va trop loin.* Il tirait un trait sur toute cette histoire. Harriet ne serait plus qu'un épisode comme les autres de son passé.

— Merci. À présent, vous m'excuserez, mais j'ai l'ordre de tous vous tuer.

Elle leva son arme, et Matt se jeta sur elle. Un coup de feu retentit, et son visage fut éclaboussé d'un liquide chaud. Son sang ? Est-ce qu'il était touché ? Il n'avait jamais été blessé jusque-là, mais il était sûr que c'était bien plus douloureux.

Il s'écroula sur Maggie, et il lui fallut une seconde pour recouvrer ses esprits. Avait-elle tué quelqu'un dans la caravane ? Il se remit tant bien que mal à genoux.

— Harry ?

— Tout le monde va bien, répondit-elle d'une voix douce qui traversa l'écho mourant du coup de feu.

Il regarda autour de lui. Maggie avait été tuée d'une balle en pleine tête. Puis il leva les yeux sur la porte. David était sur le seuil, en équilibre sur une jambe, revolver pointé, celui que Matt avait laissé tomber lorsqu'il s'était aperçu que Harriet était en danger. Il lui fit un signe de la tête. David lui répondit de la même manière.

— Maman, papa ? Je peux le garder ?

Molly avait vu David par la fenêtre. Elle devait être en état de choc. Du moins, Matt l'espérait. *Sincèrement.*

Dix minutes plus tard, Harriet était debout, les mains sur la bouche, pétrifiée d'horreur. Elle était incapable de faire face à l'étendue du drame qui venait de se jouer. Lorsqu'elle eut le courage d'ouvrir les yeux, elle vit deux hommes affalés près d'un énorme cratère en feu et deux mares de sang dans lesquelles baignaient leurs corps. Apparemment, ils avaient été soufflés par l'explosion.

Dans le cratère sombre luisaient des braises incandescentes, et autour, quelques billets de 100 dollars en lambeaux brûlaient encore.

Matt était sur sa droite, allongé sur le dos, et du sang s'écoulait de ses yeux, de son nez et de sa bouche. *Un vrai film d'horreur.* Molly était à ses pieds, pliée en deux, comme révulsée par l'odeur de chair carbonisée.

Harriet imagina un instant sa vie sans Matt, et vit une succession de jours et de nuits solitaires, que des conquêtes d'un soir viendraient parfois briser. Elle pourrait toujours se refaire un nom dans sa profession. Était-ce tout ce qu'elle attendait de l'existence ? Ou allait-elle prendre le risque de changer ?

— Attendez encore un peu, murmura Matt à travers le sang qui avait coagulé sur sa bouche.

— J'ai mal aux genoux, gémit Molly.

Le ricanement de David se changea en toux lorsqu'il inspira une bouffée de sable.

— Tout le monde se tait ! s'écria Harriet à travers ses mains, déterminée à modifier tous ses mots de passe.

— Si je dois rester allongé à griller sous le soleil une minute de plus, vous allez me retrouver mort, dit David.

— Je ne te laisserai pas mourir, roucoula Molly, tête toujours baissée.

Harriet n'en revenait toujours pas. Elle venait de vivre le truc le plus dingue de toute sa vie, et elle n'était pas sûre de pouvoir le raconter à quiconque.

— Et… on peut y aller, dit Matt en se relevant.

David se redressa à moitié en grimaçant et Molly s'approcha de lui.

— Je n'arrive pas à croire que ça ait pu marcher. Comment tu as eu cette idée ? demanda-t-il à Matt.

— C'était un leurre utilisé en Europe pendant la Seconde Guerre mondiale pour tromper la surveillance aérienne des Allemands, même si leur camouflage était un peu plus sophistiqué. On tendait sur les toits qui avaient été pris pour cibles par la Luftwaffe des toiles en trompe l'œil représentant des cratères de bombe. Lorsque les avions de surveillance venaient évaluer les dégâts infligés, les photos prises montraient les différents impacts, et les bombardiers allaient s'en prendre à d'autres cibles. Il n'y a plus qu'à prier que ça marche avec l'imagerie haute résolution des satellites en orbite basse.

— Il nous reste encore à évacuer l'argent avant que MGL envoie des renforts, intervint Harriet, en espérant que Matt daigne au moins croiser son regard.

Mais il détourna les yeux en direction de l'endroit où ils allaient devoir creuser. Le leurre avait été installé à moins de cinq cents mètres, au cas où ils n'auraient pas le temps de récupérer l'argent.

Matt se tourna vers David.

— Tu te sens d'attaque ?

David leva la main pour montrer qu'il avait recouvré toutes ses facultés, mais elle se mit à trembler.

— Et comment, bon Dieu ! C'est nous, les maîtres démineurs, fanfaronna-t-il avec un grand sourire.

Matt lui tendit la main pour l'aider à se relever. Pendant ce temps, Mueen avait fait venir cinq ouvriers, qui avaient déjà entrepris de creuser. Ils atteignirent le conteneur assez rapidement. Molly et Harriet déchirèrent les draps sur lesquels était grossièrement peinte l'image du cratère de bombe et les enroulèrent autour du conteneur. Sur un côté, il avait été endommagé par l'explosion qui avait provoqué la chute de l'appareil.

— Vous feriez mieux de vous éloigner. Vous pouvez commencer à charger dans le SUV le matériel que nous avons apporté, mais restez près de la caravane, leur recommanda Matt.

Si seulement il pouvait la regarder, soupira intérieurement Harriet.

— Soyez prudents, dit-elle.

Il la contempla d'un air impénétrable.

— Aucun souci.

Il tendit son poing en direction de David, qui vint le frapper du sien, et ils s'allongèrent à plat ventre face à la bombe.

En s'éloignant, elle les entendit rire et se balancer des vannes tout en se mettant à travailler sur le dispositif de l'engin explosif.

Vingt minutes et sept années de plaisanteries à rattraper plus tard, la bombe était désamorcée et l'argent chargé dans le camion. David était assis dans le sable, occupé à reprogrammer les explosifs avec sa montre comme minuteur en vue de faire exploser pour de bon le leurre qu'ils avaient mis en place.

— Dès notre retour, je passerai un coup de fil pour dénouer tout ça, lança Matt sans entrer dans les détails.

— Est-ce qu'on peut discuter ? interrogea doucement Harriet.

Elle avait besoin de mettre les choses au point.

— Yep.

— C'est au sujet du mot de passe. Des deux, en fait. Je les ai depuis des années…

— Tu n'as pas à te justifier. Tu as été plus que claire. Danny était… est l'amour de ta vie.

C'est OK. Il comptait aussi beaucoup pour moi. Mais il n'y a pas moyen que je joue la doublure d'un homme mort. Non pas que tu me l'aies demandé, bien sûr. Mais je crois que, à partir de maintenant, il est préférable que notre relation demeure purement professionnelle. Pour ce qui est de… (il fit un geste circulaire de la main comme s'il cherchait ses mots) de tout le reste… eh bien, on n'a qu'à faire comme si ça n'avait jamais existé.

— Mais ce n'est pas ce que je veux, murmura-t-elle, un peu gênée par la présence de personnes qui déplaçaient des objets autour d'eux.

— C'est ce que moi, je veux, Harry. Ce dont j'ai besoin.

Il croisa son regard un court instant, avant de ramasser des pelles et de les envoyer dans le camion sur les liasses de billets.

— Mueen, je crois que nous aurons besoin de ces pelles, ce soir.

L'homme les regarda tour à tour et, les sourcils froncés, acquiesça d'un signe de tête.

Le comportement de Matt avait changé du tout au tout. Son regard n'était plus aussi chaleureux lorsqu'il se posait sur elle, et le jeune homme se montrait beaucoup moins empressé. Et, même si elle ne l'avait jamais sollicité dans ce sens, toutes ces attentions lui manquaient.

Les beaux jours laissaient place à la fraîcheur de l'automne.

Elle allait tout arranger. Elle lui ferait part de ses sentiments plus tard. Quand ils seraient vraiment seuls. Quand toute cette histoire serait enfin derrière eux.

Chapitre 26

Matt s'arrangea pour ne jamais se retrouver seul avec elle. Dès leur retour chez le cheik, il s'enferma dans son bureau en compagnie de Mueen et passa quelques coups de téléphone.

Pendant ce temps, Mueen prévenait les autorités qu'elles trouveraient les deux assassins présumés du vieux professeur ligotés sur le site de ce dernier, et dépêchait quelqu'un à l'hôtel pour récupérer les affaires de Matt, Molly et Harriet. Matt lui demanda aussi de réserver un vol pour le départ de Molly le lendemain. Jason, lui, était retourné au *Majestic* en évitant de les croiser tant il se sentait honteux. Il avait eu besoin de Harriet au moment le plus important de leur mission.

Un coup de fil à Jenks le rassura sur la suite des événements. Tout ce qu'il souhaitait allait lui être accordé. Son commandant avait vu l'image satellite et jura qu'il avait été terrifié en les pensant tous morts. Il écrirait un rapport disant que la bombe avait explosé et avait détruit le conteneur. Matt n'arrivait pas à croire que sa ruse avait fonctionné. Il ne lui restait plus qu'une dernière chose à régler.

Deux heures plus tard, Molly, Harriet, et David étaient dans la cour de la maison de Mueen et Ain en compagnie de leurs hôtes. David, Mueen et Matt saluaient le cercueil en bois brut que quatre membres de la famille d'Ain, sous la supervision attentive de Harriet, soulevaient du massif de fleurs au fond du jardin.

Après l'avoir placé sur une petite table à roulettes, ils le firent rouler jusqu'à un gros camion. Harriet demanda à tout le monde de reculer d'un pas tandis qu'elle ouvrait en partie le couvercle du cercueil. En voyant ce qu'il y avait à l'intérieur, elle sentit tout son corps s'alourdir. Le lieutenant Grant Mather reposait en paix, son uniforme intact, sa plaque toujours attachée à sa chemise, et des fleurs séchées couvrant son corps. Elle se retourna lentement et fit un signe de tête à Matt, dont le regard reflétait son propre chagrin. Elle remit le couvercle en place et recula à son tour pendant que, à l'aide de sangles, on attachait solidement le cercueil pour qu'il ne bouge pas pendant le trajet.

Le camion démarra, et tout le monde le suivit à bord du véhicule de David. Il fallait se rendre à l'évidence, elle était en train de perdre Matt. Si ce n'était pas déjà fait. Il ne voulait plus la voir. Il avait été très clair à ce sujet, et elle comprenait que ce n'était pas par rancune, mais tout simplement parce qu'elle avait tout fait pour qu'il ne croie pas qu'elle puisse éventuellement être amoureuse de lui. Leurs bagages, rassemblés par un des hommes du cheik, étaient chargés dans le camion, qui filait pour de bon vers l'aéroport. Il ne lui restait plus qu'un jour… un jour de transit entre deux avions pour tenter de le persuader. Le persuader de quelque chose qu'elle ne s'était même pas encore avoué.

Matt était à juste titre préoccupé par son devoir de rapatrier le copilote de Mueen. Il n'avait encore rien dit, mais tout le monde sentait qu'il n'allait pas faire état de Mueen dans son rapport. Rapport qui, de son propre aveu, n'irait pas plus loin que le bureau de son commandant.

Cela dit, Harriet ne se déclarait pas vaincue. En sortant du camion, elle subtilisa l'étiquette de transport attachée au sac à dos de Matt. Mais son adresse personnelle n'y figurait pas, y étaient juste inscrits le nom et le lieu de sa section. Ce serait son ultime recours au cas où elle ne parviendrait pas à lui parler pendant le trajet du retour.

Ils devaient accompagner tous deux la dépouille du colonel à Dover, dans le Delaware. Elle, en tant qu'anthropologue, et lui, en tant que chef des sauveteurs. Le commandant Jenks avait averti l'équipe chargée de prévenir les familles, et les parents du colonel viendraient les saluer à la base aérienne militaire de Dover.

Lorsqu'ils arrivèrent à l'aéroport de Bagdad, Harriet et Molly suivirent Matt et David dans le terminal. Familles, amis, chauffeurs de taxi, ou quiconque voulant saisir l'occasion d'offrir ses services aux voyageurs fatigués, l'affluence dans la zone des arrivées était fidèle au poste. Matt s'arrêta brusquement et, après un bref instant, fit passer Harriet devant lui pour qu'elle puisse voir, telle la mer Rouge, la foule s'écarter au passage de quatre hommes. Ils avançaient avec la même assurance que Matt, le menton relevé et les regards fixant l'assistance. Elle en eut le souffle coupé.

Ils n'avaient pas revêtu l'uniforme, mais portaient tous le même sac à dos militaire informe de couleur sable. Le leader du groupe était en pantalon cargo et en chemise hawaïenne.

La dernière fois qu'elle les avait vus ensemble, c'était à l'occasion des funérailles de Danny. Elle les revit dans leurs uniformes bleus, lorsqu'ils lui avaient présenté le drapeau qui recouvrait le cercueil de Danny. *L'ancienne section de Matt. Les quatre membres restant de l'équipe de l'EOD.* Ils étaient venus apporter leur soutien.

Elle sentit son cœur se gonfler d'amour pour ces hommes pour lesquels famille et honneur passaient avant tout. Elle porta ses deux mains à sa bouche dans l'espoir de juguler l'émotion que son corps ne pouvait plus contenir. Ils lui avaient dit qu'ils seraient là en cas de besoin. Elle n'avait jamais songé à faire appel à eux, mais ils étaient présents, fidèles au rendez-vous.

Lorsqu'ils aperçurent Matt et Harriet, ils les gratifièrent d'un large sourire. On laissa tomber les sacs, et l'on échangea des accolades et des tapes dans le dos. Le plus grand des quatre comprit immédiatement ce qui agitait Harriet. Il s'appelait Liam… quelque chose. C'était celui qui, à l'époque, lui avait remis le drapeau. En pleurant. Il resta immobile devant elle un instant, et elle eut honte de ses larmes et de son nez qui coulait.

— Bon sang, Marko, je sais qu'on ne ressemble à rien, mais ce n'est pas une raison de chialer comme une Madeleine. Attends d'avoir senti Justin. Il pue tellement que je te conseille de ne pas l'approcher.

Moitié riant moitié hoquetant, Harriet lui tendit la main.

— Au diable les larmes, dit-il en la soulevant pour la serrer contre lui. Ça fait du bien de te revoir !

Il la reposa au sol avant de reculer et de lui présenter de nouveau Mark, Bill, et Justin, qui arborait une tache rouge sur le devant de sa chemise.

— Bloody mary et turbulences, expliqua ce dernier à regret.

— Merci infiniment d'être venus pour nous aider à rapporter notre… cargaison… à bon port. Je ne sais pas quoi dire, dit-elle.

Liam fronça les sourcils.

— Tu n'as rien besoin de dire. Quoi qu'il arrive, ajouta-t-il en se baissant pour ramasser son sac et le faire glisser sur ses épaules. Et toi ! lança-t-il en pointant David du doigt. Espèce de Dark Vador. Paraît que tu es passé du côté obscur.

Il lui jeta un regard de travers.

— Ouais, je sais, reconnut David, les yeux au sol.

— Et tu te fais tirer dessus par une meuf, en plus. Ça vous est déjà arrivé, à vous ? demanda-t-il en regardant ses trois camarades.

Tout le monde secoua la tête, et Matt vint à la rescousse de David

— Je vous présente Mueen. Il sera votre guide pendant votre séjour. Soyez sympas. Moi, je dois raccompagner un ami chez lui.

Leurs visages redevinrent solennels.

— Bon vol, mec, dit Liam, en tendant la main.

Après avoir salué chacun d'eux, Matt les regarda s'en aller avec Mueen. David attrapa Molly et lui parla d'un air intense avant de rejoindre les autres en clopinant.

Après avoir serré Matt et Harriet dans ses bras, Molly se dirigea vers son charter qui la ramènerait aux États-Unis via Paris avec tout le matériel.

Matt conduisit Harriet de l'autre côté du terminal vers la zone d'enregistrement où, après avoir montré leurs passeports, ils furent autorisés à pénétrer sur le tarmac. Des soldats s'occupaient d'acheminer le cercueil avec précaution dans la soute de l'énorme appareil de l'armée.

Harriet porta les mains à ses yeux pour se protéger des rayons du soleil couchant et s'arrêta un instant pour les observer.

Les soldats avancèrent lentement jusqu'à l'appareil, cercueil sur l'épaule. Elle se demanda s'ils avaient procédé de la même façon pour lui ramener Danny. Cette pensée ne la déchira pas aussi vivement qu'auparavant. Il faisait partie d'elle, désormais. La souffrance s'était atténuée, mais il serait toujours présent. Comment n'avait-elle pas remarqué que la douleur n'était plus aussi vive ? Quand avait-elle cessé de se réveiller en pensant à lui ? Ou commencé à envisager un avenir qui ne se déroule pas dans la solitude ?

Matt, au garde-à-vous à côté d'elle, regardait le lieutenant-colonel Mather avancer. Leur mission était de le ramener dans son pays et de le rendre aux siens. Elle sentit quelques larmes perler en imaginant la réaction de ses parents lorsqu'ils allaient enfin le retrouver. Elle jeta un regard de biais à Matt. Il faisait vraiment un boulot digne d'estime. *Honorable.*

Tandis que le cercueil disparaissait dans la soute, la sonnerie distinctive du téléphone satellite que Matt avait réquisitionné se mit à retentir. Harriet posa son sac et attendit qu'il réponde. Quelques passagers montèrent dans l'avion par la rampe d'accès arrière. Il ne fallait pas s'attendre à un service de restauration sur ce vol. Elle se contenterait de la nourriture préparée par Ain et mise dans la glacière. Il n'y avait pas de sièges pour les passagers, juste des bancs avec ceintures de sécurité de chaque côté de la carlingue.

Pendant que Matt faisait les cent pas, elle essaya de voir le temps qu'il lui restait pour... Elle n'avait aucune idée précise de ce qu'elle allait faire. Convaincre Matt qu'elle n'était plus amoureuse de Danny ? À ce moment-là, elle entendit la fin de sa conversation, et se glaça.

— L'EOD ? Oui, commandant. Ça m'irait comme un gant. Je me disais justement que j'avais envie de revenir… Oui, monsieur. Absolument. Je comprends.

Harriet avait le souffle coupé. *« L'EOD ? »* Il retournait bosser pour l'EOD ? Comment était-ce possible ? Son sang se figea. Elle ne comprenait plus ce qui lui arrivait. La punissait-on d'avoir envisagé l'avenir avec un autre ?

Lorsqu'il raccrocha et prit leurs deux sacs, elle posa une main sur son bras.

— Tu quittes le JPAC ?

Son visage se referma.

— C'est confidentiel. Ça ne te regarde pas.

Chapitre 27

Au bout de quelques heures de vol, Matt avait la mâchoire douloureuse. Il essaya de respirer calmement et de se détendre, d'apaiser la tension qui faisait vibrer ses nerfs au rythme du vrombissement des moteurs. Il se concentrait sur chacune de ses respirations et sur chaque battement de son cœur pour maîtriser l'angoisse générée par le fond sonore incessant. Harriet était assise en face de lui, de l'autre côté de l'appareil. Elle ne l'avait pas lâché des yeux depuis qu'ils étaient montés à bord. Ce qui n'arrangeait rien.

Nom de Dieu ! Il ne comprenait vraiment rien aux femmes. Il tourna la tête plusieurs fois pour soulager la tension qui s'était logée aussi dans sa nuque. Il y avait une dizaine d'autres personnes dans la zone des passagers, dont deux soldats en uniforme. Les autres, en vêtements de ville, devaient bosser à l'ambassade ou pour d'autres services du gouvernement.

Il croisa le regard de Harriet et vit qu'elle tentait désespérément de comprendre. Il aurait suffi de lui dire qu'il retournait travailler à l'EOD pour aider à former les nouveaux techniciens. Ce n'était pas très sympa de sa part, mais il assumait. Il angoissait et il se punissait parce qu'il s'était autorisé à prendre plaisir à faire l'amour avec la femme de Danny. Ces trois dernières années, il avait pété les plombs à deux reprises parce qu'il avait vu Danny mourir sous ses yeux. Cette fois, il avait disjoncté deux fois en moins d'une semaine. *À cause d'elle.*

Il avait conscience de la punir pour quelque chose dont elle n'était pas responsable, mais il avait besoin de s'éloigner pour s'empêcher de la toucher. Parce que bon Dieu, il ne comprenait pas pourquoi, mais chaque fois qu'il posait les mains sur elle, dans ses cheveux, qu'il sentait sa… enfin, bref, sa santé mentale lui faisait faux bond. Et il ne pouvait se le permettre.

Il voulait retrouver son cerveau tel qu'il était une semaine plus tôt, à la même place. Mais de quoi parlait-il ? De ce no man's land peuplé de corps de soldats disparus et de coups d'un soir sans intérêt ? Il se frotta le visage. *Putain. Putain de merde.*

Sentant qu'on le bousculait légèrement, il leva la tête. Telle une guerrière, Harriet avait traversé l'espace qui les séparait et s'attachait à côté de lui. *Merde.*

— Ça va ? demanda-t-il.

— Et toi ? Tu es devenu fou ou quoi ? s'écria-t-elle, des étincelles dans les yeux.

— De quoi tu parles ? grogna-t-il, comme s'il n'en savait rien.

Mais il savait ce qui se profilait, et il se prépara au face-à-face.

— C'est une blague, cette histoire de retourner bosser pour l'EOD ? Tu trouves ça drôle ou… ou c'est juste une façon de te venger de moi ?

— Comme si mes choix professionnels dépendaient de toi. Tu abuses, ma chérie.

Elle ne put s'empêcher de rougir.

— Est-ce que cette idée t'avait traversé l'esprit avant cette semaine ? demanda-t-elle en haussant le ton.

Il regarda les autres passagers. Deux au moins profitaient de leur échange non sans un certain amusement. Il détacha d'un coup sec sa ceinture de sécurité et pointa du doigt l'avant de l'appareil où se trouvait le seul espace de détente. Le bruit des moteurs serait moins présent et Matt éviterait de se donner en spectacle.

Lorsqu'ils furent installés dans le calme relatif de la zone qui aurait accueilli le coin cuisine dans un avion de ligne, il tenta tout de suite de couper court à la discussion.

— Je refuse de discuter de mes choix professionnels avec toi. Ou de quoi que ce soit d'autre, d'ailleurs. C'est comme ça.

— Tu m'en veux toujours à cause de cette histoire de mots de passe, c'est ça ? Je suis désolée. Ça fait des années que je les utilise. Je n'ai jamais songé à en changer. Je ne pensais pas qu'ils pourraient affecter qui que ce soit.

Elle avait parlé d'une voix douce, à peine perceptible avec le vrombissement de l'appareil. L'effort qu'il fit pour l'entendre redoubla sa tension.

— C'est la goutte qui a fait déborder le vase, Harry. C'est tout le reste. Tout. Les relations, le sexe. Ça devrait être facile. Mais toi et moi, c'est une autre histoire. Il y a trop d'obstacles. À tous les niveaux, en plus. C'est trop compliqué. Tu es la femme de mon meilleur ami. Tous mes choix professionnels ont été affectés par le fait que je l'ai vu mourir sous mes yeux. Et je dis bien, tous mes choix. Quant à mes relations intimes, elles sont motivées par…

Il s'interrompit, peu enclin à verbaliser son passé de dragueur impénitent.

Mon passé ?

L'avion traversa une zone nuageuse, et par le minuscule hublot, l'éclat intermittent des rayons du soleil devint aveuglant. Il se mit à cligner des yeux, et en une fraction de seconde, il perdit les rênes de son cerveau. L'avion se mit à tanguer, et il essaya de protéger Harriet. Il s'accrocha à son bras.

— Tout va bien, Matt. J'ai compris.

Il sentit la fraîcheur des doigts de Harriet sur sa nuque, puis sur son front.

— Ça va aller. Tout va bien.

Lorsqu'il ouvrit les yeux, elle le regardait. Elle avait l'air inquiète, mais il se sentait bien.

— Que s'est-il passé ?

Ses doigts quittèrent sa peau et glissèrent jusqu'à ses épaules, puis ses bras.

— Tu t'es mis à trembler, comme si tu étais pris d'une fièvre soudaine. Ça t'arrive souvent ?

— Non… Je ne sais pas, dit-il en secouant la tête.

— Je suis vraiment désolée. Tellement désolée. J'ai l'impression d'être la cause de toute cette tension et de tout ce stress. Mais ça ne se reproduira plus. Je suis désolée. Je souhaitais juste te dire que je ne voulais pas te faire de mal, ni te déstabiliser.

Elle glissa sa main dans la sienne. C'était tellement agréable. *Incroyablement agréable.* Son rythme cardiaque s'apaisa à ce simple contact.

— Tu ne m'as jamais déstabilisé, tu n'y es pour rien, c'est ma faute, répondit Matt simplement.

Il pressa sa main et la relâcha. Il avait besoin de s'éloigner d'elle pour retrouver ses repères.

— C'est juste que c'est trop tôt pour moi. Tu comprends ?

Voyant que le menton de Harriet se mettait à frémir, il y posa la main pour soulager la souffrance qu'il lisait sur son visage, puis il lui caressa la joue. Il goûta le velouté de sa peau. Incapable de s'arrêter, il prit sa joue dans sa main et ferma les paupières lorsqu'elle tourna la tête et posa ses lèvres sur sa paume pour l'embrasser. Il était incapable de bouger, même s'il voulait retourner à sa place, boucler sa ceinture de sécurité, et recouvrer son équilibre mental. Tout son corps en avait décidé autrement. Il attira sa figure près de la sienne et s'inclina.

Ses lèvres trouvèrent son front, et sa main caressa ses cheveux. Il embrassa ses joues, puis ses yeux, étonné des larmes qu'il y découvrait. Le baiser qu'il déposa sur ses lèvres n'était pas guidé par la passion, ni par l'ardeur de son sexe. Mais par son cœur.

Son cœur, nom de Dieu.

Il prit son visage entre ses mains et s'écarta d'elle. Soutenant son regard un instant, il enregistra chacune des sensations qui l'envahissaient, chacun des traits de la jeune femme. Comme pour la graver à jamais dans son esprit.

Il laissa retomber ses mains, prit une longue inspiration et partit. Il retourna directement à sa place, ferma les yeux et respira calmement, essayant de faire abstraction de l'impression de vide qui s'était logé au creux de son estomac.

Harriet choisit une place à l'avant de l'appareil pour éviter d'avoir à regarder Matt pendant le reste du vol. Le rapide coup d'œil qu'elle lui lança avant de s'asseoir vint confirmer l'ambiguïté des sentiments qu'il avait à son égard. Il avait les paupières closes et semblait soudain parfaitement détendu.

Elle aurait aimé qu'il se livre, mais apparemment, ce qui l'agitait était encore trop douloureux pour être exprimé. Peut-être que c'était mieux ainsi. Au moins, elle s'en sortirait indemne. Elle pourrait en tirer une leçon. Il fallait qu'elle s'ouvre à l'amour. *Un minimum, en tout cas.*

Elle n'en pouvait plus. Elle ferma les yeux et s'autorisa à se relaxer, bercée par les mouvements légers de l'appareil qui la ramenait chez elle. Et ramenait le colonel Mather aux siens, après tant d'années.

Le grincement à l'ouverture du train d'atterrissage la réveilla. Elle déglutit profondément et relâcha la pression à l'intérieur de ses oreilles. En s'étirant pour soulager la tension de ses muscles, elle jeta un coup d'œil machinal à Matt, qui parlait avec un membre de l'équipage en montrant les autres passagers. Il devait certainement se renseigner sur le protocole à respecter pour évacuer le cercueil.

Profitant du fait qu'il ne la regardait pas, elle l'observa un instant. Il avait l'air tellement fort, tellement sûr de lui. Pourtant, elle avait aperçu la faille dans son armure. Peut-être en était-elle même à l'origine.

L'avion atterrit, les passagers en civil furent aussitôt conduits dans une camionnette de la compagnie aérienne. On releva la rampe arrière, et l'appareil s'avança lentement sur le tarmac pour rejoindre le bâtiment principal. Harriet se leva et, désireuse de ne pas perturber l'instant solennel où l'on remettrait la dépouille du colonel à ses parents, elle se tint le plus possible en retrait.

La rampe arrière réapparut, et une garde d'honneur de l'armée de l'air pénétra dans l'avion pour préparer le cercueil. Lorsque les soldats l'enveloppèrent dans le drapeau américain, l'émotion la submergea. C'était ainsi qu'elle avait retrouvé Danny à son retour aux États-Unis. Elle se fit encore plus petite et ses mains vinrent couvrir sa bouche. *Surtout, ne pas pleurer. Surtout, ne pas pleurer.*

La garde d'honneur souleva le cercueil et descendit lentement le long de la rampe, tandis que trois soldats de l'armée de l'air saluaient le cortège. La solennité de l'instant la bouleversait. Mais ça n'avait rien à voir avec Danny. *Plus maintenant.* Non, aujourd'hui, c'était de voir le respect témoigné par ces jeunes soldats à l'un des leurs et les honneurs qu'ils lui rendaient, alors même qu'ils ne l'avaient jamais rencontré. C'était tellement émouvant. Combien de fois Matt avait-il assisté à ce genre de cérémonie ?

Le cercueil fut installé avec soin à l'intérieur de ce qui ressemblait à une ambulance militaire et conduit lentement jusqu'au bâtiment. À ce moment-là seulement, Matt la regarda.

— Ça va aller ?

— C'était très émouvant, répondit-elle après un hochement de tête.

Elle ramassa son sac et se dirigea vers lui.

— Nous pouvons accéder à l'arrière du bâtiment d'où nous sommes, et s'ils le souhaitent et parce que nous avons retrouvé son corps, les parents de Mather pourront nous parler. Tu crois que ça va aller ?

— Bien sûr. C'est pour ça que je suis venue. Je crois que j'ai un… un point de vue assez unique de la situation.

Elle aurait juré qu'il avait tendu le bras pour lui offrir sa main, mais il serra le poing et laissa retomber son bras.

— Allons-y, conclut-il.

Ils patientèrent dans une salle d'attente austère avant que l'on vienne les chercher pour les escorter dans l'espace réservé à la chapelle, à l'intérieur d'une seconde salle d'attente, meublée cette fois de fauteuils et ornée de tableaux. Un couple endimanché se tenait la main en regardant le cercueil recouvert du drapeau américain.

— Monsieur et madame Mather, je vous présente le sergent Matt Stanning de notre unité du JPAC, ainsi que le docteur Harriet Markowitz. Ce sont eux qui ont dirigé les recherches et l'exhumation de votre fils.

Ils échangèrent une poignée de main.

— Mes condoléances, dit Harriet.

Mme Mather sourit.

— Merci de le ramener chez lui, docteur Markowitz. Et de prendre le temps de parler avec nous.

— Appelez-moi Harriet, je vous en prie, répondit-elle. Je suis tellement heureuse de pouvoir le faire.

— Pouvez-vous nous donner des détails sur sa mort ? demanda M. Mather, la voix voilée par l'émotion.

Harriet jeta un coup d'œil à Matt.

— J'ai peur que nous…

— Je sais. Je sais. Grant n'aurait pas voulu que l'on brise le secret-défense. Je ne souhaite pas savoir ce qu'il faisait quand il est mort, mais simplement comment il est mort.

Matt semblait perdu, incapable de répondre.

— Une personne d'une extrême gentillesse veillait sur lui lorsqu'il s'est éteint. Il était entre de bonnes mains, je vous le promets. Il n'est pas mort tout seul.

Le menton de Mme Mather frémit imperceptiblement lorsqu'elle hocha la tête.

— Merci. Merci de nous dire tout ça. C'est très important pour nous. Je vous assure. Plus que vous ne l'imaginez.

— J'en suis très consciente. J'étais exactement à la même place que vous il y a sept ans lorsqu'on a ramené mon mari dans cette même base.

— Oh, ma chère. Vous êtes bien jeune pour avoir affronté cette épreuve. Je suis vraiment désolée. Au moins, nous avons eu le temps de faire notre deuil. Nous avons dû accepter que Grant ne reviendrait jamais il y a de nombreuses années. (Elle posa la main sur l'épaule de Harriet.) Il lui restait tellement de choses à faire, de rêves à accomplir. Ce genre de tragédie nous rappelle combien la vie est courte, à quel point elle est précieuse.

Elle renifla et se mit à cligner des yeux rapidement.

Harriet chassa à son tour quelques larmes.

— Vous avez tout à fait raison, répondit-elle. Je crois… je crois que je l'avais oublié.

Au fur et à mesure qu'elle comprenait la portée des mots de Mme Mather, Harriet se rendait compte que, depuis la disparition de Danny, elle avait été complètement passive. Elle avait pris les choses comme elles venaient sans vraiment décider de quoi que ce soit.

Un officier du protocole vint chercher le couple qui, après avoir pris congé, laissa Matt et Harriet seuls dans la salle d'attente.

Elle mit les mains sur ses hanches.

— Et maintenant ?

Chapitre 28

Elle le regarda d'un air pressant, mains sur les hanches et menton dressé. Comme pour le provoquer. Le mettre au défi d'écouter ce qu'il ressentait, d'accepter une mission qui risquait de leur briser le cœur.

— Je ne peux pas être celui dont tu as besoin, dit-il. Tu mérites tellement mieux que moi, tellement plus de la vie.

— Eh bien, malgré ma docilité légendaire, sache que tu as tort. J'ai besoin de toi. (Elle fronça les sourcils.) Non. Je n'ai pas besoin de toi. J'ai envie de toi. J'ai envie d'avoir besoin de toi. Merde, je m'embrouille. Enfin, c'est toi qui m'embrouilles, Matt, et on n'a pas besoin de ça. Je suis juste une femme qui veut être avec toi. Je me fiche que notre histoire se termine demain, ou le mois prochain, ou l'année prochaine si on décide que c'est intenable, mais je préfère mourir que de laisser tomber sans même avoir essayé. C'est… débile.

Il avança d'un pas vers le minuscule bout de femme qui s'agitait devant lui, comme monté sur ressorts.

— C'est moi que tu traites de « débile » ? dit-il, la surplombant déjà de toute sa hauteur.

— Si tu tournes les talons sans raison valable, oui, rétorqua-t-elle, tenace.

— J'ai des raisons…

— J'ai dit une raison valable. Tu as entendu ce que cette dame a dit. L'existence est trop courte. Oui, ça m'inquiète que tu risques ta vie en retournant travailler pour l'EOD. Mais je ne veux pas regretter un jour de ne pas avoir essayé.

Il passa une main dans les cheveux de la jeune femme et entoura une mèche soyeuse autour de son doigt. Harriet était pour lui une vraie pile électrique. *Puissante et indispensable, mais tout aussi dangereuse.* En matière de danger, cela dit, il avait l'habitude de gérer.

— Je ne retourne pas vraiment à l'EOD. Enfin, seulement pour y enseigner. Pour entraîner les pilotes à faire mieux que nous. Pour faire mieux. (Il eut un grand sourire.) Pour faire exploser encore plus de ces engins de merde.

— Vraiment ? murmura-t-elle.

— Vraiment.

— Bon, ben, je crois que je n'ai rien à ajouter.

— Tu m'en diras tant. Et qu'est-ce que je dois comprendre ?

— Qu'il n'y a rien entre nous que deux adultes normalement constitués ne puissent résoudre et que je ne vais pas supporter tes bêtises plus longtemps.

— Tu crois ça ? dit-il en se penchant pour l'embrasser dans le cou.

Elle soupira et passa les mains dans ses cheveux en pressant son corps contre le sien. Ouais, il était fichu. Il ne partirait jamais sans elle, ou du moins, sans un plan pour la conquérir.

Il la souleva du sol, la balança sur son épaule et sortit de la pièce.

— Où m'emmènes-tu comme ça ?

— Loin de cette chapelle. J'ai suffisamment péché comme ça.

Il la porta jusqu'à un bureau de planification des vols, heureusement encore désert à cette heure.

Elle réussit à descendre de son épaule tant bien que mal, avant de lui adresser un sourire. *Un sourire ravageur.* Il l'enlaça par la taille et la posa sur le comptoir. Debout entre ses jambes, il prit son visage entre ses mains.

— Ça ne va pas être facile. Autant te prévenir tout de suite. Il faut que je remette de l'ordre dans ma tête. Et dans ma vie.

Elle le regarda droit dans les yeux.

— La vie n'a pas été tendre avec nous. Mais je ne veux plus me cacher. Je veux que tu fasses partie de mon quotidien. Même si c'est dur.

— Tu sais quoi ? dit-il en baissant la tête pour s'emparer de sa bouche. C'est déjà très dur.

L'éclat de son rire tandis que ses lèvres touchaient les siennes l'enivra tout autant que son baiser.

Épilogue

Deux mois plus tard

Harriet tâtonna l'accoudoir de son siège pour brancher son casque. La voix sérieuse d'un présentateur de journal télévisé était en train de parler lorsqu'elle réussit à enfoncer la prise jack. L'histoire de la MGL faisait la une depuis des semaines, et le gouvernement venait de révéler ses conclusions sur les événements qui s'étaient déroulés en Irak.

— Après un incroyable retournement de situation, il s'avère que la Fondation Megellin, célèbre organisation philanthropique, était en fait la propriété, par le biais de multiples sociétés écrans, de MGL Security, une société militaire privée financée par le gouvernement pour assurer la sécurité en Irak. Dans un communiqué délivré aujourd'hui par le ministre de la Justice, il apparaît que l'organisation caritative se servait d'archéologues renommés pour étudier d'anciens sites, et s'emparer de tous les artefacts et trésors ainsi découverts. Digne d'*Indiana Jones,* n'est-ce pas? Nous rejoignons tout de suite Cindy Carter en direct de Washington, qui s'entretient avec Molly Solent, la jeune archéologue ayant contribué à la chute de MGL Security…

Harriet sourit et porta une main à son cœur en voyant Molly apparaître, tellement photogénique et sûre d'elle, à l'écran. Ne plus la voir tous les jours allait lui manquer.

Matt était revenu à Boston avec elle pour deux jours avant de s'envoler en Floride prendre son poste au centre de formation de l'EOD. Ils se parlaient au téléphone dès qu'ils le pouvaient, mais elle avait été très occupée avec la paperasse qu'il avait fallu remplir pour aider à mener à son terme l'enquête Megellin. De son côté, Matt n'avait pas eu beaucoup de temps non plus. Ou peut-être était-ce la distance qui déjà affectait leur relation. Harriet s'endormait toutes les nuits en rêvant de lui, de ses bras qui l'enlaçaient. Comment savoir s'il ressentait la même chose? Une pointe d'inquiétude naissait en elle lorsqu'elle prenait conscience de l'énormité de ce qu'elle était en train de faire: risquer de briser son cœur pour un homme qui ne voulait peut-être pas d'elle à temps plein.

Ils avaient évoqué le fait qu'elle le rejoigne en Floride, mais il ne le lui avait pas proposé de manière explicite. Et la nouvelle Harriet n'était plus du genre à attendre une invitation. La vie était assez incertaine comme ça. Inutile d'en rajouter.

Elle n'avait pas le choix. Soit elle pansait les plaies de son cœur, soit elle se consumait.

La vague était parfaite, et Matt se dressa sur la planche. Le bruit de l'océan devint inaudible lorsqu'il se mit à glisser à l'intérieur du rouleau. Ce n'était pas une très grosse vague, mais elle l'était juste assez pour l'apaiser. Il s'était remis au surf lorsque son thérapeute lui avait conseillé d'essayer la méditation. *Euh… non, merci*. Le surf était un compromis sur lequel ils s'étaient mis d'accord.

Et ça avait fonctionné. Chaque fois qu'il montait sur sa planche, il se sentait purifié, corps et âme. Comme si sa capacité à faire face à ses démons s'en trouvait renforcée.

Lorsqu'il sauta de sa planche, prêt à retourner affronter une nouvelle vague, il l'aperçut sur la plage, ses cheveux blonds dans le vent et les yeux posés sur lui. *Purifié, peut-être, mais pas complètement*. Son imagination lui jouait encore des tours.

Il secoua la tête et se mit à ramer vers le large. Alors qu'il attendait la lame suivante, il ne put s'empêcher de regarder de nouveau en direction de la plage pour voir si elle était encore là. *Non. Bien sûr que non.* Son psy lui avait dit que tout ce qui le hantait, la mort de Danny ou les flash-backs incessants, disparaîtrait peu à peu, mais pourrait continuer à se manifester au cours de rêves d'apparence réelle. Des rêves qui l'assaillaient encore en permanence et dont il s'éveillait, le sexe brûlant de désir pour elle – ce qui le contraignait chaque matin au rituel de la douche glacée. Cette apparition ne le surprenait donc qu'à moitié.

Elle n'avait pas disparu comme il l'avait cru. Elle était toujours là, mais assise sur le sable, cette fois. *Nom de...*

Il s'assit sur sa planche et mit sa main en visière pour se protéger de l'éclat du soleil dans ses yeux. Est-ce que c'était vraiment elle ? Ou était-ce une apparition ? *Merde, alors.* La prochaine vague se formait. Il se redressa sur sa planche et se laissa ramener jusqu'à la plage, sans la quitter du regard, au cas où... elle ne serait qu'un mirage ou une hallucination. Il sortit de l'eau et ramassa son surf. Au fur et à mesure qu'il approchait, il était de plus en plus certain que c'était bien elle. Quand elle lui sourit, il crut que son cœur allait exploser.

— Tu t'es égarée ? lança-t-il, d'une voix qu'il espérait nonchalante.

Elle ôta ses lunettes de soleil pour empêcher ses cheveux de couvrir son visage.

— Je… euh… je n'ai pas pu résister à l'appel de l'océan.

Matt prit sa serviette et s'essuya la figure.

— Tu vis à Boston, non ? On dit que le cap Cod est agréable en cette saison.

Il n'avait pas tort. *Pas question de louvoyer, cette fois.* Il ne la laisserait pas faire. Si elle était prête à s'engager, il fallait qu'elle le dise. Même si, au fond de lui, il brûlait de la prendre dans ses bras et de ne plus jamais la laisser partir.

— C'est vrai, oui, répondit-elle en regardant la plage. Mais tu n'y es pas.

Il eut du mal à retenir un sourire.

— Non, c'est vrai.

Elle déglutit avec peine, et il se sentit coupable de la faire souffrir. Mais ce qu'elle lui dit ensuite valait… tous les tourments du monde.

— Et je veux être près de toi.

Elle soutint un instant son regard, avant de baisser les yeux.

— J'ai conscience que nous n'avons pas choisi la rapidité, mais les choses sont claires pour moi. Je ne veux plus attendre la possibilité d'un « nous deux ». Je suis prête à m'engager. Chaque fois que je me projette dans l'avenir, que ce soit en Grèce, chez moi ou en vacances, tu es à mes côtés. Apparemment, je suis incapable d'imaginer l'avenir sans toi.

Il glissa deux doigts sous son menton et inclina son visage vers le sien.

— Alors, je veux être près de toi, moi aussi.

Le sourire rayonnant qu'elle lui adressa aurait pu illuminer la plage tout entière si la lumière matinale ne l'avait pas déjà éclairée.

— Tu as prévu de rester combien de temps ? demanda-t-il, sans pouvoir détacher son regard de ses lèvres.

— J'ai glissé quelques Bikini, deux ou trois shorts et tee-shirts dans un petit sac de voyage, dit-elle en se mordant la lèvre.

Il posa sur son front un baiser tendre, mais impérieux.

— Ça devrait aller pour quelques mois, voire plusieurs années.

— Parfait, répondit-elle en l'enlaçant.

Découvrez aussi chez Milady Romance :

Suspense

26 FÉVRIER 2016

- **Nancy Bush**, *En premières lignes*

Sensations

29 JANVIER 2016

- **Jill Shalvis**, Lucky Harbor, *Aveuglément*

26 FÉVRIER 2016

- **Joanna Wylde**, Reapers Motorcycle Club, *Protecteur*

Slash

CE MOIS-CI

- **Evangeline Anderson**, *Mission séduction*

29 JANVIER 2016

- **Anna Zabo**, *Takeover*

Milady Romance C'EST AUSSI…

… LES RÉSEAUX SOCIAUX

Toute notre actualité en temps réel :
annonces exclusives, dédicaces des auteurs, bons plans…

facebook.com/MiladyRomance

Pour suivre le quotidien de la maison d'édition
et trouver des réponses à vos questions !

twitter.com/MiladyRomance

… LA NEWSLETTER

Pour être averti tous les mois par e-mail de la
sortie de nos romans, rendez-vous sur :

www.bragelonne.fr/abonnements

Milady est un label des éditions Bragelonne.

Achevé d'imprimer en novembre 2015
Par CPI France
N° d'impression : 3013148
Dépôt légal : novembre 2015
Imprimé en France
81121618-1